소년소녀
두근두근

소년소녀 두근두근

초판 1쇄 인쇄_ 2012년 6월 11일 | **초판 1쇄 발행_** 2012년 6월 15일
지은이_ 꿈을 실어나르는 책지게 3기 | **엮은이_** 김묘연 · 최종문
펴낸이_ 진성욱 · 오광수 | **펴낸곳_** 꿈과희망
디자인 · 편집_ 김창숙, 박희진 | **마케팅_** 김진용
주소_ 서울특별시 용산구 갈월동 101-49 고려에이트리움 713호
전화_ 02)2681-2832 | **팩스_** 02)943-0935 | **출판등록_** 제1-3077호
http://www.dreamnhope.com| e-mail_ jinsungok@empal.com
ISBN_ 978-89-94648-25-5   43810
※ 책 값은 뒤표지에 있습니다.
ⓒPrinted in Korea. | ※ 잘못된 책은 바꾸어 드립니다.

학생저자 10만 양성을 위한 대구광역시교육청 책쓰기 프로젝트

소년 소녀
두근 두근

꿈을 실어 나르는 책지게 3기 지음 | 김묘연·최종문 엮음

꿈과 희망

나

매서운 부리질로 알을 깨고 나와 비상하다 _ **김묘연**

찌질아, 콧물이나 닦아라!	이은정	9
아가미	손애라	23
하늘이 어둡다	신민지	45
아버지의 편린	김현준	53
몽실몽실 내 이야기	변혜경	63
맛동산 할아버지	우혜진	71
안심	손은경	85
짱구 동생 짱아	이진경	101
귀마개	채혜진	115
분신	김현미	129
못하겠어요	손미혜	141
시끄러운 우리집	이찬구	151

너

일회용 카메라를 들고 너를 만나다 _ **최종문**

185 재즈밴드, 달과 함께 걷다와 만나다
손애라
이찬구
이은정

221 홈런볼, 야구 소년을 만나다
김현준
신민지

243 아이가 생겼다
우혜진
채혜진
손미혜

289 길남이의 발자국을 따라 골목을 걷다
김현미
변혜경
손은경

    '나는 누구인가?'에 대해 가장 깊이 있게 고민하는 시절이 청소년기가 아닐까 생각합니다. 청소년기를 정신적 여명기, 제 2의 탄생이라고 하지요. 정신적 여명기라는 것은 신체적으로는 성숙했으나 정신적으로는 아직 성숙되지 않은 상태를 말합니다. 이러한 시기의 정신적 성숙을 통해 진정한 제 2의 탄생을 이룰 수 있을 겁니다. 이러한 생각으로 만들어진 것이 '나의 알깨기' 프로젝트입니다. 나를 채우고 있는 것들은 무엇일까? 새로운 '나'로 거듭나기 위해서 내가 넘어서야 할 문제들(알)은 무엇이며 그것을 어떻게 극복할 것인가 하는 진지한 고민과 성찰을 통해 우리 친구들을 더욱 성숙되게 할 것입니다. 청소년기의 '나'에 대한 왜곡과 불안증을 속으로만 감추지 않고 당당히 드러냄으로써 나와 나를 둘러싼 환경들을 더 이해하고 그 안에서 평화로움을 찾는 것이 이 프로젝트의 목적입니다.

매서운 부리질로
알을 깨고 나와 비상하다

  하지만, 그 알을 깨고 나오는 것은 아무도 대신해 줄 수가 없습니다. 이 글은 자신의 알을 발견하고 그것을 깨기 위한 고통스런 몸부림을 통해 비로소 성숙된 자세로 자신의 인생을 준비하게 된 동아리 친구들의 '정신적 성숙 과정도'라 할 수 있을 것입니다. 이 글에 담긴 친구들의 알은 청소년기를 겪고 있는 친구들이라면 누구나 공감할 수 있을 겁니다. 글을 읽으면서 여러분들도 자신을 가두고 있는 알은 무엇인지 생각해 보고, 매서운 부리질로 알을 깨고 나와 새로이 비상할 수 있기를 바랍니다.

김묘연 엮음

찌질아,
콧물이나 닦아라!

이은정

나는 내 알을 너에게 말해 주고 한 번 더
코를 흥! 하고 풀었다. 이제 네 차례다.

내 나이 열여덟. 찔찔 흐르던 콧물을 닦고 펜을 잡았다. 또 다른 어디선가 남 몰래, 아니면 남 앞에서 보란 듯이 콧물 흘리는 찌질이들에게 나의 부족한 이 글이 그 콧물을 닦을 수 있는 휴지 한 장이 되기를 바란다.

1. 첫 만남은 원맨쇼

고등학교 2학년 새 학기가 시작되었다. 다른 아이들과 마찬가지로 '올해는 꼭 공부를 열심히 해야지!', '좋은 친구 잘 사귀어야겠다!', '고등학교 올라와서 살이 부쩍 많이 쪘는데 다이어트 해야겠다!', '괜히 소심한 행동 하지 말자!' 같은 다짐들과 함께 뜨거운 열정을 가슴에 품으며 나의 고등학교 2학년 생활은 시작되었다. 물론 수업시간에 처음에는 열심히 듣다가도 꾸벅꾸벅 존다든가, 처음 만난 친구와 어색하지만 그러한 감정은 숨긴 채 자연스러운 척 웃어 보인다든가, 다이어트 하겠다고 결심해서 학교에서 점심과 저녁은 조금 먹었다가도 야자 하고 집에 가면 야식을 와구와구 먹는다든가, 친구랑 같이 있다가도 나를 쏙 빼놓고 다른 친구와 같이 어딜 가는 것을 보고 토라져 있다든가……. 하면서 나의 다짐이 며칠 못 가 차츰차츰 식어갈 때쯤이었다.

"이은정, 이거 책쓰기 동아리 모집한다던데 할 거야?"

"응? 책쓰기?!"

'책쓰기 동아리'라는 말에 갑자기 머리가 데굴데굴 굴러가기 시작했다. 작년 도서부 활동을 할 때 2학년 부장언니의 말이 떠올랐다.

'나 책쓰기 동아리 하고 있는데… 그거 하면 좋아. 나름 알아주는 동아리

고, 대학갈 때 도움도 되고, 니도 문과니까 관심 있으면 함 해봐라.'

'내 꿈은 내 이름으로 책을 한 권 써보는 거야. 그 언니 말대로 책쓰기 동아리 가입해서 꼭 책 한 권 써봐야지!

"흐음… 나 할……."

그런데 또 머리가 데굴데굴 굴러가기 시작한다.

'이제 고등학교 2학년이니까 죽을 똥 살 똥 하면서 공부해야지. 니 인생 내가 사는 거 아니다, 니가 사는 거야. 알았지? 빡씨게 공부하기다!'

'아, 나 올해 우리 교회 중고등부 회장이 되었구나~ 캬, 멋있다, 좋다 좋다! 중고등부도 고3 때 잘 못하는 거 생각하면 올해 1년밖에 안 남았으니까 모든 열정을 불태워서 공부도 하면서 열심히 신앙생활을 해야겠다!'

"흐음… 글쎄 할까."

아, 갑자기 복잡해졌다. 중학생 때부터 가졌던 '내 이름으로 책 한 권 써보기'의 소망을 이룰 수 있는 절호의 기회인 이 책쓰기 동아리! 게다가 우리 학교 인기짱 선생님들이 담당하셔서 더 탐나는 책쓰기 동아리! 하지만 이러한 소망 못지않게 중요하게 여기고 있던 '공부'와 '신앙'이 내 발목을 붙잡는다.

"아아, 주여. 이 소녀 도대체 어찌 하여야 한단 말입니까~"

이렇게 혼자서 예수님을 붙잡고 원맨쇼를 했다. 이것이 찌질하게 코를 훌쩍거렸던 나를 해방시켜준 책지게의 첫 만남이라고 한다면 첫 만남이라고 할 수 있는 이야기다.

2. 선택받은 자

'아아, 예수님. 전 정말 모르겠습니다. 그냥 예수님께 다 맡길게요. 이 책쓰기 동아리가 예수님 뜻이라면 뽑기에서 확~ 붙을 수 있게 해주시고요,

뜻 아니면 그냥 탈락시켜주세요. 전 몰라요, 몰라!'

내가 왜 이런 기도를 하는지 그대는 아는가. 원래 모집 인원을 훨씬 뛰어넘는 책쓰기 동아리의 신청자 숫자에 선생님이 결국, '뽑기'를 선택하셨기 때문이다. 결국 동아리 신청을 하게 된 나는 결국 해탈 상태가 되어 모든 것을 예수님께 맡긴 채 기도를 했다.

'홋홋, 될 대로 되라지~'

운명의 뽑기가 진행될 점심시간이 다가왔다.

―두근두근

모든 것을 다 예수님께 맡기고 해탈 상태라고 떠들어댔지만 그래도 뽑기를 하려니 떨리긴 떨리나 보다. 아무튼, 조심스레 뽑기가 열리는 교실로 들어갔다. 이미 아이들이 쪼롬히 앉아서 뽑기 식이 거행되기를 기다리고 있었다. 나도 같이 온 친구와 함께 무리들 중 그나마 좀 안다 싶은 아이들 쪽으로 자연스럽게 합류해서 뽑기 식을 기다렸다. 마침내 선생님께서 앞문으로 등장하셨고 뽑기 식이 거행되었다. 두 번 단정하게 접혀 있는 종이를 펴서 그곳에 태일이 도장이 찍혀 있으면 '선택받은 자'가 되는 것이고, 아무것도 없는 빈 종이면 '버림받은 자'가 되는 것이다. 자자, 과연 나는 선택받은 자가 될 것인가, 버림 받은 자가 될 것인가? 긴장되는 순간…!

한 번, 종이를 펴고 또 한 번, 종이를 폈다.

그리고 그곳에는 태일이가 환하게 미소 짓고 있었다.

"으아, 이게 뭐야!!"

갑작스러운 친구의 외침에 '선택받은 자'에 대한 기쁨을 누리는 것도 잊은 채 옆을 바라보았다. 친구의 얼굴보다는 친구가 쥐고 있는 종이에 먼저 눈길이 갔다. 아무것도 없는 백색의 하얀 종이….

문득 아무 이유 없이 쭉― 아이들을 훑어보았다. '선택받은' 아이들이 기쁨에 차서 함박 웃음을 짓고 있는 것과 '버림받은' 아이들이 실망감을 주체하지 못하고 씁쓸한 표정을 짓고 있는 것이 대조되었다. 문득 내 손에 쥐어진 환하게 웃고 있는 태일이가 생각났다. 그렇다, 나는 선택받은 것이었다! 나는 내 손에 쥐어진 환하게 웃고 있는 태일이처럼 환하게 웃어 보였다.

"나, 선택받았구나! 감사해요, 예수님. 꼭 잘 할게요~"

3. '알'을 아십니까?

책쓰기 동아리에서 첫 번째로 크게 다가온 과제는 바로 '자신의 알을 깨자'였다.

알..

알?

…

알!!

도대체 이게 뭐란 말인가. 나의 약점? 나의 고민? 나의 단점? 나의 콤플렉스? 으… 하지만 이리 생각, 저리 생각해 봐도 여전히 탁- 하고 감이 잡히지가 않는다. 그렇게 우왕좌왕 과제의 의미만을 무의미하게 연구하다가 과제를 발표하는 시간이 100m 코스를 질주하는 우사인 볼트보다 더 빠르게 다가왔다. 당연히 과제를 수행하지 못했으니 모임 장소인 도서실로 향하는 발걸음이 무겁기만 했다. 그래도 다행인 것은 총 12명인 책지게 동아리 아이들 중 딱 2명만이 과제를 해 왔다는 것이었다. 왠지 가벼운 마음이 드는 건 왜였을까?

하는 수 없이 결국 2명이 발표를 했다. 각각 표정도 다르고 어투도 달랐지만 정말 너무너무 싫어서 아무에게도 말하지 않고 꽁꽁 마음속 저 구석으로 몰아넣었던 꺼내기 싫은 '과거'라고 말하면 좋을까? 피하고 싶은 '추억'이라고 말하면 좋을까? 아무튼, 그런 거였던 것 같다. 그 아이들이 보여준 '알'이라는 것이 말이다.

또 다시 한 주간의 기회가 주어졌다. 이제 대충 '알'이라는 녀석에 대해서도 알았으니 내가 저 구석으로 몰아넣었던 꺼내기 싫은 기억들을 꺼내서 보여줘야 하는데……. 도대체 뭐 어떤 것을 꺼내야 한단 말인가. 난 정말 보여주기 싫은 기억들이 많고도 많은데……. 지난주와는 또 다르게 막막했다. 지난주는 '알'이라는 의미 자체가 무엇인지 몰라 헤매면서 고민했었는데 이제는 내가 가지고 있는 수많은 '알'들 중에서 무엇을 들추어내야 할지 몰라 마음이 무거웠다. 내가 고민하면서 주저앉아 있더라도 시간은 그런 나를 알아주고 기다려 주는 마음 따뜻한 놈이 아니다. 째깍째깍… 야속한 시간은 잘도 흐르고 흘러서 또 일주일이 훌쩍 흘러가버렸다. 나는 여기 그대로 서 있는데 말이다.

이제는 거의 모든 아이들이 과제를 완수해 왔다. 지난 주에 과제를 해온 아이들이 2명이었다면 이번 주는 나를 포함해서 과제를 해오지 못한 아이들이 3명. 나머지는 모두 해왔다. 그래서 그런가… 마음은 계속해서 무거워졌다. 아무튼, 과제를 해온 아이들이 하나, 둘 발표를 하기 시작했다. 발표를 하는 아이들마다 자신이 꽁꽁 감추어 놓은 비밀 같은 기억들을 풀어 헤쳐 놓기 시작했다.

'어떤 사람'이 있었다. "누구나 겪을 수 있는 그런 사소한 일 가지고 꽁꽁 앓고 있었다니 바보 같아. 나같이 불행한 사람 있어?"라고 늘 말하면서 자신을 늘 세상에서 가장 불행한 자로 여기는 사람이었다. 그 사람은 아이들이 발표한 것을 경청했다. 발표하는 아이들 한 명, 한 명은 모두 진지했고 눈에서는 눈물이 홍건히 고여 있었다. 그 사람은 깨닫게 되었다.

"내가 겪었던 것과 얘네들이 겪었던 건 전혀 다를 게 없는 거구나."

나에게 주어진 일주일. 그것은 알깨기 과제 수행을 위해서 마지막으로 주어진 일주일이었다. 나는 그냥 아무런 생각 없이 계획 없이 차근차근 나의 태어났을 때부터 있었던 모든 '알'들을 공책에 빼곡하게 적어나가기 시작했다. 워낙 이때까지 살아오면서 어렸을 때의 기억들을 '알'이라고 생각했던 나였기에 적어도 적어도 공책을 빼곡하게 채운 글자들의 행렬은 끝이 없었다. 이만큼 오랫동안 나는 스스로의 알에 갇혀 살았던 거겠지? 그리고 필요한 사진들도 몇 장 발표할 때 써먹으려고 메일로 보내놓고… 준비는 아주 그냥 오케이였다.

그리고 발표를 했다. 왠지 모르게 떨리는 목소리. 하지만 나는 꿋꿋하게 펼쳤다. 나의 이야기를. 말해 놓고 보니 아무것도 아니었던 나의 이야기를. 그리고 내 시야를 뿌옇게 만들어 기어이 눈물을 흘리게 만드는 나의 이야기를. 그리하여 나는 이제 콧물을 닦게 된 것이었다. 나는 이제 '너'에게도 이 이야기를 들려줄까 한다. 또다시 발표하기 전, 두근거리는 마음이 든다. 하지만 꼭 들려주고 싶다. 아무에게도 보여주고 싶지 않았던 나의 기억들을.

4. 발표하기

에… 이번 발표를 통해서 어떻게 하면 '나'라는 존재를 잘 알 수 있을까… 생각하다가 그냥 꾸밈없이 드러내는 것이 가장 좋을 것 같다는 생각이 들었어요. 음… 정말 친한 친구라고 하더라도 말하기 꺼려지는 게 있잖아요. 저는 이 발표를 통해서 그 알을 깨보려고 합니다.

처음에 부모님께서 임신하기 위해 엄청 노력했는데 임신이 잘 안 됐대요. 그러던 어느 날, 엄마가 몸이 안 좋으셔서 약을 먹다가 그것이 임신 때문이라는 것을 알았어요. 하지만 이미 너무 독한 약을 먹었기 때문에 아기를 낳고 보니 좀 이상했었대요. 엄마를 닮아서 쌍꺼풀도 있고 정말 예쁘게 생겼었는데 항문이 뚫려 있지 않은 거예요. 그래서 아기는 이름도 받지 못한 채, 인큐베이터 생활을 하다가 수술을 했는데 그만 영영 잠을 못 깨 버린 거예요. 그러고 나서 꼭 1년 후, 그러니까 1994년 4월 13일 제가 태어났어요. 그런데 아기가 좀 컸대요. 아니, 아주 많이 컸대요. 4.8kg! 완전 초특급 우량아죠? 또 생긴 건 어찌나 못생겼으면 갓 태어난 저보고 모기같이 생겼다고… "얜, 우리 식구 아니야~" 라고 했대요. 물론, 농담… 이었겠…죠? 큰 몸집답게 일반 아기들에게 주어지는 우유 1병으로는 배를 채울 수 없었던 저는 늘 우유를 갈망하며 신생아실이 떠나가라고 울었대요. 아마 저의 선천적인 식성이 시작된 건 그때부터인가 봐요.

　그렇게 잘 먹고 잘 싸다가 제가 돌이 되었을 때쯤. 아빠와 엄마가 이혼하셨어요. 얘기를 들어보면 문제는 '바람' 이었어요. 누구는 누가 먼저 잘못을 했네, 하는데 저는 할머니나 아빠나 엄마에게서 이야기를 들을 때마다 항상 달라지는 '가장 못된 놈' 이 진짜 누구인지 솔직히 아직도 잘 모르겠고 알고 싶지도 않아요. 알아봤자 뭐… 달라질 게 있나요. 아빠는 그 당시에 자동차 차량정비공장을 운영하셨는데 저를 돌볼 시간이 없으니까 그때부터 할머니가 저를 거의 키우셨어요. 그때, 경산 쪼그마한 집에서 할머니, 아빠, 저 이렇게 세 식구 가정이 시작된 것이죠.

　그러다가 대구에 있는 신암동으로 이사를 하게 되었어요. 엄마가 집에 있던 돈을 위자료 등으로 거의 다 들고 가 버리고, 아빠는 아빠의 친구 때문에 본 업종이었던 자동차 정비공장일도 못하게 되고 말았어요. 상황은 점점 나쁘게 돌아갔죠. 결국, 아빠가 그 당시에 할 수밖에 없었던 것은 몸을 쓰는 것뿐이었어요. 용역업체에 가서 하루 뼈 빠지게 일해 고작 손에 쥐여 받는 돈, 3, 4만 원. 하루 고된 노동을 하고 돌아가는 주머니에 손을 넣었을 때 잡히는 만 원짜리 3장에… 아빠는 도대체 어떤 마음이 들었을까요?

　하지만 아빠는 정말 좋은 아빠였어요. 일하러 가지 않는 날에는 저에게 한글도 가르쳐 주고 수학도 가르쳐 주셨거든요. 그래서 전 아빠 표 가르침 덕분에 또래 유치원 다니는 아이들보다 한글도 더 잘 읽었대요.

하지만 이렇게 좋은 아빠도 그놈의 술이 뭔지. 참 아빠를 갈기갈기 찢더라구요. 어쩌다가 거하게 술에 취해서 집에 들어오는 날에 할머니와 저는 피신을 가야만 했었어요. 갖가지 가구들을 다 때려 부수고 칼로 장판을 갈기갈기 찢어버리고 심지어는 제 목을 조르면서 죽여 버리겠다고 협박까지 했대요. 하지만 정말 다행이게도 제 곁에는 할머니가 계셨고, 어린 제가 당하고 있을 때 할머니가 늘 저를 지켜주셨었어요. 또 지금 저에게 그때의 기억이 큰 충격으로 남아 있지 않아서 저를 힘들게 하는 트라우마가 되지는 않고 있으니 다행인 거죠, 뭐.

또 5살 정도쯤에 동네에서 저를 유독 괴롭히는 한 아이가 있었어요. 저만 봤다 하면 때리고, 손톱으로 할퀴고, 머리카락을 잡아당기고, 엄마 없다고 놀리는 아주 성격 글러 먹은 아이였죠. 갓 태어났을 때의 4.8kg이라는 타이틀에 걸맞게 키도 크고 몸집도 다른 또래 아이들보다 컸던 저였지만 참 바보 같은 성격 때문에 그 아이에게 조그마한 저항도 못하고 매일 당하기만 된통 당하고 울면서 집에 왔대요. 그런데 그때 당시에는 저 멀리 살던 엄마가 가끔 저희 집에 찾아오기도 했었는데, 엄마가 집에 오면 가장 먼저 손을 잡고 저를 매일 놀리고 괴롭힌 아이에게 가서,

"봐라, 우리 엄마 여기 있다~"

라고 늘 자랑 아닌 자랑을 했었다고 할머니가 그러시더라고요. 하지만 이렇게 엄마가 저희 집에 왔다갔다하는 것도 얼마 못 가고…. 또 다시 아빠와 엄마의 충돌이 생겼고 몇 년 동안이나 얼굴을 보지 못했죠.

아무튼, 이러쿵저러쿵 일이 많던 집을 뒤로하고 초등학교에 들어갈 나이가 되자 우리 가족은 초등학교 근처로 이사하게 되었어요. 그런데 이게 웬일! 요즘에는 자취를 감춘 줄만 알았던 푸세식 화장실이 저희 집에 떡하니 있지 뭐예요? 처음에 저는 깊이를 알 수 없는 변기의 세계에 무서움을 느끼며 늘 화장실을 갈 때마다 할머니를 끼고 갔어요. 아마 그게 초등학교 3학년 때까지 쭉 계속됐었다고 하네요. 초등학교 3학년 때는 정든 신암동을

떠나 불로동으로 또다시 이사 가게 되었는데 거기도 마찬가지로 푸세식 화장실이었다죠. 하지만 근 3년을 푸세식 화장실을 이용했던 저로서는 이제 숙달이 되었고 할머니와 동행하는 화장실 생활을 멈추고 당당히 홀로서기를 했답니다. (짝짝짝~)

하지만 새로 이사 온 불로동, 이 집은 지금까지의 집 중 가장 최악의 조건을 갖춘 집이었어요. 일단 기본으로 푸세식 화장실에, 목욕할 수 있는 공간도 바깥에 따로 마련되어 있고 여름에는 무지하게 덥고, 겨울에는 엄청나게 추운 집안, 게다가 세탁기를 둘 장소가 없어서 밖에다 두어서 겨울이면 수도가 얼지 않도록 이불, 담요 등으로 수도를 꽁꽁 싸놓아야 하는 등…. 참 열악한 환경이었죠. 한겨울에는 너무 추우니까 바깥에 있는 욕실에서 목욕도 못하고 세수만 겨우 했답니다. 하지만 이런 열악한 환경 속에서도 저는 모든 것을 이기고 매년 꾸준히 키 10cm 몸무게 10kg 상승의 놀라운 성장 속도로 무럭무럭 자라서, 초등학생 때부터 "혹시, 대학생이세요?"라는 다소 충격적인 말도 들었다죠.

아무튼, 이런 집이었지만 동네 친구들도 많고 계속 살다 보니 정도 들더라고요. 하지만 2008년 12월 25일 성탄절. 우리 가족은 깨끗한 아파트로 이사 가는 것을 선물로 받았답니다. 화장실도 푸세식이 아니고 욕실도 안에 있고, 여름에는 시원하고 겨울에는 따뜻한 지금까지 살아왔던 집에 비하면 거의 호텔급 수준의 아파트였죠! 아무튼, 그렇게 이사 온 아파트에서 아빠랑 할머니랑 살고 있고 가끔은 엄마도 한 번씩 보며 지금은 고3 진입을 앞두고 있는 어엿한 소녀로(?) 성장하게 되었답니다.

저의 이 긴 발표를 들어주셔서 감사합니다.

Thank you for listening!

5. 찌질이, 콧물 닦다.

아, 어떻게 해서 발표가 끝났는지 지금도 모르겠다. 정말 누구에게도 말하고 싶지 않았던, 감추고 싶었던 내 어린 시절, 없었으면 하는 모든 것들을 다 털어놓았다. 그런데 말하고 나니 그저 느낌은 '아무것도 아니네.' 였다. 지독하게도 감추고 싶었었는데 막상 떠들고 나니 별 느낌이 없었다. 다른 아이들도 이랬을까? 참으로 허무했다. 어쩌면 이렇게 허무한 느낌이 더욱 나를 씁쓸하게 만들었다. 하지만 아무렇지도 않은 듯 나는 밝게 웃으며 자리에 들어갔다.

신기하게도 발표를 하던 이 날은 4월 13일 내 생일이었다. 누가 이런 멋진 선물을 나에게 준 것일까? 여러 가지로 느낀 것이 참 많은 '알 깨기' 였다. 발표하고 나니 저절로 옛날 나의 모습이 떠올랐다. 초등학생 시절. 학교에서 운동회가 열렸을 때, 열심히 운동회 경기에 참여하고 응원도 하다가 점심 시간이 되면 나는 왠지 모를 부끄러운 마음으로 할머니가 있을 만한 곳을 찾아다녔다. 이곳저곳 할머니를 찾으면서 점심을 먹는 다른 가족들을 쳐다봤다. 크게 돗자리를 펴서 엄마, 아빠와 함께 푸짐한 도시락을 먹는 가족들이 한참동안 내 눈에 담겼다. 왠지 모를 부러움…. 그러다가 할머니를 발견하게 되면 할머니는 작은 신문지를 바닥에 깔고 앉아 곁에는 분식점에서 싸온 김밥을 들고 나를 기다리고 계셨다. 내가 다가오자 할머니는 신문지 한 장을 더 꺼내 곁에 폈고 나는 그 위에 앉아서 서둘러 김밥을 먹었다. 왠지 모를 부끄러움…….

'나도 큰 돗자리에 할머니랑 아빠랑 엄마랑 도시락 먹고 싶다.'

이 생각이 떠나지 않았던 그때 그 마음이 아련히 느껴졌다. 새 학기가 시작되면 늘 적곤 했던 자기소개서를 쓸 때 부모님 적는 칸이 있었는데 항상 (부) 칸은 적는데 (모) 칸은 비워둬야 한다는 것이 이상하게도 부끄러웠다. 친구들이랑 이야기하다가도 갑자기 엄마이야기가 나오면 이상하게 위축됐던 나…. 나는 친구들끼리 성적, 친구, 외모, 가족 등의 고민 등을 털어놓을 때 겉으로는 공감하는 척했지만 '저게 무슨 고민이라고…. 나 같이 힘들게 살았나, 쟤들이? 엄마도 있고 집도 좋은 곳에서 살면서. 참 행복한 고민이네 아주 그냥.' 이런 마음을 품고 있었다.

하지만 이제 나는 시원하게 코를 '흥!' 하고 풀었다. 시원하게 숨 쉬는 것을 꽁꽁 막고 있던 더러운 콧물을 흥! 하고 푸니 가슴이 탁 트이는 것이 느껴진다. 찌질했던, 그래서 자기가 이 지구상 드라마 속 비운의 여주인공이라고 생각하며 살았던 나. 이제 그만이다. 끝이다. 혹시 이 글을 읽는 '너'도 그런 아이가 아닌가 하고 자신을 한 번 뒤돌아 봤으면 좋겠다. 나는 내 '앎'을 너에게 말해 주고 한 번 더 코를 흥! 하고 풀었다. 이제 네 차례다. 이제는 찌질하게 자신을 세상에서 가장 불행한 사람으로 만들지 말고 당당하게 코를 흥! 하고 풀어 보자!

아, 휴지 뒤로하고 앞으로 전진!

아가미

손애라

그 어느 날의 나를 보는 듯, 아빠는 붕어처럼 무언가를 말하려고 한다. 어렴풋이 알 것 같은, 틀릴것 같은 아빠의 마음.

나름대로 돌아가고 있는 난방기도 영하를 웃도는 한겨울의 추위를 감당하지는 못하는 듯했다. 버스에 올라서자 차가운 공기가 교복 사이로 파고들었다. 목도리 깊이 고개를 파묻고 숨을 쉬었다. 내쉰 입김 탓에 털실 사이사이로 살얼음이 얼었다. 입가로 젖어드는 습기가 영 맘에 들지 않았지만 다시 벗기는 귀찮아서 그냥 내버려두었다.

　앉아 있던 사람들은 나를 한 번 흘끔, 시계를 한 번 흘끔하더니 다시 창밖으로 시선을 주었다. 가볍게 마주쳤던 만큼 시선들은 빠르게 흩어졌다. 겨울비가 추적추적 내리는 어느 평일의 늦은 아침. 어쩜, 아침이라 부르기도 애매한 시각 역시 삼십분. 빈 자리를 향해 걸음을 옮기는 동안 온갖 생각이 들었다. 오늘 사실 다른 약속이 있었던 것 같은데. 배달 올 택배가 있지 않을까. 내가 현관문은 잠그고 나왔던가? 핸드폰은 챙겨 나왔나?… 버스 카드를 찍고 걸어가는 그 짧은 거리 동안 나는 집에 머물만한 갖가지 핑계를 찾아보았지만, 마뜩찮은 결론에 얕은 한숨을 내쉬었다. 생각 없이 내려다본 오른손에는 핸드폰이 쥐여져 있었다.

　별 수 없이 자리에 앉자 오늘 따라 유난히 차가운 버스 시트의 인조가죽이 두 다리를 식혔다. 안 그래도 추웠는데 무릎 뒤쪽을 타고 소름까지 오소소 돋았다. 추위를 쫓아 보고자 몸 여기저기를 툭툭 치고 있는데, 여전히 아주머니 몇과 청년의 흘끔대는 시선이 느껴졌다. 나도 모르는 건 아니었다. 꽤나 단정한 교복차림의 여학생과 부루퉁한 표정, 혹은 교복과 역시 삼십분이라는 시각은 그다지 어울리는 조합은 아니라는 걸…. 한숨과 함께 자연스레 내려앉은 시선의 끝에 조금 구겨진 치마 밑단이 걸렸다. 어떻게든 이 주름을 없애야겠다고 생각했다. 언제나처럼 뛰어나온 아집 덕에 하릴없이 치마를 만지작거리고만 있는데, 또 숨을 멈추고 있는 나를 발견했다. 곧 이어 온 몸으로 짧고 굵은 소름이 퍼졌다. 어디 하나 좋을 데 없는 이 몹쓸 버릇을 처음으로 의식했던 순간을 기억해냈기 때문이었다. 흐릿해지지도 않는지, 시간이 갈수록 더 또렷해지는 기억들이 빠르게 머릿속을 훑었다.

그 날은, 학교 안이 온통 들떠 있던 겨울방학식이 있던 날이었다.

◈ 붕어 ◈

어쩜 이렇게 매년 똑같이 길고 지루한지. 머리 위로 김이 날 것 같은 기세의 교장 선생님은 금방이라도 TV에서 뛰쳐나올 것만 같았다. 그런 교장 선생님과는 반대로, 아이들의 몸은 자리에 붙어 있지만 정신은 제각각 갈 길을 간 것이 분명했다. 누구 하나 뺄 것 없이 다들 얼굴 가득 뿌듯함과 설렘을 가득 얹어 놓고 수다를 떨기 바쁘다. 겨울방학을 무사히 맞이하고 싶은 마음에 엉덩이만은 제자리에 있는 게 다행이었다. 얼마 안 되는 짧은 방학 후에는 다시 긴 보충기간이 있지만, 아무도 신경 쓰지 않는 것 같았다. 내 앞자리에 앉은 친구 두 명도 별 다를 바는 없었다.

"내가 진짜 방학만 되면! 2학년 되기 전에 마지막 비행을 할 거란 말씀이야. 껴줄까? 응? 너도 할래?"

"됐거든. 그거 고작 며칠 된다고 그 아까운 시간에 비행이야, 비행은. 난 미뤄놓은 영화랑 드라마 볼 거야. 새영이 너는? 뭐 잡아 놓은 계획 있어?"

"음, 나는…. 엇, 잠깐만. 문자 왔나 봐."

내 손으로 꼭 쳐보고 싶었던 피아노곡을 연습할 거라고 말해 주려 하는데 교복 치마 주머니에서 진동이 울렸다. 오늘 따라 핸드폰 진동이 기분 나쁘게 느껴졌지만, 다 똑같은 진동에 나쁘고 좋은 게 어디 있냐고 생각하며 핸드폰을 손으로 감쌌다. 도톰한 담요 너머로 느껴지는 진동이 멈추지 않는 걸로 보아 전화가 온 듯했다. 교탁 쪽에 서계신 선생님을 살짝 보고 조심스레 핸드폰을 확인했다. 발신인 '고모'로부터의 전화는 끊이지 않고 있었다.

"뭐야? 전화야?"

"응. 고모한테서…. 음, 이따 종업식 끝나면 다시 걸지 뭐. 안부 전화인가…."

궁금한 듯 기웃거리는 친구에게 아무렇지 않게 웃어주었다. 그런데 어쩐지 핸드폰을 놓을 수 없다. 놓아서는 안 된다는 막연한 느낌에 어느 샌가 허리가 곧추 세워졌다. 괜히 주위를 두리번거리며 벽에 걸린 달력과 시계를 번갈아 쳐다보았다. 고루하기 짝이 없는 교장선생님의 연설에도 귀를 기울여 보았지만 도대체 무슨 말씀을 하고 계신 건지 도통 알 수 없었다. 한 편의 무성영화처럼 움직이는 교장 선생님을 보며 그저 이 불편한 진동이 그쳤으면 좋겠다고 생각했다. 하지만 5분여가 흐르는 동안 고모의 전화는 쉴 새 없이 이어졌고, 전화를 받으러 화장실에라도 가야겠다고 생각하는 순간 거짓말처럼 진동이 그쳤다. 하지만 핸드폰 진동의 부재는 기분 나쁜 고요함이 대신할 뿐이었다. 나도 모르게 친구들의 대화는 이미 귓전에서 멀어져 있었다.

직감적으로, 아주 직감적으로 무언가 잘못됐다는 게 느껴졌다. 그것도 아주 단단히. 정말 싫었지만, 어릴 적부터 빗나간 적 없던 불길한 예감을 바닥으로 짓누르며 애써 나를 달랬다. 고모의 전화 몇 통에 이렇게까지 심각해지는 내 자신이 웃겨 헛웃음을 삼키고 핸드폰을 놓으려는 순간. 짧고 굵게 핸드폰이 진동했다. 선생님이 계시다는 생각을 하기도 전에 내 눈은 그 어느 때보다 빠르게 문자의 내용을 읽고 있었다.

「새영아, 빨리 전화 좀 줘. 아빠 쓰러지셔서 ×××병원 중환자실에 계셔.」

아찔한 가운데 문자를 읽고, 읽고, 또 읽었다. 어느 단어 하나 제대로 머리에 박히는 게 없었고, 난독증 환자라도 된 것처럼 화면을 가득 메운 글자들을 이해할 수 없었다. 출처를 알 수 없는 이명과 아이들의 웃음소리가 한데 뒤섞여 불쾌한 소음이 되어 나를 흔들어 놓았다. 오감을 상실한 듯 아무것도 느낄 수 없고, 뭐가 뭔지 알 수 없는 상태가 계속되었다. 물 밖으로 던져진 붕어처럼 그저 입을 벙긋댔다. 아찔한 어지러움에 손에서 핸드폰을 놓치고 나서야, 내가 숨을 쉬고 있지 않다는 걸 깨달았다. 급하게 공기를 내쉬려 했지만 명치를 세차게 내리 찍힌 듯 기침조차 할 수 없었다. 옆에 앉아있던 친구가 버둥대는 나를 붙잡고 꼬집었다. 간신히 트인 숨통을 붙잡고 허겁지겁 숨을 쉬었다. 갑자기 왜 이러냐며 걱정 반 호기심 반으로 쳐다보는 그 얼굴들을 다 제쳐 놓고 선생님께 걸어갔다.

"선생님. 저 전화 좀 하고 와야 할 것 같아요."

◈ 초면 ◈

—이번 역은 ○○○병원입니다. 다음 역은 ×××역입니다.

뿌옇게 김이 서린 창문에 '아빠'라고 쓰려다 '아파'라고 썼다. 모음 끄트머리를 길게 빼며 창문 전체를 손바닥으로 문지르고 버스에서 내렸다. 손바닥이 축축해졌다. 아무래도 보고 싶지 않은 글자였다.

으리으리한 병원 건물 로비에서 뇌·신경 병동 전용 엘리베이터에 올라탔다. 승강기 특유의 느낌이라고 둘러대기에는 어깨로 느껴지는 중압감이 생소했다. 홀로 올라선 엘리베이터 안에서 고요한 적막감을 느끼며 천천히 올라가는 숫자를 지그시 쳐다봤다. 3층…. 얼마 전까지 아빠는 3층에 있는 뇌·신경계 중환자실에 누워 있었다. 처음 뇌수술이 끝나고 아빠를 만나러 중환자실에 들어갈 때 들었던 담당의사의 말이 떠올랐다.

'절대 환자분 근처에서 우시면 안 됩니다. 의식이 없는 상태라고는 하지만 듣는 건 다 듣고 계시거든요. 울음소리가 환자에게는 큰 부담이 되어 의식회복 속도가 더 느려질 수 있습니다.'

의사의 당부가 무색하게도, 죽은 것처럼 누워 있는 아빠를 발견하고 울고 또 울었다. 다른 환자들과 의료진 때문에 소리 내어 울 수는 없었지만, 아무리 틀어막아도 새어나가는 울음소리까지 막을 수는 없었다. 아빠의 손이라도 한 번 꼭 잡아주라던 할머니의 말씀에도, 겁을 먹은 나는 침대 근처에도 다가가지 못했다. 그저 중환자실 입구에서 누구에게로 향해야 할지 모르는 원망 섞인 울음을 억지로 참아낼 뿐이었다.

아마 그날 흘렸던 눈물이 몇 년 치는 되었을 거라 짐작하며 4층에서 내렸다. 실제로는 4층이 없어 5층이라 쓰인 팻말이 가장 먼저 눈에 띄었다. 엘리베이터에서 내려 간호사 스테이션 앞을 지나자 나를 몇 번인가 본 적이 있는 간호사가 눈인사를 보내었다. 엉거주춤하게 고개를 숙이며 얼른 지나쳐왔다. 이제껏 몇 번이나 찾아왔지만, 아빠의 병실에 들어가 본 적은 없다는 걸 저 간호사 언니가 알면 뭐라고 생각할까. 스테이션을 지나기 무섭게 5층 특유의 냄새가 코를 찔렀다. 오래 묵혀 놓은 빨래에서 나는 쾌쾌한 냄새. 또는 소독약 냄새인 듯도 했고, 노인들만의 냄새인 것 같기도 했다. 냄새의 출처가 무엇이었던 간에 몹시 불쾌하고 못마땅한 것이었다. 사람이 곧 죽어나가도 이상할 것 같지 않은 이 병동의 분위기와 어울려 더더욱 그랬다. 최대한 숨을 참으며 아빠의 병실을 향해 걸어갔다. 병실의 옅은 초록색 문 옆에는 환자들의 이름이 적힌 팻말이 걸려 있었다. 검은 매직으로 힘없이 날려 쓰인 아빠의 이름 석 자만으로도 나는 자꾸만 움츠러들었다. 작게 숨을 내쉬고 손잡이에 손을 올렸지만, 문을 열 수 없었다. 손을 올려놓았다가 다시 내려놓고, 힘을 주어 돌리려다 포기하기를 반복했다. 차갑게 식은 손바닥에 땀이 고였다. 중환자실에서의 아빠 모습이 계속해서 떠올랐다.

…그 침대 위에 아빠는 없었다. 지난 몇 년 동안 나를 구석으로 몰아세우던 아빠는 없었다. 아빠는 세상 누구보다도 크고 무서운 사람이었다. 큰 키에 강단 있는 덩치, 치켜 뜬 두 눈은 그 자체만으로도 위압감을 주는 것이었다. 무엇도 두려울 것 없는 성격과 거친 입, 말보다 빠른 주먹을 갖춘, 우리 아빠는 그런 무서운 사람이었는데. 서늘한 시트 위에 힘없이 늘어진 아빠의 머리에는 피에 젖어 변색된 붕대가 감겨 있었고, 고인 피를 빼내는 관이 연결되어 있었다. 붉은 소독약이 덕지덕지 발라져 있던 목 역시 호흡을 위한 관이 꽂혀 있었고, 손목에 둘러진 띠에는 아빠의 이름과 알 수 없는 단어들이 쓰여 있었다. 의사 선생님은 덤덤하게 말했다.

'상반신과 하반신 모두 신체 왼쪽에서는 반응을 보이지 않고 있습니다. 마비상태라고 보시면 되겠습니다.'

희번덕거리던 두 눈은 꼭 감겨져 있었고, 누구에게도 질 것 같지 않던 덩치는 TV에서나 보던 환자들처럼 왜소하기 짝이 없었다. 미세하게 오르내리는 가슴팍과 퍼렇게 질린 아빠의 손가락 끝에 연결 된 기계의 규칙적인 소리만이 아빠가 숨을 쉬고 있다고 말해 주고 있었다. 그마저도, 혹시나 그 기계가 단출하기 짝이 없는 한 음만을 길게 내지를까 봐 가까이 가지도 못했다. 끔찍하게 무서웠다. 내가 알고 있는 아빠가 아닌데. 이건, 아빠가 아닌데.

사고 후로 기억 속에 남아 있던 아빠는, 그 모습대로도 나를 두렵게 만들

었다. 떠올리는 것조차 고통스러운 그 모습을 다시 마주할 용기는… 내게
없었다. 이번이 몇 번째였는지 셀 수조차 없는 시도였지만, 나는 또 다시
보기 좋게 실패했다.

발끝으로 눈물이 투두둑 고임과 동시에 비릿한 맛이 입안에 퍼졌다. 엘
리베이터에서부터 깨물고 있던 아랫입술이 기어이 터진 모양이었다. 화장
실로 달려가 마개를 막아놓고 찬 물을 틀었다. 수도꼭지를 잠그고 넘칠 듯
출렁이는 물에 얼굴을 묻었다. 어느 영화에선가 물속에서는 울어도 괜찮다
던 말이 떠올랐기 때문이었다.

◆ 하모니카 ◆

언제였는지 기억도 안 날 정도로 오래 전, 어느 여름. 나는 새로 이사 한
외할머니 댁에서 사촌 언니와 신나게 놀고 있었다. 주택인 덕에 넓은 마당
에서 물 풍선을 던지고 놀기도 하고, 텅 빈 1층에서 방 하나씩을 차지하고
장난을 치기도 했다. 일고여덟쯤의 나에게 사촌언니와 노는 것만큼 신나는
일이 없었기 때문에 2층에서 들려오는 엄마의 부름을 못 들은 척하며 창고
로 숨기 바빴다. 대답이 없자 결국 나를 찾으러 내려 온 엄마의 손에 붙들
려 나와 언니는 아침밥을 먹어야 했다. 밥을 먹으면서도 연신 물 풍선을 사
러 갈 생각하기 바빴던 내게 엄마가 말했다.

"이상하네?… 새영아, 할아버지가 전화를 안 받으시네. 밥 먹고 할아버
지께 가 봐. 응?"

"아, 왜에~. 할아버지 가게에 있겠지, 뭐. 난 언니랑 놀러 갈 거야."

"말 안 들을래? 엄마는 외할머니 모시고 빨리 나가봐야 한단 말이야."

"알았어, 알았어. 이것만 먹고 언니랑 같이 갔다 올게."

할머니 집은 외갓집과 걸어서 3분 거리에 있는 시장골목에 있었다. 하지만 불 꺼진 시장골목을 본 뒤로 유난히 그 길을 무서워하게 된 나는 어른의 손을 잡지 않고서는 할머니 댁에 혼자 갈 수 없었다. 그런 나를 걱정스럽게 쳐다보던 엄마에게 잘 다녀오라며 손을 흔들어 주고 나는 또 다시 언니와 1층으로 쿵쾅대며 내려갔다. 점심을 먹을 때 쯤 2층으로 올라와 엄마가 준비해 놓고 간 점심을 먹으며 할아버지를 잠시 떠올렸다. 하지만 곧 명랑하게 흘러나오는 TV 만화 주제가를 따라 부르며 밥을 먹었다. 해가 질 때가 돼서야 흠뻑 젖은 옷을 갈아입고 언니와 나는 2층 안방에서 곯아 떨어졌다. 할아버지에 대한 엄마의 부탁은 까맣게 잊고서.

그날 저녁, 엄마의 급한 손길에 나는 눈을 떴다. 분명 안방에서 자고 있었는데 어느 샌가 나는 아빠 차의 뒷좌석에서 누워 자고 있었다. 온통 새까만 어둠으로 물든 하늘을 보고 있는데 아빠가 나를 들쳐 메듯 업고서 뛰었다. 아빠의 등에 매달려 신나게 깔깔대며 웃는 나를 엄마는 매운 손짓으로 때렸다. 어린 마음에 젖은 엄마의 눈이 무엇을 의미하는지도 모르는 채 그저 왜 때리느냐며 툴툴대었다. 아빠가 나를 데리고 간 곳에는 검은 띠가 둘러진 할아버지의 사진과 대성통곡을 하고 있는 할머니와 삼촌과 친척 어른들, 그리고 멍하니 초점 없는 눈으로 친척들의 울음을 듣고 있던 고모가 있었다. 그 모든 광경에 놀란 나에게 엄마는 그저 앞으로는… 할아버지를 볼 수 없다고 말할 뿐이었다.

할아버지의 3일장이 끝나고 엄마와 집으로 돌아오는 길에, 유품정리를 끝낸 할머니께서 나의 손에 할아버지의 하모니카를 쥐어주셨다. 한 번도 할아버지가 하모니카를 부는 모습을 본 적은 없었다. 그저 신기한 장난감 하나가 더 늘었다는 기분으로 하루 종일 만지작거리며 있는 힘껏 바람을 불거나 들이쉬거나 했다. 엄마나 아빠 누구 하나 말리는 사람은 없었지만, 이따금씩 엄마가 내 손이 닿지 않는 곳에 하모니카를 놓아두는 일은 있었다. 그렇게 하모니카를 신나게 가지고 노는 것도 잠깐 뿐이었다. 장례식 이후로 소리 없이 가라앉은 집안 분위기 탓에 나는 자주 밤잠을 설쳤다. 그리고 할아버지의 죽음 이후 한 달쯤 흐른 어느 날, 어스름히 잠든 내 머리를 엄마가 쓰다듬고 있었다. 기분 좋은 느낌에 다시 잠들려 할 때, 엄마가 혼잣말을 했다.

"…한 번만…. 한 번만 할아버지께 가보지 그랬어…. 왜 그리 엄마 말을 안 들어…."

순식간에 나른하고 몽롱한 잠기운은 온데간데없이 사라졌고, 나는 이유 모를 두려움을 느꼈다. '죽음'의 의미조차 제대로 몰랐지만 어떠한 '죄책감'이 들었던 것만은 분명했다. 그날 이후로 나는 할아버지의 하모니카를 불지 않았다. 서랍 구석에 넣어둔 하모니카에 먼지가 쌓여 제 소리가 나지 않을 때 쯤에야 알았다. 할아버지의 사망 추정 시각은 내가 신나게 물 풍선을 가지고 놀았던 그날 점심쯤이었다는 걸.

하필이면 할아버지가 실려 왔던 병원. 하필이면 할아버지가 돌아가셨던 병. 하필이면…. 꼬리에 꼬리를 무는 생각들을 애써 지우며 젖은 얼굴을 휴지로 문질렀다. 흉하게 부어오른 눈가는 물속이라 한들 변함이 없었다. 화장실에서 나와 엘리베이터로 향하는 길에 스테이션에서 인사했던 간호사와 마주쳤다. 그녀는 나의 부은 눈의 이유를 안다는 듯 모른 체하며 지나쳐 갔다. 어째서인지 죄를 짓는 기분에 엘리베이터 닫힘 버튼을 계속해서 눌렀다. 올라올 때와 별 다를 바 없는, 아니 눈만은 더 부은 얼굴의 내가 거울 속에서 나를 빤히 바라보았다. 그렇게 나는 또 다시 집으로 도망쳤다. 어디선가 할아버지가 보고 있을 것만 같았다.

◈ 땅 위의 물고기 ◈

"도대체 언제까지 이럴 거야!"

엄마의 째지는 고함소리가 이불 속에 파묻혀 있던 나를 깨웠다. 겨울방학 보충이 있었음에도 나는 학교에 나가지 않았다. 선생님께는 아빠의 상태를 말씀드리고, 내가 간호를 해야 할 것 같아서 보충을 듣지 못할 것 같다고 했다. 그게 벌써 아빠를 보러 가기 1주일 전의 일이었다. 1주일 동안 나는 매일 병원을 찾아갔다. 하지만 번번이 병실 문 손잡이 앞에서 머저리처럼 서 있다 돌아오길 반복할 뿐이었다. 그리고 잊고 있던 할아버지의 기억을 떠올렸던 그날 이후로 나는 병원에도, 학교에도 나가지 않았다. 엄마는 나의 상태를 이해하려 했지만, 날이 갈수록 묻는 말에 대답도 없고, 하루 종일 멍하니 앉아 있거나 잠에 빠져 있는 나 때문에 한계를 느낀 듯했다.

"이럴 거면 차라리 학교를 가. 뭐 하러 집에서 잠이나 자고 있는 거야? 아빠 간호한답시고 학교 안 나간다며. 그래 놓고 아빠를 보러 가는 것도 아니고, 왜 이러는 거야, 대체! … 새영이 너, 정말 대답 안 할 거야?! 이젠 너까지 말 못하는 사람이 된 거야, 그래?!"

히스테릭한 엄마의 음성은 두 귀와 입을 더욱 굳게 닫히도록 만들었다. 나는…, 그래 어쩌면 나는 미쳤을지도 모르는 일이었다. 자꾸만 아빠의 목소리가 들렸고, 모두가 집을 나간 시간에 집안을 돌아다니는 발자국 소리도 들렸다. 문이 열리는 소리에 소스라치게 반응했고, 불 꺼진 방안에서 잠이 들지 못했다. 화를 내던 엄마가 현관문을 닫고 나가 버리자, 동생이 슬그머니 다가왔다.

"누나…."

"……."

"누나, 배 안 고파? 우린 다 밖에서 먹고 왔는데…. 누나 것도 싸왔는데 줄까? 어제부터 아무것도 안 먹었잖아, 응?"

"야, 알아서 먹겠지. 나와."

걱정스러운 막내의 목소리 뒤로 불만스러운 둘째의 목소리가 들렸다. 둘째는 아직 아빠의 모습을 보려 병원에 간 적이 한 번도 없었다. 나만큼 아빠에 대한 분노와 원망이 큰 아이가 둘째였다. 그렇기에 매일 아빠를 보러 간답시고 저를 데려가려 한 내가 아니꼽고 못마땅했을 것이었다. 한 번은 나에게 그렇게 효녀인 척하고 싶거든 혼자 하라는 말도 한 적이 있었다. 사실 나는 효녀인 척하려 했던 게 아니었다. 무서워서 같이 가고 싶었지만, 차마 무섭다고는 말을 할 수 없었을 뿐이었다. 하지만 아직 어린 여동생은 그런 나를 이해하기보다는… 나를 일종의 배신자처럼 대했다. 같이 아빠를 미워하지 않고 있는 죄로. 그러나 나는 알 수 있었다. 저 대신 아빠를 보고 와주었으면 하는 내가 이렇게 자빠져 있는 꼴이 답답해서 그런다는 걸.

"언니."

"……."

"아유, 고소해라~ 만날 잘난 척하더니 이젠 말도 못한대요~"

"……."

"아, 재미없게. 진짜 말 안 할 거야? 학교도 안 나가? 언니 학교 좋아하잖아. 왜 안 가."

"……."

"난 모르겠다. 인제 엄마가 언니한테 화내는 것도 질렸을 걸? 저러다 쫓겨나지."

여동생의 혀 차는 소리를 뒤로 한 채, 나는 또 다시 잠이 들었다. 잠결에 훌쩍이는 소리를 들은 듯했지만, 여동생 일리는 없다고 생각하며 이불을 머리끝까지 덮어썼다.

▶신분증

새벽의 한적한 도로 위. 달도 없는 밤에 주황색 가스등만이 도로 위를 밝히고 있었다. 끝이 없을 것 같은 긴 다리 위의 도로에는 지나다니는 차 한 대 없이 조용했다. 그 도로 위에는 무언가가 놓여 있었다. 그리고 그 검은 물체를 향해 어느 여자가 맨발로 다가가고 있었다. 타박타박 발소리를 내며 다가간 여자는 검은 물체를 뒤집었다. 그 검은 물체는 교통사고를 당한 것 같은 모습의 아빠였다. 여자는 아빠의 주머니를 이리저리 뒤지더니 지갑을 꺼내 들었다. 그리고 한참을 뒤지더니 곧 무언가를 빼내었다. 멀리서 보던 광경이 순식간에 줌인이 되어 여자의 손을 비추었다. 여자가 힘껏 부러뜨린 그것은 아빠의 신분증이었다. 부러진 조각을 교량 아래 강으로 미련 없이 던져 넣은 여자가 씨익 웃으며 고개를 휙 쳐들었다. 여자는 나였다.

"헉…, 허억…."

거친 숨을 몰아쉬며 이불 속에서 발작적으로 몸을 뒤틀었다. 벌써 며칠째 연속으로 같은 꿈을 꾸고 있었다. 낮이든 밤이든 가리지 않고 나타나는 꿈속의 광경들은 볼 때마다 소름끼치도록 잔인한 것이었다. 꿈속의 여자, 그러니까 나는 웃고 있지 않던 두 눈으로 '아빠를 죽게 만든 건, 너야'라고 말하고 있는 듯했다. 온 몸이 뻣뻣하게 굳은 상태에서 다시 잠에 빠져 들었다. 수마가 작정하고 나를 잡아챈 듯했다.

▶비명

'누나, 누나.'

'응?'

'누나는 아빠가 좋아, 엄마가 좋아?'

'음…. 글쎄, 재영이 너는? 너는 누가 좋아?'

'나는 엄마가 좋아! 엄마가 해주는 밥이 세상에서 제일 맛있잖아!'

'정말? 엄마 밥이 맛있긴 하지만, 누나는 아빠가 좋아.'

'…거짓말….'

'응?'

'그럼 왜 너는 나를 보러 오지 않아!!!'

식탁에 마주 앉아 우유에 시리얼을 말아먹던 남동생은 사라지고, 순식간에 머리와 목, 손목에 기계와 연결된 선이 치렁치렁 매달린 아빠가 마주 앉아 있었다. 저승굴에서 막 기어 나온듯한 어둡고 격앙된 목소리의 아빠가 나를 향해 고함쳤다. 너무 놀라 아무것도 할 수 없는 나를 두고 아빠는 점점 기이한 형상으로 뒤틀렸다. 온 몸에 연결 된 선들이 길게 늘어지며 아빠와 나의 사방에 똬리를 틀며 내려앉았다. 공포에 잡아먹힌 나는 덜덜거리며 서 있을 뿐이었다. 차마 눈 뜨고 볼 수 없는 모습의 아빠와 내가 선들의 똬리에 갇혀 가며 사라진 식탁 자리로 가까워졌다. 두 눈을 꼭 감고 아빠의 가슴을 밀어내며 소리를 질렀다.

"애가 왜 이래?"

아직도 꽉 감겨 있는 눈을 느낄 수 있었다. 더불어 발버둥치고 있는 나의 팔다리도. 눈을 뜨자 당황한 얼굴의 엄마가 보였다. 이불을 제대로 덮어주려 나에게 다가왔다 끙끙대는 나를 보고 잡아 흔드니, 잠에서 깨지도 않은 내가 엄마를 온 힘으로 밀어냈다는 것이었다. 나는 두 손으로 얼굴을 감싸고 당겨 안은 무릎 사이로 파묻었다. 언제까지 계속될 것인지 알 수 없는 악몽 때문에 잠에 들기 무서웠다. 물 한 잔으로 하루를 버티고 또 다시 밤이 다가오자, 나는 커피를 있는 대로 태워 마셨다. 하지만 수마는 나를 놓아주는 법이 없었다.

▶눈들

온 사방이 울음소리로 가득 찬 곳이었다. 검은 옷으로 머리부터 발끝까지 뒤덮은 사람들이 바닥에 엎드려 저마다의 말을 내뱉으며 눈물을 뿌렸다. 그 광경은 너무도 슬퍼 나조차 울고 싶어졌다. 내가 흡, 하고 눈물을 삼키는 소리를 내자 처절하게 울부짖던 사람들이 일제히 고개를 돌려 나를 노려보았다. 눈물이 맺혀 있던 수 십 개의 눈들은 표독스런 빛을 띠고 나를 향해 걸어오기 시작했다.

'너야, 너라고. 알아?'
'네가 할아버지를 죽인 거야, 나쁜 년.'
'너만 아니었다면 할아버지는 죽지 않았을 거야. 살인자.'
'살인자…, 살인자….'

번쩍 눈을 떴지만, 눈꺼풀에 엉겨 붙은 진득한 눈물 때문에 따가웠다. 꿈 속에서 나는 울 수도, 빌 수도 없었다. 그 옛날부터 나를 옥죄여 오던 말들이 꿈속에서조차 나를 못살게 굴고 있었다. 실제로는 누구에게서도 들은 적 없는 말이었지만, 내 머릿속의 또 다른 나는 할아버지의 사진 앞에서 위축되는 나를 알고 있었다. 아무도 내 탓이라 여기지 않은 일을 오히려 나만이 되새기고 또 되새기고 있었다. 진이 다 빠져 버렸다. 목이 몹시 말랐지만 금방이라도 방문을 열면 검은 옷의 사람들이 할아버지를 살려내라며 좀

비 같은 모양새로 들이닥칠 것만 같았다. 그렇게 3일을 씻지도 먹지도 못하고 방 안에서 죽은 듯이 잠만 잤다. 엄마가 제발 물이라도 마시라며 코앞에 컵을 들이대주기 까지 했지만, 마실 수 없었다. 식음을 전폐하고 머리를 내린 채 눈이 오나 비가 오나 대전 앞에서 무릎을 꿇고 있는 죄인처럼, 나는 버텼다. 그렇게라도 하면 할아버지가, 아빠가 나를 용서해 줄지도 모르니까.

◈ 어느 봄날의 그네 ◈

또 다시 다가올 악몽이 무서워 잠을 자지 않고 나흘쯤을 버텼을 때였다. 이젠 내가 숨을 쉬는 지조차 알 수 없을 만큼 온 몸이 무감각했고, 어떠한 생각도 들지 않았다. 대답 없는 나를 상대로 혼자 재잘거리며 웃던 막내조차도 이젠 나에게 말을 걸지 않았다. 싸늘하게 나를 바라보던 여동생은 나를 없는 사람 취급했고, 엄마는 내가 쓰러지지는 않았는지 확인하는 듯했다. 하루에도 몇 번씩 울려대던 핸드폰은 전원이 꺼진 채 어딘가로 처박힌 지 오래였다. 날마다 쏟아지는 뉴스와 가십거리를 주워들을 가능성은 전혀 없었다. 언제나 켜져 있는 TV였지만 정작 나에게는 제 역할을 전혀 하지 못했다. 어딜 봐도 인간이길 포기한 모양새로 몇날며칠을 보내던 나의 눈에 책상 아래 은빛 상자가 보였다. 어릴 적부터 내가 찍혀 있는 사진들을 담아 둔 상자였다. 나는 기다시피 상자로 다가갔다.

"…누나?"

몇 시간만의 움직임에 동생이 나를 불렀지만, 여전히 대답은 하지 않았다. 손을 뻗어 상자를 움켜쥐고, 그대로 다리 사이로 쏟아 부었다. 손끝발끝으로 '무기력감'을 뿜어내던 나는 갑자기 미친 사람처럼 사진들을 뒤지기 시작했다.

"누나, 왜 그래, 어? 뭐 찾아?"

놀란 동생이 흔들어댔지만 나는 동생의 팔을 뿌리치고 뒤집어진 사진들을 일일이 확인했다. 나조차도 내가 무엇을 찾는지 알 수 없었지만 맹목적인 손짓은 멈추지 않았다. 유치원 입학식 때, 갓난아기 때, 중학교 졸업식때, 어린이집 장기자랑 할 때…. 이거 아닌데, 이것도 아닌데….

순서도 엉망진창으로 섞여 버린 사진 가운데서 나는 한 장의 사진을 집어들었다. 단옷날, 어느 축제에서 작은 그네를 뛰고 있는 다섯 살의 내가 찍힌 오래 된 사진 한 장. 그 옆에 선 채로 세상에서 무엇보다 내가 사랑스럽다는 듯 나를 바라보고 있는 아빠의 행복한 얼굴. 사랑받고 자랐음이 분명한 아이의 천진한 웃는 얼굴. 창포 꽃이 완연한 어느 봄날의, 행복한 부녀.

"아…. 아… 아빠…. 흐으…."
"누나? 누나 왜 울어! 어디 아파?"
"흐어엉… 아빠 죽지 마, 나 두고 죽지 마아…. 제발 나 두고 죽지 마…!"
"이씨, 엄마!!! 누나 이상해!!"

동생의 부름을 듣고 저녁을 하던 엄마와 컴퓨터를 하던 여동생이 화들짝 놀라 방으로 뛰어 들어왔다. 세 사람이 방 입구에서 나를 바라보고 있었지만 나는 사진을 꼭 쥔 채, 첫 숨이 트인 아기처럼 소리 내어 울기 바빴다. 그간의 '무성(無聲)'을 메우기라도 할 기세로 나는 아빠를 불러댔다. 밤이 다 되어 가는 시간이었지만 엄마는 나를 말리지 않았다. 그저 동생들을 이끌고 조용히 방에서 나갈 뿐이었다. 나는 엄마와 동생들이 사라진 방 안에서 아빠가 찍힌 사진들을 모조리 찾아내어 가슴팍에 소중히 끌어안았다. 미안하다고, 잘못했다고. 내가 나쁜 딸이었으니 제발 내게서 사라지지 말아달라고···. 내 유년의 행복을 만들어주었던 사랑하는 나의 아빠. 무뚝뚝한 성격 탓에 한 번도 표현한 적 없지만 사실 아버지, 나는 당신 없이는 어디서도 숨 쉴 수 없는 아이라고. 지금, 당신이 당신 자신보다 더 사랑하는 내가 이렇게 간절히 기도하니, 떠나지 말아달라고. 그렇게 꼬옥 끌어안았다. 물고기는··· 물 밖에서는 숨 쉴 수 없다.

◈ 연못 ◈

여전히 쌀쌀한 날씨에 툴툴 거리며 올라 탄 나는 빈 자리를 찾아 걸어갔다. 음악이 나오는 이어폰을 귀에 끼고 창 밖 풍경들을 구경했다. 늘 보아왔지만 단 한 번도 같은 적 없었을 그 풍경에서 눈을 떼고, 교복치마를 내려다보았다. 밑단에 생긴 주름은 도대체 펴질 생각이 없어 보인다. 그래도 억지로 펴겠다는 생각은 하지 않기로 했다. 나 모르게 생긴 주름이라면 나 모르게 펴지겠지, 뭐. 치마를 가볍게 툭툭 털어내고 고개를 들었다. 버스 벽에 붙은 광고지를 보고 오늘은 어떤 음료수를 사 들고 올라갈지 잠시 생각해 보았다. 저번은 오렌지와 알로에였으니 오늘은 토마토와 포도 주스를 사가야겠다고 생각하며 엄마가 준 돈과 액수를 맞춰보았다. 돌아오는 길에 간식거리를 사 먹어도 괜찮겠다.

그날, 내가 방안에서 진이 다 빠질 때까지 울고 난 뒤, 엄마는 내가 그렇게 좋아하던 된장찌개-하지만 어쩐지 한 동안 식탁에서 볼 수 없었던- 를 끓여주셨다. 동생의 '밥 더 줄까' 라는 물음에 '너무 많이 말고, 반 그릇만.' 이라고 소리 내어 대답을 하자 엄마는 결국 숟가락을 놓고 화장실로 들어가셨다. 콸콸 흘러나오는 물소리에 다 묻히지 못하고 새어 나오는 엄마의 울음소리는 그동안 내가 얼마나 엄마를 걱정시켰는지 알게 해주었다.

"언니, 안 내려? 왜, 또 ×××역까지 가시지?"

"아, 또 그 얘기야?"

"흥. 깨워준다는 언니 말 믿고 잠든 내가 바보지. 어떻게 같이 잘 수가 있어?"

"그때는 미안했다니까~ 야. 이따 주스 사면 네가 다 들기."

"누가 들어나 준대?"

새침하게 인상을 구기고 연신 못마땅하게 나를 쳐다보는 동생과 함께 버스에서 내렸다. 나영이와 함께 아빠를 보러 온 것은 이번이 세 번째였다. 내 오른손을 꼭 잡고 있는 여동생에게서 긴장의 기운이 느껴졌지만 괜찮을 거라는 의미를 담아 머리를 가볍게 두드려 주었다. 휙 돌아보는 동생에게 '4층 누르지 않고 뭐해?' 라며 모르는 척 핀잔을 주었다. 올라가는 내내 거울을 들여다보며 '아무리 봐도 언니는 진짜 유전자가 꽝인가 봐. 진짜 못생겼어.' 라며 깔깔 대는 동생에게 '유전자라면 너도 예외는 없어, 멍청아. 공부 못하는 거 이런 데서 티내지 마.' 라고 맞장구를 쳐주었다.

뒤에서 꽥꽥 대는 나영이를 두고 스테이션에 들러 차트를 쓰고 있던 간호사 언니에게 토마토 주스 상자를 내밀었다. 간호사 언니의 잘 먹겠다는 인사도 받지 못하고 쫓아오는 동생을 감당해야 했다. 씩씩거리며 달려드는 동생에게 좀 조용히 하라고 점잖은 척을 하고 병실 손잡이에 손을 올렸다. 여전히 긴장되고, 어쩐지 두려운 마음이 들었지만 잘 다녀오라던 엄마와, 다음엔 저랑 같이 가자던 막내, 그리고 곁에 서 있는 나영이를 떠올리며 문을 열어 젖혔다.

어느 새 눈을 뜨고 딸들을 알아볼 수 있게 된 아빠가 문 열리는 소리에 눈동자를 움직여 우리를 또렷이 바라보고 있었다. 아직도 편안해 보이지만은 않는 얼굴이지만, 조금은 불편한 얼굴 아래 우리를 향한 무한한 애정이 담겨 있다는 것을 이제는 안다. 쭈뼛대며 머리카락을 만지고 있는 나영이를 당겨 아빠에게 한 걸음씩 걸어갔다.

두려움과 눈물 때문에 가장 필요할 때 잡아주지 못했던 아빠의 오른 손을 힘껏 쥔다. 꿈속에서 조차 공포에 질려 마주보지 못했던 두 눈을 스스럼 없이 마주 하고, 밀쳐내기 바빴던 아빠에게 꼭 붙어 섰다. 그 어느 날의 나를 보는 듯, 아빠는 붕어처럼 무언가를 말하려고 한다. 어렴풋이 알 것 같은, 들릴 것 같은 아빠의 마음. 언제나 들어왔던 그 마음을 이제는 내가 먼저 말해야겠지. 아무리 뿌옇다 할지라도, 물고기는 물속에서 태어나고 살아가니까.

"아빠, 우리 왔어!"

꽉 잡아주세요
아직은 어린 아이고 싶은 내가
마음껏 기댈 수 있도록

꼭 기다려주세요
언젠가 당신만큼 자란 내가
한겨울 찬바람 막아 줄 수 있도록

흙바닥에 넘어져도 마냥 좋은 내 옆에는
어느 때고 매달려 웃을 수 있는 든든한 팔이 있고

메마른 돌길 위를 씩씩하게 걷는 내 곁에는
내 키보다 더 긴 튼튼한 두 다리가 있다.

꼭 그만큼 사랑이 묻어나는 눈길이 있다.

하늘이
어둡다
신민지

피아노 의자의 자리는 그곳이 아니었다.
피아노 의자는 그저 피아노 의자일 뿐.
그 이상도, 그 이하도 아니었다.

하늘이 어둡다. 비가 올 것만 같다.

'지잉-, 지잉-'

3월 어느 날, 아침이 밝았다. 푹신푹신한 이불이 손에 감겼다. 꿈이 생각나지 않을 만큼 개운한 잠이었다. 눈을 뜨자마자 햇볕이 얼굴을 따스하게 비췄다. 평소와는 다르게 일찍 일어났다. 무슨 이유인지는 모르겠지만 학교에 가고 싶었다. 왠지 오늘 가면 공부도 더 잘 될 것만 같았다. 빨리 가서 친구들과 만나서 오늘의 기분을 얘기하려고 했다. 밥 먹고 세수하고 양치하고. 분명히 똑같은 일상이었다. 하지만 뭔가 달랐다. 기분이 좋았다. 준비하느라 좀 늦긴 했지만 기분 좋게 집을 나섰다.

학교에 도착했다. 이야기를 하는데도 내가 들떴다는 것을 알 수 있었다. 가만히 있는데도 웃음이 나오고 수업 시간에도 웃으면서 공부 할 수 있었다. 그게 정말 무슨 이유인지는 모르겠지만.

며칠 전부터 고민이 있었다. 아주 조그만 고민이 있었다. 내가 모르는 사이 심화보충수업 대상자로 내가 신청되어 있었다. 그 보충수업을 빼고 싶었다. 선생님께 얘기를 드리면 수업을 안 들을 수 있었다. 말씀드릴 자신은 있었다. 하지만 보충수업 담당선생님이 사소한 일에도 화를 내신다는 것은 전교에 소문이 나 있었다. 그것 때문에 말을 하기가 살짝 겁이 났다. 차라리 수업을 들을까. 머리를 데굴데굴 정말 열심히 굴렸다.

교무실로 가기로 했다. 아주 조금, 정말 조금 용기를 내보기로 했다. 선생님께 말씀드렸다. 하지만 차마 솔직하게 말할 용기가 나지 않았다. 약간의 거짓말을 섞었다.

"선생님, 저 아무래도 이번 보충수업 못 들을 것 같아요. 제가 혼자서 공부해 보고 싶어요."

"네가 혼자서 어떻게 할 건데?"

"일단 엄마가 수학 과외 한 번 들어보라고 하셨어요. 저도 과외 들어보고 싶었고요. 그래서 그렇게 해보려고요."

여기서 약간의 거짓말이 들어갔다. 절대로 나쁜 의도로 하려고 한 것은 아니다. 최대한 공손하게 하려고 노력했다. 두 발 모으고, 두 손 모으고 목소리도 차분하게 옷차림도 단정하게. 하지만 돌아오는 대답은 내가 생각했던 답이 아니었다.

"네가 뭔데? 네가 뭔데 수업을 거부해?"

순간 아무 생각이 나지 않았다. 대답을 할 수가 없었다.

"너 몇 학년 몇 반이야? 계열 뭐야? 네가 한다고 할 수 있을 것 같아? 니가 얼마나 잘났 길래? 너 앞으로 내가 두고 볼 거야. 얼마나 잘 되는지 보자. 어디 니 마음대로 해 봐라."

이런 말을 직접 들은 건 처음이었다. 머릿속이 하얘졌다. 눈물이 핑 돌았다. 아무도 신경 쓰지 않을 말이지만 자꾸 귓가에서 윙윙거렸다. 갑자기 좋았던 기분이 순식간에 바닥으로 추락했다. 아니 바닥이 아니었다. 밑도 끝도 없이 추락했다. 아침의 그 기분은 이미 없어진 지 오래였다. 온갖 부정적인 생각들이 난무했다. 더 이상 있을 수가 없었다. 교무실에서 나왔다.

"야, 너 왜 울어? 무슨 일 있었어?"

"얘들아, 얘 울어. 선생님한테 혼났대."

걱정스러운 목소리로 말하는 것 같았다. 내 귀에 아이들의 목소리가 들려왔다. 기분이 바닥을 쿵쿵 치다 못해 뚫고 바닥 속으로 뚫고 들어갔나 보다. 그 목소리들이 다 가식적이라고 말하고 있었다. 아이들에게 괜찮다고 말했다. 말이라도 괜찮아야 할 것 같았다.

집으로 왔다. 교무실에서의 사건이 맴돌았다. 아직도 나는 바닥 속을 헤매고 있었다. 언제쯤 바닥 위로 올라오게 될까. 어딘가 털어 놓고 싶었다. 오늘 나 때문에 기분이 좋지 않았을 아이들을 생각하니 털어 놓을 곳이 없었다. 엄마에게 털어 놓아 보기로 했다.

"엄마, 나 오늘 학교에서 선생님한테 혼났어. 그래서 학교에서 울었어."

"학교에서 왜 울어? 학교에서 울면 애들이 다 너 안 좋게 봐. 앞으로 학교에서 울 생각 하지 말고 집에 와서 울어. 우는 거 좋아하는 사람 없어."

난 해결을 바라는 게 아니었다. 그냥 '아 그랬구나, 힘들었겠네.' 이 한마디를 바랐다. 엄마는 화만 냈다. 털어 놓아도 소용이 없었다. 그냥 내 마음속에 꾹꾹 담아두기로 했다.

담아 두는 게 아니었다. 어떻게든 누군가에게 털어 놓아야 했다. 나도 모르는 사이 더 깊숙하게 빠졌다. 시간이 가면 나아지겠지 생각했다. 신경 쓰지 않으려고 더 밝은 척했다.

나쁜 일은 겹쳐서 오나보다. 내 밝은 척이 다른 아이들에게 불편을 준 것 같다. 아니면 밝은 척이 밝게 보이지 않았던 것 같다. 정말 친하다고 생각했던 친구가 갑자기 내가 싫다고 한다. 하루 전까지만 해도 문자를 주고 받았다. 그런데 다음 날 바로 나와 연락을 끊었다. 그 이유를 물어보고 싶었다. 친구를 불렀다. 얘기하기 싫다고 한다. 얘도 요즘 기분이 안 좋구나. 그래서 나처럼 모든 일에 의욕이 없나? 생각했다. 친구한테 힘든 일이 있으면 나에게 바로 오라고 말했다. 빨리 친구의 기분이 풀렸으면 바랐다. 점심시간이 되어서 친구와 같이 급식실로 내려갔다. 뭔가 이상한 느낌이 왔다. 밥 먹는 동안에도 그 느낌은 가시지 않았다. 설마 했다. 혹시나 나에게 서운한 게 있나 싶어서 물었다.

"혹시 뭐 나한테 서운한 거 있어?"

말을 꺼내는 게 아니었다. 그냥 참고 모르는 채로 지내는 것이 더 편했을지도 모른다. 친구가 그걸 이때까지 모르고 있었냐고 했다. 나랑 말도 섞기 싫고 같이 있는 게 싫다고 했다. 아니 대체 왜? 그 이유를 물었다. 묻자마자 눈이 빨개지더니 울기 시작했다. 화가 났다. 왜 우는지 이유를 알 수가 없었다.

"우리 다음에 이야기 하자. 울음 그치고."

교실로 가자마자 친구에게 다른 아이들이 달려와서 달래 주었다. 다들 날 한 번씩 쳐다보았다. 나도 울음이 터졌다. 복도에서 울 수는 없어서 교실로 들어왔다. 그 친구보다 내가 더 펑펑 울었던 것 같다. 친구랑 이렇게 사이가 안 좋아지기는 처음이었다. 내가 대체 어떤 잘못을 했기에 이렇게 서로 울면서 화를 내야 하는지 몰랐다. 내가 우는 걸 보고 우리 반 아이들이 나에게 와서 물었다. 친구랑 싸웠다고 하면 그 친구와 나, 모두 친구들의 입에 오르내릴 것이다. 그래서 시험 스트레스 때문에 힘들어서 우는 것이라 말했다. 눈물이 계속 났다. 점심시간 이후로 9교시 보충시간까지 울었다. 엄마의 말은 생각도 나지 않았다. 학교에서 펑펑 울었다. 친구들도 내가 자꾸 우니까 짜증이 났나보다. 달래주다가 다들 갔다.

바다 속으로 깊숙이 내려가 있던 기분이 더 이상 올라 올 수 없을 정도로 늪으로 빠졌다. 도저히 이 기분으로 공부를 할 수 없을 것 같았다. 선생님께 양해를 구해 야자를 빼고 집으로 일찍 왔다.

집에서 나 혼자서 화를 삭이고 있었다. 그래도 이유는 들어봐야 하지 않겠나. 그래서 친구에게 전화를 했다. 전화를 걸 때마다 바로 끊겼다. 애가 지금 일부러 내 전화를 피하는구나. 문자를 했다. 문자를 해도 진전되는 건 없었다. 처음에는 친구에게 화가 났다. 답답했다. 생각하면 생각 할수록 그 화는 나에게로 돌아왔다. 이유가 있으니까 나에게 화가 났겠지. 난 왜 이럴까. 난 쓸모가 없네.

믿을 만한 사람은 엄마 밖에 없다고 생각했다. 엄마가 오기를 기다렸다. 12시에 엄마가 일을 끝내고 돌아오셨다. 보자마자 펑펑 눈물을 쏟아냈다. 새벽 3시까지 이야기를 했다. 하지만 엄마의 대답은 한결 같았다.

"그냥 너 혼자 신경 쓰지 말고 다녀. 어차피 고등학교 때 친구들 대학 가면 연락 다 끊겨. 그리고 학교에서 또 왜 울어? 울지 말라고 했잖아. 운다고 모든 게 다 해결될 줄 알아?"

엄마에게 위로를 받고 싶었다. 하지만 위로는 오지 않았다. 엄마의 말씀이 맞을 거라 생각하고 받아들이려고 했다. 최대한 신경을 쓰지 않으려고 했다. 그런데 그러면 그럴수록 점점 더 신경이 쓰였다. 이제는 그 친구 뿐만 아니라 모두 나에게 싫다고 말하는 것만 같았다. 다들 날 욕하고 있을 것만 같았다. 학교에 오기가 싫었다. 이 기분이 없어지지 않았다. 너무 싫었다. 기분을 없애기 위해서는 내가 없어지는 방법 밖에 없다고 생각했다.

아침에 모닝콜 소리가 들렸다. 학교에 갈 생각에 눈이 떠지질 않았다. 엄마를 깨웠다. 보자마자 눈물부터 났다. 엄마가 아침부터 뭐하는 짓이냐고 화를 냈다. 학교를 안 가겠다고 방에서 버텼다. 창 밖을 바라봤다. 하늘이 어지러웠다. 갑자기 며칠 전에 19층에서 투신자살했다는 어떤 아나운서가 생각이 났다. 부러워졌다. 난 그런 용기가 나지 않았다.

피아노 의자를 들고 왔다. 창문 앞에 세웠다. 그리고 방문을 잠갔다. 창문 문고리를 잡았다. 내가 저 밖으로 나가면 이 기분에서 벗어날 수 있을까 생각이 들었다.

…….

창문 앞에서 한참을 울었다. 용기를 달라고 하늘에 계속 기도했다. 하늘은 신경도 쓰지 않았다. 문고리를 잡고 계속 열었다 닫았다, 의자 위에 올라갔다 내려갔다. 점점 겁이 났다. 그때 엄마가 문을 열고 들어오셨다. 화를 내셨다. 대체 뭐 때문에 그러는 거냐고 화를 내셨다. 나도 그 이유를 알면 말해 주고 싶었다. 나도 모르겠다. 내가 왜 이러는지.

그 일이 있은 후 나는 신경 쓰지 않으려고 했다. 신경 쓰면 쓸수록 나만 더 힘들어질 거라고 생각했다. 하지만 가슴 속에 뭉쳐 있는 동그란 무언가에서 벗어날 수가 없었다. 답답했다. 혼자 있는 것이 싫었다. 외롭다는 느낌이 너무 싫었다. 혼자 있을 때마다 힘든 기억이 자꾸 생각났다. 창 밖을 바라보는 시간이 늘었다. 아무 생각 없이 구름 사이로 둥둥 떠오르고 싶다.
피아노 의자의 자리는 그곳이 아니었다. 피아노 의자는 그저 피아노 의자일 뿐. 그 이상도, 그 이하도 아니었다.

……

5개월 동안 많은 생각을 했다. 나에게 이런 일이 일어난 이유가 무엇일까? 엄마와 선생님, 그리고 친구와 많은 이야기를 했다. 내 마음 속을 말해 주기 힘들었다. 하지만 그렇게 해야 더 나아질 수 있다고 생각했다. 위로도 받고 충고도 받았다. 생각하기도 싫은 일이지만 왠지 나에게도 잘못이 있을 것 같아 잊지 않으려고 했다.
바닥 깊숙한 곳에서 허우적대다가 빛을 발견했다. 모든 문제는 나에게 있었다. 내가 옳다고 생각한 행동이 남에겐 아니었다. 누군가에겐 예의가 없어 보이고 기분이 나빠지는 행동이었다. 나로 인해 일어난 일들은 나는 모르고 있었다. 무작정 남 탓하기 바빴다.
많이 힘들었다. 왜 나만 힘들까? 나만큼 힘든 사람 있을까? 매일매일 생각했다. 정작 나는 돌아보지 않고 말이다. 이번 일로 내가 지금까지 새겨왔던 발자국을 다시 되짚어 가고 있다. 하나, 둘 밟아가며 과거의 발자국에 다시 내 발자국을 새겨가고 있다.

빛을 발견했다. 그 빛을 따라 그리고 내가 새겨왔던 발자국을 따라 나는 점점 더 성장할 것이다. 한때는 잊고 싶었던 기억이 이제는 평생 잊지 못할 기억으로 가슴 속에 남아 있다.

아버지의 편린

김현준

그렇다. 어떻게 되든 아버지는 나의 아버지
다. 그 사실은 내가 무슨 짓을 한다고 해도
변함이 없는 것이다.

1

나에게는 밤이 되면 찾아오는 없어지지 않는, 지울 수 없는 통증이 있다. 매일 밤 집안 가득 울려 퍼지는 중저음의 목소리. 그것이 나를 괴롭게 한다. 혹여 그 소리에 어머니께서 잠에서 깨어나실까 두렵고, 울려 퍼지는 목소리에 잠을 이룰 수 없는 밤은 이어진다.

2

내가 초등학교 때였을 것이다. 아직도 생생히 기억나는 그날 새벽, 여느 때와 다름없이 잠에 빠져 있는데 문 밖 거실에서 낯선 중년 남성들의 목소리가 들려오기 시작했다.

"그러니까, 더 이상 폭력을 행사하지 마시고, 저희는 가보겠습니다."

무슨 이야기지? 그리고 얼마 지나지 않아 들려오는 누나의 비명 소리와 방문이 닫히는 소리, 그리고 당장 나오라는 중저음의 목소리가 울려 퍼진다. 그리고 다시 열리는 현관문. 그리고 또 다시 들리는 중년 남성들의 목소리와 알았으니 이제 가라는 당신의 목소리. 무서워서 그저 겁이 나서 계속 자는 척을 하고 있었다. 그리고 그날 이후, 거실의 소파는 당신만의 공간이 되었고, 매일 밤 그 거실에서부터 울려 퍼지는 목소리가 우리를 괴롭혔다.

3

선생님이신 어머니께선 차를 타고 한 시간 거리를 매일 출퇴근하셨다.

어머니는 매일 새벽에 일어나셔서 나의 아침을 차리시고, 출근할 준비를 하신다. 그렇기에 일찍 일어난다는 것은 매일 밤잠을 이룰 수 없는 어머니께는 힘든 일이었고, 큰 스트레스여서 예민해지실 때가 많았다. 항상 참으시고 고된 일을 맡아서 하시는 어머니를 보면 죄송하고 심지어는 안쓰럽다는 생각까지 들었다. 누나와 내가 아버지로 인해 힘들어하는 것을 특히나 싫어하셨던 어머니께서는 결국 누나를 기숙사 고등학교에 보내셨다. 그리고 남겨진 나는, 나를 이리 위해 주시고 항상 희생하시는 어머니를 지켜드리기로 다짐했다. 이렇게 다짐한 이후, 나는 당신과 참으로 많은 시간을 보냈다.

4

휴대폰으로 전화가 왔다.

"여기 ××거리 포장마차 앞인데, 아버님께서 누워서 지나가는 사람들한테 욕하고 난리도 아닙니다. 빨리 데려가시길 바랍니다."

아아, 또 시작이다. 다른 사람들한테 더 폐를 끼치기 전에 얼른 모시고 와야겠다 싶어서 얼른 채비를 하고 연락이 온 곳으로 달려갔다. 거리에 누워계신 아버지가 보였다. 화가 솟구쳤다. '우리 가족에게만 잘못하고, 밖에서는 절대 부끄러운 일 한 적 없다고 항상 이야기하시는 분께서 어떻게 이러고 계시는 거지?' 하는 생각이 듦과 동시에, 아는 사람과 마주칠까 두려운 마음으로 술에 취해 제대로 걷지도 못하는 아버지를 부축해서 급히 집으로 돌아왔다. 그러곤 또 얘기를 하기 시작했다.

"아버지, 아버지께서 항상 밖에선 엉뚱한 일 안 한다고 하시지 않으셨어요?"

"그래, 내가 밖에서는 좀 인정받는다 아이가."

"그러면 술 취해서 거리에 누워서 사람들한테 욕하는 건 엉뚱한 일 아니에요?"

"아니, 그거는… 다르다."

"뭐가 다른데요?"

"다르다 카이."

"그리고 그렇다 쳐도, 아무리 밖에서 인정받는다고 해도 가족한테 못하면 안 되죠. 뉴스 같은 것을 봐도, 아무리 사회에서 인정받더라도 가족에게 큰 잘못을 하거나 하면 사람들이 뭐라 하는지 아세요?"

"니는 맨날 내를 가르칠라 카나?"

"아니, 그게 아버지가…"

"댔다 치아라. 잠이나 자라."

5

처음엔 그저 언성을 높이고 화를 내기만 했다. 하지만 점점 거칠어지는 나의 말들과 높아가는 언성에 어머니께서 한 마디를 하셨다. 아무리 몹쓸 사람이라도 당신께서는 나의 아버지라고. 최소한 지킬 것은 지켜야 하지 않겠느냐고. 그 말을 듣고서 깨달았다. 아버지께서 지금보다 더한 일을 우리에게 하셨더라도, 아버지는 아버지인 것이다. 아버지가 없으셨다면 나도 없었기에 한 사람의 아들로서 아버지를 더욱 존중해드려야 함을 느꼈다.

6

TV프로그램을 보는 도중, 알코올 중독자이신 아버지로 인해 어머니께서는 종적을 감추셨고, 학비는 물론 생활비까지 아르바이트로 해결해야 했었다는 청년의 인터뷰가 나왔다. 그럼과 동시에 어머니께서 하신 말이 떠올랐다. 이 세상에서는 우리보다 더 힘들고 상처받는 사람이 많고 우리는 그렇게 힘든 편이 아니라는 말씀. 그 당시에는 그저 다른 사람들은 다 행복한데 왜 나만? 나만 불행한 거지? 하는 생각에 나에게 닥친 불행이 가장 큰 것 같고 힘든 것 같이 느껴졌다. 하지만 이제는 나보다 힘든 사람이 훨씬 많다는 것을 알고, 이 정도로 엄살 피울 정도로 나는 약하지 않다는 둥, 현실을 타파할 마음가짐을 가지지 않고 그저 불만과 불평을 쏟아내고 화만 내니 현실이 변하지 않는 것이라는 생각이 들었다. 그래서 이제는 마음가짐을 고쳐먹고 근본적인 문제점을 찾아 고쳐보려는 노력을 하기로 마음먹었다.

7

아무리 이해하려고 해도, 나는 아버지가 당장의 위기를 모면하려고 말로만 미안하다는 식으로 말을 하고, 행동으로는 아무런 노력도 보여주지 않는 사람으로 보인다. 그리고 항상 말로는 미안하다고 하면서 가끔 술을 드시고 오시면 하시는 말이,

"니 엄마는 와 저러겠노. 내가 도대체 뭘 잘못했길래 이딴 취급을 받아야 되노."

그저 웃음만 나올 정도로 어이가 없었다. 아버지는 도저히 이해할 수가 없다.

8

새벽 1시 경, 휴대폰 벨 소리가 나의 잠을 방해한다. 휴대폰을 보니 발신자는 당연히 아버지. 일그러진 얼굴로 전화를 받는다.

"어, 내가 술을 좀 먹었는데."

듣기 싫은 목소리. 술에 취한 아버지의 목소리는 정말 소름 돋는다. 매번

듣는 목소리지만 그 목소리는 정말 섬뜩하다.

"조금만 드신 거 아니네요. 목소리만 들어도 다 알겠구만."

"니는 내가 술 먹은 거 긋나."

"그럼 아니에요?"

"그래, 내 술 좀 묵었다. 니가 보기엔 어째야겠노."

"아버지 또 집에 오시면 잠 못자게 괴롭히실 거잖아요. 어머니하고 저는 학교 가야 되는데. 술 드시면 찜질방에 가셔서 주무시라고 했잖아요!"

"나는… 찜질방 가기 싫다. 나는 집이 좋아."

"그러면 술을 안 마시면 되잖아요!"

"몰라, 하여튼 나는… 집에 간다."

그날 밤도 여전히, 중저음의 목소리가 나를 잠들 수 없게 했다.

9

네이버 지식인에 글을 올렸다. 내가 아는 아버지의 모든 잘못들을 써서 올렸다. 나를 위로해 주길 바라며. 그런데, 지식인의 답변들은 아버지의 잘 못을 따지거나 욕하는 것이 아니라 '얼마나 힘드셨으면 그러셨겠습니까' 식이었다. 내가 예상하고 또 바랐던 답변들이 아니었다. 아버지께서 이렇 게 우리를 힘들게 했는데 아버지의 편을 드는 사람들이 미워지고 화가 났 다. 하지만 이내 '내가 아버지의 잘못을 욕하고 화를 내기만 했지 아버지를 진짜로 이해하려 했다고 할 수 있을까? 얼마나 힘이 드셨으면 그러셨을 까?' 라는 생각이 들었다. 그리고 이제부터는 아버지를 이해하기 위해 더욱 노력해 봐야겠다고 다짐했다.

10

잠결에 목소리가 들린다. 혹여나 어머니께서 깨실까 걱정이 되었다. 얼른 침대에서 일어나 문을 열고 소파에 누워 있는 아버지를 불렀다. 그러곤 함께 내 방으로 들어가 문을 꼭 닫고 이야기를 시작했다. 하지만 아무리 이해하려고 해도 술에 취한 아버지와는 대화 자체가 되지 않는다. 매일 밤 나의 방 풍경은 침대에 앉아 눈을 지그시 감고 이야기하시는 아버지와 등을 돌린 채 컴퓨터를 하는 내 모습만이 있다. 하지만 그 풍경 속에는 가끔은 단순히 주정부리는 것이라고 치부할 수 없는 이야기들이 있다.

11

IMF이후, 아버지의 경제적 능력은 전무했다. 그리고 동시에 교통사고까지 났다. 그 이후에 가족과 떨어져 외진 곳에 홀로 생활하며 막노동을 하실 때도 있었다. 하지만 그렇게 벌어들인 돈은 우리의 것이 되지 못했다. 어떻게든 잘못을 만회하려 하시다가 모두 날려버리기 일수였기 때문이다. 이때의 힘든 경제적 여건들은 어머니께서 해결을 하셔야 했고 당시 평범한 주부였던 어머니는 어린이집에서 일을 하시며 임용고시를 준비하셔서 합격하셨다. 우리는 그렇게 살아왔고 항상 아버지가 문제고 어머니만이 힘들다고 생각하고 받아들여왔다. 하지만 내가 몰랐던 것이 있었다. 일을 저지른 아버지께서도 항상 힘드셨다는 것을. 항상 아버지께서는 미안하다는 말을 입에 달고 사신다는 것을.

12

아무리 아버지를 이해하려 해도 아버지께선 내가 지닌 가치관으로는 이해가 불가능하신 분이다. 말과 행동이 맞지 않고 항상 자신이 옳다고 생각하며 잘못을 하더라도 말만 뉘우치는 척하면서 행동은 떳떳하고, 자신도 지키지 않는 걸 가르치려 하고. 이 밖에도 이해할 수 없는 점이 수두룩하다. 아버지와의 행복하거나 즐거운 기억이 없어서 그런지는 모르겠지만 나는 아버지를 도저히 이해할 수 없다. 그렇다고 해서 아버지가 나의 아버지가 아닌 것은 아니다. 그렇기에 나는 아버지의 잘못된 부분까지도 아버지의 일부분이라 생각하고 받아들이기로 했다. 아버지의 입장에서 아버지의 가슴에 못 박거나 상처 받으시는 말을 않으니 자연히 아버지와 다투는 일도 없게 되었다. 서로 대화할 때 농담을 하거나 하진 못하지만 내가 아버지를 새롭게 생각하고 대할 수 있게 됐다는 것은 신기한 일이다. 지금으로서는 아버지께서 술을 드시면 아버지의 몸 상태가 걱정될 뿐, 전처럼 속부터 부글부글 끓어오르고 인상이 일그러지진 않는다. 내가 왜 진작 이렇게 받아들이지 못했을까 하는 후회가 일기도 한다. 사람의 행복과 불행은 마음가짐에 달려 있다는 생각이 들 정도로…….

13

술을 드시고 내 침대에 누워 잠을 청하시던 아버지께서 갑자기 이불에 토악질을 하시기 시작했다. 나는 그저 모르는 척 컴퓨터를 하고 있었다. 아버지께서는 토사물이 묻은 이불을 세탁기로 가지고 가셨다.

"아버지! 다른 빨래 있는데 토사물 다 묻은 이불을 거기 넣으면 어떻게 해요! 그거 손빨래해야 돼요!"

"알았다. 카면 놔둬라 좀 있다 내 알아서 할 꾸마."

저렇게 말씀하셔도 안할 것이란 것을 알고, 누나에게 좀 도와달라고 얘기했다.

"아버지! 아버지께서 하셨으면 아버지께서 치우셔야죠! 빨리 일어나세요!"

소파에 누워계신 아버지께 누나가 말했다.

"알았다. 내가 치울 꾸마. 냅둬라."

"저러고 안 할 거면서 진짜!"

누나와 함께 이불에 묻은 토사물을 씻어 내리기 시작했다. 짜증이 가득 찬 누나는,

"어떻게 사람이 저러냐? 니는 화나지도 않냐?"

"나는 이제 아빠한테 해탈의 경지에 다다랐다. 누나도 이제 그만 화내고 그냥 받아들여라."

"니는 저러는 거 보면 참자는 말이 나오냐?"

"어쩔 수 없잖아. 그래도 아버진데 어쩌겠노."

"아, 답답해 진짜!"

이내, 웃으면서 물장난을 치며 누나와 이불을 씻어 내렸다. 다 정리하고 넌 다음에, 방으로 돌아가는데 소파에 누워 주무시는 아버지가 보인다. 힘든 마음에 한 마디했다.

"보세요, 아버지는 저희가 할 거 다 알면서 그랬던 거잖아요."

"그래, 고맙다."

과연 저 말이 진심일까? 하는 생각이 들긴 했지만 이제는 어떻든 간에 아버지를 인정하고 받아들이기로 했기 때문에 좋은 쪽으로 생각하기로 했다. 그리고 후회를 했다. 아버지께서 토악질을 시작하셨을 때 세숫대야라도 가지고 와서 돌보아 드렸다면 궂은일을 안 해도 됐을 텐데. 이렇게 된 건 다 나 때문이라는 생각이 들었다. 결국 아버지께서만 잘못한 것이 아니고 나도 잘못했기에 궂은일을 한 것이 돼 버린 것이다.

14

내가 뭣도 모르고 아버지와 싸우기만 할 때 했던 말 중에 아직도 기억나

는 말이 있다.

"부자간에, 어떻게 되든 간에 저 나중에 크고 나면 나중에 포장마차 같은 곳이라도 가서 소주 한 잔 하고 할 텐데, 서로 좀 잘하려고 노력해 봐요."

그렇다. 어떻게 되든 아버지는 나의 아버지다. 그 사실은 내가 무슨 짓을 한다고 해도 변함이 없는 것이다. 그렇기에 나는, 지금도 아버지를 존중하고 좋아하도록 노력한다. 그러다 보면 나중엔 같이 농담도 하고 웃으며 소주 한 잔 마실 날이 오지 않을까 하는 생각이 든다.

[후기]

사실, 그동안 아버지에 대해서 막연히 여러 가지 생각이 있었을 뿐, 확실히 내가 아버지를 어떻게 생각하고 있는지조차 모르고 있었다. 하지만 이번에 나를 숨기지 않고 글을 씀으로써, 내가 아버지에 대해 어떤 생각을 가지고 있으며 앞으로 아버지를 어떻게 대해야 할지 고민할 수 있었다.

몽실몽실 내 이야기

변혜경

친구가 티코의 뒤 창에서 동그라미를 새
끼 손가락으로 100번 찍으면 소원이 이루
어진다고 말했었다.
그날부터 나와 친구는……

'i' 가 'i'를 찍다

　미신을 살짝 잘 믿는 나에게 티코란 소원을 이루어주는 차(car)이다. 폰이나 채팅을 하다 보면 꼭 받는 메시지가 하나 있다. '이 메시지를 받는 사람은 행운이 생길 것이다 단, 이 메시지를 주위의 열 명에게 보내야 한다.' 어디서부터 시작된 건지도 모를 메시지를 주위 사람에게 막 보내고 한 적이 있다. 하지만 절대 바라던 행운은 오지 않았다. 그래서 이런 메시지를 받더라도 그저 그런 메시지라며 넘겼는데 어느 날, 친구가 티코의 'i' 자에서 동그라미를 새끼손가락으로 100번 찍으면 소원이 이루어진다고 말했었다. 그날부터 나와 친구는 길을 가다가 'i'를 발견하면 꼭 같이 찍고, 지각을 해도, 막 움직이려는 티코도 위험하게 찍었다. 처음에는 소원을 이루고 싶은 마음에 하나하나 숫자도 세어가며 소원을 꼭 빌었는데, 생각보다 재밌었다. 그리고 무엇보다 재미있었던 건 나와 친구 사이를 질투하던 아이들이 둘이만 뭐하냐면서 궁금해 했는데 우리는 소원의 효력이 날아간다면서 비밀로 킥킥 대고 하였다. 하지만 100번을 찍어도 아무런 것도 없었지만 그때의 그 마음은 소원을 이룬 것보다 더 즐거운 추억이 되었다.

아빠는 늙지 않아

어둠이 배가 고파서 재빠르게 하늘을 삼켜버린다. 배가 불러지면 가로등의 불빛들은 일제히 켜진다. 빨라지는 발걸음, 차오르는 숨, 재촉하는 문자, 소리나는 가로등 불빛 사이를 달린다. 그렇게 달려 도착하면 집에서 기다리는 것은 아빠의 잔소리이다. 아빠는 고지식해서 여자가 늦게 돌아다니면 안 되고, 말도 많으시다. 그래서 늦게 들어갈 때는 평소보다는 두 배 정도 많은 잔소리와 함께 혼나게 된다. 고등학생이 되어서는 학교에서 늦게 마치기 때문에 혼을 내지 않았지만, 중학생 때는 보이지 않는 쇠창살 속의 원숭이가 된 것 같았다. 나는 아빠가 무서워서 절대 대구를 하지 않았고, 그러다 보니 아빠랑 자연스럽게 멀어지게 되었다. 아빠랑 멀어져서 어색하였지만 학교가 더 좋았고 엄마랑 있는 게 행복하니 아빠랑은 아빠가 나를 혼낼 때 이외에는 거의 말을 하지 않았었다. 그런데 중학교를 졸업하기 전, 학생주임 선생님께서는 남자분이셨는데 동아리 활동 시간에 잠시 선생님과 사적인 얘기를 하였었다. 선생님은 아빠의 입장과 자식들 이야기를 해 주셨다. 선생님이 들려주는 아빠의 입장이란 지극히 외로운 존재였지만 그 지독한 외로움 속에서도 살아갈 수 있는 것은 자식들 때문이라며 우리에게도 아빠에게 애교를 많이 부려라면서 씁쓸한 웃음을 지으시며 말씀하신 적이 있다. 생각해 보니 아빠는 아빠 친구들에게 자식 얘기를 하면 내 이야기를 어떻게 하실까 궁금했다. 아빠는 나에 대해 아는 것이 별로 없다. 내가 무엇을 좋아하고 싫어하는지, 몇 반인지조차도. 새 학년이 되어도, 좋아하는 것이 생겨도, 알아주길 바란 것도 아니었고 내가 굳이 말하려 하지도 않았다. 모든 것이 자연스럽게 지나갔다. 아빠에게는 내가 자연스러움이라고 포장하고 있는 이것이 큰 외로움이었을까? 그날 내가 끼고 있던 잘못된 안경을 벗고 나니 평소와도 똑같은 시간의 밥과 먹고 나서 각자의 방으로 향하는 이 자연스러움이 아빠를 많이 외롭게 한 것이라는 것을 깨달을 수 있었다. 그렇게 깨닫고 조금씩 노력했다. 아빠에게 더 다가가도록, 고등학교를 입학하고서 아빠와 싸우기도 했지만, 그 전보다는 빨리 풀리고 잘 지내었다. 그러던 날 아빠가 세수를 하시다가 앞니가 덜렁 빠져버렸다. 처음에는 앞니 빠진 모습이 얼마나 웃기던지 아빠도 어이없어 하며 웃으셨다. 그러고 나서 치과 치료를 하러 갔는데 아빠는 치료를 하면서 눈물이 났다고 했다. 정말 정말 아팠다고, 그리고 치료를 받으시면서 열이 나셔서 하루 종일 끙끙 앓기도 하고, 감기가 떨어지질 않으셨다. 그때의 아빠는 살아온 세월만큼 재생이 되질 않아 많이 힘들어 보였다. 새삼스럽게 나와 놀던 아빠도, 나를 혼내시던 아빠도 갑자기 늙어버린다고 생각하니 눈물이 났다. 아빠를 많이 챙긴다고 생각하지는 않지만 누구보다도 아빠의 건강은 걱정하였다. 이제 막 서툰 표현을 조금씩 하고 있는데 이렇게 아파버리면 나는 정말 불효녀가 될 거라며 아빠가 빨리 낫기를 바랐다. 겨우 감기라며 말하여도 나에게 이제 진짜아빠를 만났는데 이렇게 아프셨기 때문에 나는 더 많이 걱정할 수밖에 없었다. 내가 간절히 바란 덕인지 아빠는 빨리 나으셨다. 회복을 해서 아빠가 아프지 않고 늘 나랑 권투할 때처럼 건강한 모습으로 항상 옆에 있으셨으면 좋겠다. 늘 내 마음을 숨기고 멀어지려 하지 않을 것이니 항상 건강하세요 아빠!

키위 속 개미의 마음

학교 근처에 사시는 이모 집에 나는 자주 놀러갔었다. 이유는 처음으로 생긴 사촌동생 때문이었다. 이모가 항상 맛있는 걸 주시기도 하였지만, 막내였던 나에게 사촌동생이 생긴 것이 너무 좋았고, 아가는 다 좋았다. 그날은 햇빛이 쨍쨍하여 더 덥고 밥도 안 먹어서 배가 많이 고파 있었다. 그래서 곧장 이모 집으로 가니 키위를 주었다. 그것도 골드키위 ! 열대 과일

쪽은 다 좋아하는 편인데 키위는 특히 좋아한다. 다 먹고 싶은 마음에 사촌 동생에게 거짓말을 하였다. 키위 속에 먹을 수 있는 씨들이 개미라고 에비에비 거리면서 나는 벌레라는 단어도 모르는 3살짜리 동생의 식욕을 떨어트렸다. 집에 개미가 나온 적이 있는데 그때 개미라고 '개미개미' 하면서 안 좋게 인식을 해서인지 다시 미안한 마음에 키위를 줘도 먹지를 않았다. 혹시 나 때문에 키위를 영영 못 먹게 될까 봐 불안했지만, 그날의 기억은 잊어버린 채 맛을 알고는 나보다도 잘 먹는다. 순수한 마음을 갖고 놀았던 것 같던 나의 철없는 행동은 지금도 내가 나를 비웃게 만든다. 글을 쓰니 다시 그때가 떠오른다. 새로운 골드키위를 사서 빨리 보러 가야겠다, 하나밖에 없는 나의 사촌동생을!

적응이 안 돼

오빠의 면회를 처음 갔었던 날이었다. 오랜만인 듯하면서도 어제 본 것 같은 오빠 얼굴을 보면서 많이 핼쑥해졌다는 걸 알았다. 10kg이 빠졌었다고 한다. 군대가 아무리 좋아졌다한들 힘들긴 힘든 거구나 싶었다. 금방이라도 힘들다고 그냥 나올 것 같은 철없는 오빠였는데, 늘 꾸부정한 자세도 좋아져서는 신입 냄새가 풍풍 났다. 그렇게 먹고 싶던 피자와 통닭 등 먹을 수 있을 정도로 다 먹고 아이스크림을 먹는데 내가 늦게 먹어 아이스크림이 녹아 한 방울이 오빠 군화로 '툭!' 떨어지는 순간 거의 반사적으로 흘리면 안 된다 그러고는 휴지로 빡빡 닦는 모양이 어째 너무 어색했다. 집에서랑은 딴판이었다. 그리고 새롭게 알게 된 건데 군대에서는 모자도 각지게 써야 하는 것이다. 내가 모자를 아무렇게나 쓰니까 위의 육각형을 딱딱 잡고는 구기지 말라면서, 자꾸 맞는 행동이지만 오빠에게는 어색한 행동을 해서 내가 당황스러웠다. 오빠가 빨리 규칙적이고 깔끔한 사람이 되길 바랐지만, 막상 그런 모습을 직접 보니 적응이 안 됐다. 한 가지 똑같은 건 오빠는 군대 들어 가기 전에도 그렇게 놀아 놓고서는 군대를 들어가서는 가고 싶은 곳이 더 많아진 것이었다.

기댈 수 있도록

언제인가 한번은 너무 화가 나서 엄마에게 이런 말을 한 적이 있다. "이럴 거면 나를 왜 낳았어!"라며 주워 담지 못 할 말을 해버렸었다. 나를 가지고 배가 불러 허리를 다치시고 옆으로 밖에 눕지 못해 아침부터 밤까지 하루 온종일 나를 놓기 위해서 고생하셨을 엄마에게 나는 커다란 못을 박아버리고 말았었다. 그래도 엄마는 날 안아주시고 언제든지 곁에 있어줬다. 그래서인지 엄마에게 기대고 싶다는 생각에 너무 익숙해져서 엄마가 누군가에게 기대고 싶다는 생각은 한 적이 없었다. 외할머니와 이모들은 엄마가 아주 여린 감성에 꽃과 차에 관심이 많았다고 한다. 엄마가 여리다는 것은 상상도 해보지 못하였다. 딱 한 번 엄마의 마음을 알았던 계기가 있었다. 그날은 아빠가 엄마의 우는 모습을 처음 보는 날이었다. 집에 보이스피싱 전화가 걸려온 날인데, 아빠가 화장실에 간 사이 엄마는 걸려온 전화를 받았고 전화기 속 남자는 당신 아들을 내가 데리고 있다며 오빠의 학교와 이름을 말하고 멀리서 어떤 사내 남자가 울부짖는 목소리로 "엄마!!!"라며 외치고 있었다. 보이스피싱이 뉴스에서 방송을 그렇게 했는데도 엄마는 당황해서 오빠의 목소리로 착각하였다. 엄마는 울부짖으면서 살려주세요라며 전화기를 붙들고 눈물을 아이처럼 흘렸다 그래서 아빠가 화장실에서 나와 그 모습을 보고 너무 놀라 전화기를 빼앗아 들었는데 아빠는 보이스피싱인 걸 알고 욕을 한바탕 하고는 전화를 끊어 버렸다. 전화가 끊긴 후에도 엄마는 울면서 우리 아들 맞다면서 불안해 하셨다. 그래서 학교에 전화를 해 오빠가 수업 중이라는 걸 담임선생님에게 확인 받고서야 긴장을 풀고 그 자리에 풀썩 쓰러졌었는데, 사실 더 놀랐던 건 아빠였다. 아빠는 엄마의 그런 모습을 결혼한 후로 처음 보았다고 한다. 할머니와 할아버지가 돌아가셨을 때도, 아빠가 큰 자동차 사고가 났을 때도 늘 침착하게 행동하셨다. 그런 엄마 때문에 아빠도 많이 힘들어 하지 않으셨던 것 같고 의지하신 것 같았다. 그래서 나는 엄마를 늘 강한 사람이라고 생각했는데 그 사건으로 엄마는 자식 일에서는 한없이 여린 사람이라는 걸 알 수 있었다. 그리고 나는 생각했다. 왜 나는 엄마의 입장에 서서 엄마의 진짜 마음을 알지 못하였을까 하는 생각이 들었다. 엄마도 분명 나처럼 꿈이 많은 여고생의 마음을 가진 시절이 있었을 것이다. 그런데 아름다운 나이에 결혼을 하고 오빠를 낳고 나를 낳고 그렇게 여자가 아닌 엄마로써 며느리로써 아내로써 살아가야 해서 강하게 될 수밖에 없는 것은 아니였는지. 엄마도 분명 우리를 공부시키기 위해서가 아니라 집안일을 하기 위해서가 아니라 혼자 여행도 가고 싶고 혼자만의 시간도 많이 필요했을 텐데 자식 키우기 위해서 제 한 몸 희생하신 것만 같아 엄마의 마음에 늘 눈물이 나고 감사하다. 이 마음을 늘 잃지 않도록 간직하며 매일 효도를 할 수 있는 태도로 철없는 행동들을 고쳐나가며 엄마를 많이 많이 사랑하며 기댈 수 있게 든든한 딸이 될 것이다.

저울의 한쪽 편에 세계를 실어 놓고
다른 한쪽 편에 나의 어머니를 실어 놓는다면,
세계의 편이 훨씬 가벼울 것이다.

– 랑구랄

맛동산 할아버지

우혜진

할아버지의 그 말씀에 가슴이 미어왔다.
정말 거짓말처럼 마지막 말씀을 듣고 나서
바로 눈을 떴고, 눈을 뜬 동시에 두 눈가에
눈물이 흘러 내렸다.

초등학교 입학하기 전까지 외할아버지 댁에 거의 일주일에 세 번 정도 놀러가곤 했었다. 우리 집과 외할아버지 댁이 가까워서 자주 놀러 갔었던 적도 있고, 외할아버지께서 내가 오면 반겨 주시고 또 맛있는 간식도 사 주시고 과일도 내 작은 입 크기에 알맞게 깎아 주시니까 그래서 내가 더 자주 놀러 갔었던 게 아닌가 하는 생각이 든다.

그런데 외할아버지께서는 간식거리로 항상 과자와 달콤한 사탕을 사 오셨다. 바로 맛동산 과자와 큰 봉지에 담긴 종합캔디였다. 사탕은 그런대로 맛도 있고 여러 가지 맛이 많이 들어 있어서 골라먹는 재미라도 있었지만 과자의 경우는 내가 싫어하는 과자였고, 평소 즐겨 먹지 않았던 과자여서 그런지 그리 달갑지는 않았다. 그래도 외할아버지께서 불편한 다리로 동네 슈퍼에서 사 오신 간식인데 안 먹을 수도 없었고 감사한 마음에 한입 물었다.

그런데 과자는 생각보다 맛있었고 달고 바삭바삭했다. 과자를 몇 조각 집어 먹고 난 뒤에 계속 그 맛이 생각나서 계속 먹게 되었고 점점 맛동산에 중독되어 가고 있었다. 이 맛에 길들어버려서 외할아버지 댁에 정말 자주 갔다.

"외할아버지~ 나, 왔어!"

"어, 왔나? 밖에 비 마이 오제? 어여 온나."

"우와! 맛동산~!! 앗 싸~!"

"허허허허. 맛있나?"

"응. 할아버지, 사탕은요?"

"아, 여 있다 아이가, 자."

그렇게 맛동산 먹으러 외할아버지 보러 자주 갔었던 나였는데……. 초등학교에 입학하고 나서는 사정이 조금 달라졌다.

초등학교에 입학을 하고 난 후 1년이었다. 학교에 등·하교 하는 것이 좀 무리가 있어서 집을 학교 근처로 이사를 갔었다. 그날따라 밤에 유독 바람이 거세게 불어댔고 창문이 덜컹덜컹 하는 소리에 밤새 잠을 뒤척였었던 기억이 난다.

예전에 우리 집은 외할아버지 댁과 거리상 가까운 곳에 위치해 있어서 외할아버지 얼굴을 자주 보러 갈 수 있었지만 이사를 하고 난 뒤에는 외할아버지 댁과의 거리감이 들기 시작했다.

"엄마, 할아버지 댁이… 이렇게 멀었었나?"
"당연히 이사를 왔으니까 저번 집에 있을 때보다는 조금 멀게 느껴지겠지. 갑자기 왜 물어 보는데? 할아버지 보고 싶나?"
"……."

생각보다 먼 거리는 아니었지만 이상하게도 자꾸만 멀게 느껴졌다. 내집처럼 자주 왔다 갔다 했었던 외할아버지 댁과 멀어지니 마음에서도 점점 멀어지게 된 것이다.

그해 5월 중순 외할아버지 생신. 이사 오고 난 후에 외할아버지를 찾아뵙지 못 했으므로 외할아버지 댁에 가는 것 자제가 무척이나 어색했었다.

'외할아버지 댁이, 조금 변했나?'
외할아버지 댁이 조금 변한 것 같기도 하고 아닌 것 같기도 하고 잘 모르겠다. 내가 이 정도까지 한눈에 못 알아 볼 정도로 발길이 드물었었나…….

외할아버지 댁에 도착했을 때 이미 많은 친척들이 모여 있었다. 부엌에서는 외할머니와 이모, 엄마, 외숙모께서 맛있는 저녁상을 준비하고 계셨다. 요리할 때 손이 제일 많이 간다던 잡채와 외할아버지가 좋아 하시던 돼지고기까지 상에 올렸다. 상다리가 부러질 만큼이라는 말은 그냥 말로만 들어 봤지 실제로 내 눈앞에서 상다리가 부러질 정도로 아슬아슬하게 서 있는 상은 처음 봤다. 그 상다리가 제발 부러지지 않기를 바라며 외할머니께서 음식을 담은 접시를 날라 주시는 것을 받고 상으로 조심조심 옮겼다. 음식을 옮기면서 느낀 것이지만 만드는 것만큼 옮겨서 걸음을 떼는 것도 쉽지는 않았다. 접시 수가 계속 늘어나면서 옮기는 발걸음도 덩달아 바빠지기 마련이었다. 근데 옆에 의자에서 가만히 앉아서 쉬고 계시는 외할아버지가 왠지 뭔가 모르게 미워보였다.

'뭐야, 우리만 힘들게 하고 있고…….'
아무 미동조차 않으시고 계속 텔레비전만 보고 계시니 절로 화가 났던 것이다. 그때 외할아버지와 내가 눈이 마주쳤고 바닥에 있는 과일접시를 가리키시며 나보고 싱크대로 갖다 놓으라고 하셨다. 그래서 그 접시를 획하고 낚아채듯이 가져갔고 심기는 더욱 불편해 지고 있었다. 접시를 가지고 불평 불만한 얼굴로 부엌에서 외할머니와 마주쳤다. 할머니는 내 행동을 다 보고 계셨는지 몰라도 조용하게
"누가 버릇없이 할아버지한테 그런 식으로 행동 하노?"
"아니, 할아버지만 혼자서 편하게 쉬고 있으니까 그렇지! 화난단 말이야……."
하며 꾸짖으셨고 된통 혼이 났다. 외할아버지 생신에 이렇게 행동하다니 지금 생각하면 나, 정말 나빴다.

그날 이후 그쪽 동네로는 아예 발도 들여 놓지 않았고 이젠 생각도 나지 않았다. 그렇게 해서 명절이 아닌 때 말고는 자주 갔었던 기억은 없고, 가끔 어머니께서 만든 반찬을 갖다 주러 잠깐 간 기억 밖에는 없었다.

2년 후 4학년 겨울방학을 앞두고 있던 중에 급한 소식을 듣게 되었다. 엄마 휴대폰으로 걸려 온 전화였는데 할아버지께서 화장실에서 미끄러져서 쓰러지셨다고 했다. 병원 측에서는 뇌진탕이라고 했고, 외할아버지께서는 입원을 하셨다. 병원에서 몇 주간 입원을 하셨고 생각보다 기운을 빨리 차리셔서 일찍 퇴원하실 수 있게 되었다.

그런데 몇 달 지나지 않아 외할아버지께서 또 쓰러지셨다. 중환자실에 도착하고 문을 천천히 열어서 들어갔다. 외할아버지는 하늘을 본 채로 눈을 감으며 꿈꾸고 계신 듯했다. 지난번처럼 일반 병실이 아닌 중환자실에서 외할아버지를 만나게 되었는데 어딘가 모르게 마음 한 구석이 찡했다. 같은 병원인데 왜 이렇게 느낌이 다른지 몰랐다. 심장이 계속 쿵쾅거렸고, 내가 보고 있는 이 사람이 우리 할아버지가 아니기를 바랐다. 하지만 침대 앞에 걸려 있는 할아버지 성함을 보고 난 후에 눈물이 막 흘렀다. 외할아버지는 누워서 꼼짝을 하지 않으셨고 내가 옆에 와 있는데도 고개를 돌리지 않았다. 산소 호흡기에 의지하며 그저 거친 숨만 내쉬고 계셨다.

"할머니, 할아버지 왜 이렇게 안 깨어나시는 거예요?"
"몸 상태가 많이 안 좋으신가보다. 그래도 저번처럼 또 금방 좋아지실 거다. 걱정하지 마라."
"…진짜 그랬으면 좋겠다."

외할아버지께서는 병원을 두 차례나 옮기면서 치료를 받아야 했었고, 그러는 동안에 외할아버지는 조금씩 몸 상태가 좋아지고 계셨다. 외할아버지는 깊은 잠에서 깨어 나셔서 이제 내 얼굴은 알아보시나 보다하고 마음속으로 생각했다. 외할아버지께서는 비록 말씀은 못 하셨지만 외할머니께서 그 말을 대신 전해 주셨다.

"할아버지, 몸은 많이 괜찮아지셨어요? 어떠세요?"

"……."

"할아버지가 많이 좋아지셨다고 하시네."

외할아버지가 내게 직접 내 옆에서 말씀하시는 것을 매일매일 상상하며 예전 기억을 되살려 생각도 해 보고서는 혼자 싱글벙글 웃으면서 잤다.

중환자실에서 한 달여간 지내다 드디어 일반 병실로 옮겨졌다는 소식을 들었다. 외할아버지께서는 이제 내 말에 전부 다 대답 해 주실 거라고 생각하면서 기쁜 마음에 냉큼 달려갔다. 그런데 이게 웬일. 생각과는 다르게 외할아버지께서는 여전히 침대에 누워 계셨고, 달라진 거라고는 산소 호흡기에서 벗어난 것밖에 없었다.

"할아버지, 나 왔는데? 할아버지……."

"……."

할아버지라고 불렀는데도 되돌아오는 대답 없이 그냥 날 바라보기만 할 뿐이었다. 중환자실에 계셨을 때와 일반병실에 계신 것의 특별한 차이를 몰랐다. 그냥 단순히 중환자실에 있는 환자들은 많이 아프거나 아니면 오랫동안 누워서 하늘만 봐야 하는 환자들 그리고 말씀이 없으신 그런 분들이 계신 곳이 중환자실이라고 생각했다. 또 일반 병실의 경우는 환자들은 혼자서도 걸을 수 있고, (물론 다리를 다친 분들이시면 예외겠지만)친척이나 가족이 옆에 있으면 대화도 자유자재로 할 수 있고, 마냥 누워서 하늘볼 일 없는 그런 곳인 줄로만 알고 있었다. 여태껏 알고 있던 일반 병실이란 개념이 완전히 빗나간 새로운 개념이 도입된 그런 날이었다.

예전처럼 내가 할아버지 댁에 놀러 갔을 때 외할아버지께서 나를 예쁘게 반겨주시던 모습은 더 이상 보이지 않았고, 옆에 누가 와도 아는 척도 하지 않았다. 옆에서 외할머니가 사과를 먹으라고 말씀하셨다. 깎아 놓은 사과를 쳐다보면서 할아버지께서 예전에 직접 깎아 주셨던 예쁜 사과를 떠올렸다. 그때 정말 맛있었는데 하고 중얼거리면서 사과를 집어 들고 먹었다. 그런데 외할아버지가 깎아 주신 것이 아니라서 그런지 내 입에 컸고, 단물 빠진 사과처럼 텁텁하고 맛이 없었다. 병원에서 좀 실망을 하고 돌아와 집에서 혼자 일기를 썼다. 외할아버지는 도대체 언제쯤이면 나랑 대화를 하실 수 있을까, 언제쯤이면 가족들이랑 함께 식사를 할 수 있는 기회가 찾아올까, 하면서 말이다.

일반 병실에 머물러 있는 지 한 달이 다 되어갈 때쯤 외할아버지는 더 이상 병원에서 뵈지 않아도 된 것이다. 정말 기뻤다. 외할아버지께서 드디어 집에 돌아오셨으니까 말이다. 외할아버지께서도 이제는 집에서 편안하게 쉬시고 싶었던 것이 분명하다. 그래서 이렇게 돌아오신 것이 아닐까.

그러나 외할아버지께서는 집에서도 가족들의 보살핌을 받아야 했다. 덕분에 나는 외할아버지를 자주 볼 수 있게 되어서 좋았지만 대화를 할 수 없었다는 점에서 아쉬웠다. 하지만 병원에서는 볼 수 없었던 일들을 집에서는 볼 수 있게 되었다. 외할아버지께서 용변을 보시는 것과 진지드시는 것, 그리고 몸 한구석에 이상이 있는 것을 뒤늦게서야 발견하게 되었다. 외할아버지께서 추우실까 봐 이불을 꼼꼼하게 덮어주고 있는 도중에 우연히 발견한 것은 외할아버지의 발끝 부분이 새카맣게 보였다는 것이다. 새끼발가락이라서 평소 쉽게 보이지 않았던 것인지도 모른다. 병원에 있었을 때는 이불이 워낙 겹겹이로 싸여 있어서 쉽게 보이지 않았지만 여기서는 쉽게 보였다. 이것을 내가 처음 발견했던 터라 가족들에게 전부 알려드렸고, 모두 놀라했다. 가족 모두는 크게 한숨만 내쉬었다.

"혜진아, 할아버지가 많이 아프신가보다. 하……."

"많이 안 좋으신 거예요?"

"응. 몸 상태가 조금 안 좋으시네."

"그렇게 말씀하시면 어떻……."

"할아버지 괜찮으실 거야. 혜진이가 옆에서 할아버지 손 꼭 잡아드리고 있으면 아픈 거 다 나으실 걸?"

'거짓말…같아.'

그렇게 무거운 발걸음으로 집에 도착해서 언니한테 물었다. 가족들이 왜 심각해 하는지.

"언니야, 오늘 내가 할아버지 이불 덮어 드리면서 우연히 본 건데 할아버지 왼쪽 새끼발가락 부분에 새카맣게 보였는데 그건 내가 봐도 기분이 많이 불쾌했거든. 혹시 어떤 증상인지 알아?"

"할아버지 새끼발가락부터 몸이 썩어 가고 있다는 거. 이제는 거의 움직이지 못 하시겠지…할아버지……."

"진짜야? 확실해? 정말이야? 단정지을 수 있어?"

"맞을 거야, 아마도……."

언니는 외할아버지 발이 썩어가고 있다고 했다. 피부가 점차 썩는다는 의미가 가히 충격적이지 않을 수 없었다. 이유를 듣고 나서는 나도 할 말을 잃었고 같이 심각해져서는 방안에서 하루 종일 멍하니 앉아 있다가 그렇게 밤을 보냈다.

외할아버지 댁에 몇 주 동안 있었는데 몸 상태는 날이 가면 갈수록 계속해서 심각해져만 갔고 새끼발가락에만 까맣게 썩어들어 갔던 것이 점점 범위가 넓혀져서 이제는 무릎 밑까지 무섭게 올라오고 있었다. 외할아버지의 숨소리는 더욱 거칠어져만 갔고 외할아버지와 대화할 수 있는 시간과 옆에서 지켜볼 수 있는 시간이 점점 짧아지고 있다는 것을 내 스스로 깨달았다.

그날은 평소 외할아버지 댁에 갔었던 시간보다 이른 시간에 갔다. 일부로 일찍 간 것 같은데 그때 당시 이유는 잘 몰랐다. 여느 때와 같이 외할아버지께서는 외할머니가 간호하고 계셨고, 어제보다 외할머니는 더욱 초라해 보이셨다. 외할머니는 힘없이 계속 외할아버지한테 오셨다가 거실로 나가셨다가를 반복하시면서 혼자서 몰래 쓸쓸히 눈물을 닦으시며 연신 코만 훌쩍이셨다. 모든 일이 어제보다 재미없었고 더 어두웠다. 외할아버지 옆에 가만히 앉아 있었다. 가만히 있다가 새끼발가락 위로 올라오던 그 새까만 것들은 어디까지 올라왔는지 궁금해져서 이불을 슬쩍 걷어 봤다. 어제는 무릎 위까지 올라온 것을 봤으니까 오늘은 어디까지 왔을까. 배 위에까지 점점 까맣게 물들어가고 있는 것을 확인했다. 그 이상은 못 볼 것 같아서 이불을 덮었다. 외할아버지 심장은 그때 매우 빠르게 뛰고 있었을까, 내 심장은 그때 매우 쿵쾅거렸었는데…….

날이 저물고 있을 때 할머니께서 나한테 심부름을 시키셨다.
"혜진아, 할머니 옷 좀 갖고 온느라."
장롱에서 찾아보라고 하셨다. 급히 장롱에서 심부름하신 옷을 찾고 있던 도중 누워계신 외할아버지를 봤는데 외할아버지께서 손을 내게로 힘차게 뻗고 계셨다.
"어?!"
외할아버지는 움직이지 못하시는데 어떻게 팔을 움직일 수 있는지 이해는 되지 않았지만 놀란 마음을 진정 시키기도 전에 나는 엄마를 불렀다.
"엄마! 엄마! 일로 좀 와봐! 빨리!!"
엄마는 눈에 눈물이 고여 있었고 엄만 나보고 외할아버지 손을 잡으라고 하셨다. 급하게 손을 잡아드렸고 외할아버지는 안간힘을 써서 내 손을 꼭 잡으셨다. 외할아버지가 내 손을 잡았을 때 눈치챘었어야 하는 건데... 외할아버지와 눈으로 하는 마지막 대화였던 것을 알았어야 하는 건데...

외할아버지 손은 아직 까맣게 물들여지지 않아서 다행이라고 생각했지만 내가 없을 때는 물들여질까 걱정이었다.

외할아버지와 손을 잡고 있었을 때 외할아버지 눈을 보고 '할아버지, 나랑 긴 대화 한 번 해 봐요. 난 해 보고 싶은데. 외할아버지 누워서 얘기하는 것 말고 서로 서서 말하는 거나 앉아서 말하는 것처럼 해 보고 싶은데. 빨리 일어나셔서 대화 해 봤으면 좋겠다.' 라고 전해 주었었다.

외할아버지는 진짜로 내 말을 알아들으신 것인지 아니면 개인적으로 나와 마주보면서 얘기하고 싶었던 것인지 몰라도 그날 밤, 외할아버지 댁에서 마지막으로 외할아버지 얼굴을 보고 돌아 와서 막 잠이 들었다

평소처럼 편안하게 잘 자고 있었다. 그런데 꿈에서 외할아버지가 보였다. 솔직히 꿈이라고 하기에는 너무나 현실적이었고, 현실이라고 하기에는 거짓 같았다.

외할아버지께서 평소 입고 외출하시던 복장(중절모 쓰셨고, 긴 베이지색 점퍼를 입고, 그땐 많이 닳아서 신지 못했던 갈색 구두를 신으시고, 지팡이를 짚으신 모습)으로 어딘가 말도 없이 가시는 것이다. 난 어디로 가시는지 물어 보려고 외할아버지를 아무 의심 없이 뒤쫓았다.

"할아버지 어딜 그렇기 급하게 가시는 거예요?"

내가 물었다.

"네가 여기를 와 따라오노? 따라오지마고 그 있그래이."

꿈에서 외할아버지가 하시는 말씀이 무슨 뜻인지 몰라 계속 따라갔었던

모양이다. 외할아버지는 점점 더 빠르게 걸어갔고 나는 거의 뛰다시피 뒤따라갔다.

"아, 할아버지 어디 가시는 거예요? 저한테라도 말씀하시고 가세요. 안 그러면 가족들이 많이 걱정하잖아요, 네?"

정말 걱정이 되어서 말씀드린 것뿐인데. 외할아버지는 끝까지 내 말이 들리지 않는 것인지 아니면 일부로 듣지 않는 것인지 계속 앞으로 걸어가셨다. 나도 끝까지 외할아버지를 붙잡아야 했기에 계속 쫓았다.

"아, 할아버지! 그쪽으로 걸어가시면 안 돼요! 나 버리고 어디 가세요? 가족들 다 두고 혼자서 어디 가시는 것이냐고요. 아, 할아버지…….."

꿈에서 눈물이 왈칵 쏟아졌다. 이때쯤 꿈 배경은 사방이 온통 새하얗고, 힘들게 쫓았던 나는 어느샌가 제자리에 멈춰 있었다. 그러고는 외할아버지와 몇 걸음 차이 안 나는 곳에 서로 마주보며 서 있었고, 외할아버지를 드디어 잡았다고 생각하며 기뻐해 하고 있었다.

"할아……."

"내가 마이 미안타. 마이 못 놀아 주고, 그쟈? 대화도 자주 모 하고… 이렇게 내 혼자 떠나서 참 미안타. 인자는 더 이상 따라오지 말그라. 알았재? 오지 말고 그 딱 가만히 있그래이. 할아버지, 이제 진짜 갈게. 잘 있그래이. 항상 건강해야 된다…….."

"할아버지……."

그날은 햇살이 창문을 통해서 참 잘 들어 왔고, 동네 전신줄에 있는 참새들이 짹짹짹 거리며 계속 울고 있었다.

외할아버지의 그 말씀에 가슴이 미여왔다. 정말 거짓말처럼 마지막 말씀을 듣고 나서 바로 눈을 떴고, 눈을 뜬 동시에 두 눈가에 눈물이 흘러내렸다. 먼저 잠에서 깬 언니가 전화를 받고 있었다. 집안이 이상하게 너무 조용해서 전화상 목소리가 엄마인 것을 금방 알 수 있었다. 언니는 전화를 끊고 나서 내게 슬며시 말했다.

"혜진아, 엄마가 할아버지 돌아가셨다고… 지금 병원 장례식장에 계신다고 빨리 오래."

외할아버지께서 살아계실 때 모습은 아까 방금 전 내 꿈에서 서로 마주서서 대화했었던 그때가 정말 마지막이었다. 이상하게 꿈에서는 외할아버지가 지팡이를 짚고 계셨는데도 불구하고 두 다리는 멀쩡했고, 가까운 거리든 먼 거리든 외할아버지께서는 내 말 하나하나를 다 잘 알아들으시고 대답해 주셨으며, 생전 긴 대화를 해 보지 못했었는데 꿈에서만큼은 외할아버지와 긴 대화를 나눌 수 있었다.

지금 생각해 보면 외할아버지는 나에게 베풀어 주신 것은 많았는데, 정작 나는 외할아버지한테 뭐 하나 제대로 해 드린 게 없다. 내가 어렸을 때 많이 사 주셨던 맛동산 한 조각조차 외할아버지랑 같이 나눠서 먹었던 적도 없고, 외할아버지 손잡고 동네를 같이 걸으면서 놀았던 적도 없다. 내가 힘들 때, 포기하고 싶을 때, 가끔 외할아버지 생각이 난다.

지금 할아버지가 살아 계신다면 못 다 했던 이야기들을 옆에 붙어서 하루 종일 아니, 평생 동안 얘기 나누고 싶고, 외할아버지가 돌아가시기 전 내 손을 꼬옥 잡아 주셨던 것처럼 이제는 내가 외할아버지를 꼬옥 안아드리고 싶다.

　이젠 슈퍼마켓에서 맛동산을 보면 추억에 잠겨서 잠시 동안은 이 과자 앞에 서서 외할아버지 생각을 하곤 한다. 그러다가 또 혼자 슬며시 웃어버린다.

　때때로 감히 이런 상상을 할 때도 있다. 맛동산 한 개 집어 먹을 때 뿅 하고 내 눈앞에서 외할아버지가 "하하하" 웃고 계시면 좋겠다는 상상을!

안심(安心)

[명사]모든 걱정을 떨쳐버리고
마음을 편히 가짐

손은경

내가 가까이 앉자 아빠는 내 손을 잡더니,
그러고는 우셨다. 아빠는 울면서 미안하다
는 말만 하셨다…
그래서 그날,
나도 같이 울었다.

불 꺼진 안심역

나는 불이 꺼진 캄캄한 지하철역에 덩그렇게 서 있었다. 잠기운은 이미 오래 전에 달아났다. 핸드폰을 꺼내 시간을 다시 한 번 확인한 후, 왜 벌써 역의 모든 불을 꺼 버리느냐고 애꿎은 역무원만 원망했다. 밤 열한 시가 훌쩍 넘은 시간이었다. 1호선의 종점인 안심역에서는 막차가 끊긴 지 오래였다. 차가운 벽에 몸을 기댄 채 지하철의 입구를 분주하게 차단하는 역무원을 바라보고 있자니 눈물이 핑 돌았다. 이런 상황은 처음이라 멍하니 고개를 숙이고 신발만 바라보고 있었다. 평소에는 안심역에 내리는 것이 허다하게 있었던 일인데 문제는 지금은 학교를 마친 직후인 4시가 아닌 밤 11시라는 것이었다.

결심

나는 1호선의 종점인 대곡역에서 2정거장 떨어진 '월배역'에 위치한 중학교에 다니고 있다. 어릴 적부터 쭉 달서구에서 살았다. 월배로 이사를 오게 된 것은 (월배도 달서구에 속한다.) 초등학교 3학년 때였다. 기억 속의 나는 주위에 사는 친구들과 비교해 봤을 때 항상 학교를 멀리서 다녔다. 중학생 때는 그나마 학교가 가까웠다. 중학생 때 친구들도 사귀고 많은 추억들도 만들었다. 친구들과 매일같이 모여서 놀았는데, 그 장소는 항상 우리 집이었다.

부모님은 그 당시 중식 집을 운영하셨다. 그 해로 월배에서 중식 장사를 하신 지 6년째였다. 처음에는 장사가 좀 잘되나 싶더니 날이 갈수록 상황은 달라졌다. 평일에는 손님이 거의 없었고, 주말에만 알바생이 필요할 정도로 – 그것도 식사 시간일 때뿐이었다. – 바빴다. 부모님은 이 장사를 계속 꾸려나가기 위해서 빚을 정말 많이 지셨다. 그런데도 상황은 날이 갈수록 악화되었고 결국 이사를 가기로 결정했다. 아파트가 많이 들어선 번화가 같은 이곳, 잘사는 동네인 여기보다는 조금 외진 곳, 그러니까 덜 잘사는 동네로 가면 장사가 좀 잘될 거라는 부모님의 말씀이었다.

"은경아, 엄마 아빠가 요새 장사 어떻게 하고 있는지 알제?"

"네, 알죠. 근데 그게 왜요?"

"장사 때문에… 이사 가기로 했다. 넌 어떤데?"

"난 뭐 상관없다. 맘대로 하세요."

"여기서 좀 많이 먼데… 그래도 괜찮나?"

"진짜 괜찮아요."

나는 그때 정말 흔쾌히 동의했다. 나의 소원은 부모님의 장사가 잘되었으면 하는 것이기 때문에 장사가 잘된다면 정말 괜찮았다. 두 살 터울인 남동생도 동의했고, 그렇게 우리 가족의 이사 날짜가 가까이 다가오고 있었다.

'친구들에게는 어떻게 말해야 할까?'

많이 망설여졌다. 늘 같이 등하교하며 뭘 해도 '같이' 하던 친구들에게 이사라는 말을 어떻게 꺼내야 할까 고민되었다. 만일에 동구에서 달서구까지 지하철을 타고 다니는 생활에 적응을 못하면 전학을 가야 했기 때문이다. 중학교를 다니는 내내 내가 이사를 갈 것이라고는, 전학을 갈 것이라고는 상상도 못했다. 결국 친구들에게는 이사 가기 하루 전날 이야기를 해주었고, 이삿짐으로 가득 채워진 우리 집도 보여주었다. 달서구의 '나의 집'에서 친구들과 마지막으로 라면을 끓여먹었다. 이거면 충분하다.

적응

엄마의 목소리에 잠에서 깼다. 오늘도 어김없이 아침이 찾아왔지만, 오늘은 뭔가 다르다. 주위를 두리번거리며 새로운 공간에 적응해 보려 했지만 그러기엔 너무 낯설었다. 어제 나는 16년 동안 살아온 동네를 떠나 동구 지역으로 이사를 왔다. 2009년 5월 1일의 아침, 부랴부랴 학교 갈 준비를 했다. 지금 바라본 우리의 집은 어제 밤에 내가 막 도착했을 때 느꼈던 것과는 사뭇 다른 분위기를 풍겼다. 아직 제대로 정리되어 있지 않은 이삿짐을 보며 왠지 모르게 한숨이 절로 나왔다. 미리 꺼내어 다려놓은 교복을 입고 난 지하철을 향해 뛰었다. 늘 일어나는 것보다 한 시간이나 일찍 일어났지만, 학교에는 늦을 것 같았다. 막 뛰어 도착한 지하철에는 학교를 가려고 하는 학생들과 출근을 준비하는 회사원들로 복잡했다. 대곡행 열차가 서두르는 내 발걸음 앞에 섰다. 냉큼 지하철 시트의 한 구석에 자리한 나는 핸드폰을 꺼내 지하철 노선도를 확인했다. 출발역에 '신기역'을 지정하고 도착역을 '월배역'으로 맞춘 후 [최단 시간 보기] 버튼을 눌렀다. 44분. 오래 걸리는구나 라는 생각과 함께 앞으로 1년 동안 이렇게 다닐 수 있을까 라는 생각을 했다. 몸의 힘을 빼서 지하철의 보들보들한 시트에 몸을 기댔다. 이어폰을 귀에 꼽으며 차라리 잠이나 자자라는 생각으로 눈을 감았다.

한 달을 그렇게 다녔다. 사람은 적응하는 동물이라더니 이런 생활을 하며 적응하는 내가 신기했다. 그래서 전학은 가지 않기로 했다. 사실 좀 두려웠다. 새로운 집에 적응하기도 힘들었는데 하나의 작은 사회인 학교를 옮긴다는 게 두려웠다. 왠지 새로운 학교에는 적응하지 못할 것 같았다. 나는 집에 지하철을 타고 갈 때면 열차에 타자마자 이어폰을 끼고 잠을 청했다. 2호선을 타는 친구와 간혹 같이 탈 때면 같이 이야기도 하고 그랬는데 그 경우는 드물었다.

잠시 졸다가 깼을 때 '신기역' 쯤 온 것이면 운이 좋다. 그때는 신기역에 도착하기를 기다렸다가 잘 내리면 되기 때문이다. 하지만 나는 매번 신기역을 지나쳤다. 반야월역에서 내리면 그나마 다행이다. 대곡행 입구와 안심행 입구가 한 곳에 모아져 있어서 계단만 오르내리면 지나쳤던 역을 되돌아 갈 수 있다. 그러나 각산역은 입구가 달라서 역무원 아저씨에게 양해를 구한 후 교통카드 찍는 곳 옆의 비상문으로 이동을 해야 했다.

종점인 안심역에 내리는 경우는 주로 잠에서 끝까지 못 깼을 때이다. 눈을 떠 보면 청소부 아주머니들이 청소를 하고 계신다. 처음에는 당황스러웠지만 이젠 그것마저도 익숙해져 버렸다. 가만히 앉아서 아주머니들이 청소하는 것을 구경하고 조금 기다리면 내가 탄 열차가 나의 집을 향해 출발한다.

막차

나는 전국 각지에 캠퍼스를 둔 중등 수학 전문 학원을 다녔다. 프랜차이즈라서 체계가 잘 정비되어 있었다. 예를 들어 학원 숙제는 컴퓨터로 하는 것이었는데, 이 학원만의 숙제 프로그램이 있었다. 그리고 학원에 왔을 때나 나갈 때는 나의 정보가 담긴 카드를 학원 입구에다 찍어야 했다. 만일 내가 학원에 오지 않았다면 부모님에게 바로 전화가 갔다. 학년별로 같은 시간대를 구성하는데, 나는 제일 높은 학년이라 화요일과 금요일 밤 8시 40분부터 10시 10분까지 수업을 들었다. 왜 이렇게 학원을 늦게 다니느냐고 항의하고 싶었지만 다른 모든 캠퍼스들도 똑같이 했다.

나는 학교를 마치면 4시였다. 동구에 사는 나로서는 하교 후 학원을 가기 전까지 갈 곳이 없었다. 그래서 학원을 가기 전까지는 친구 집에 가서 끼니도 때우고 학원 숙제도 했다. 피곤해서 잠을 잘 때도 있었다. 그러다가 학원 갈 시간이 되면 가서 수업을 듣고 친구들과 수다도 떨었다. 학원에 같이 다니는 친구들도 너무 좋았다. 당시 내 소꿉친구도 나와 같은 반이었고, 학원을 다니면서 정말 친해진 친구가 있었는데 그 친구 집에도 자주 놀러 갔다. 그렇게 수업을 듣고 집에 갈 때면 나는 혼자 지하철을 타러 갔다.

어느날이었다. 그날 따라 비가 오는 둥 마는 둥, 오락가락 내렸다. 학원을 마치고 나왔는데 비가 내리고 있었다. 우산을 펴고 친구들과 작별 인사를 한 후 어김없이 지하철로 향했다. 핸드폰의 전자시계가 10시 반을 막 가리키려 할 때 열차가 출발했다. 세상에서 가장 무거운 것이 자신의 눈꺼풀이라더니 나는 쉽게 잠에 들 수 있었다. 눈을 떴다. 지하철에 안내 방송이 나오고 있었다. 안내 방송을 듣고 내가 지금 어디 있는지 파악하려고 했다. 늘 듣던 익숙한 여자의 음성이 아닌 낯선 목소리가 이번 역이 안심역임을 가르쳐 주고 있었다. 큰일이다. 제 때에 못 맞춘 내가 한심해 내 허벅지에 약간의 물리적 힘을 가했다. 잠이 확 달아났다.

일단 지하철에서 내렸다. 계단을 올라왔다. 처음 오는 낯선 역에 기가 죽었다. 모든 것이 나를 억누르는 듯했다. 천천히 역을 둘러보며 어떻게 할지 생각해 보았다.

'엄마한테 전화해 볼까?'

한참을 고민했다. 결국 이것 외에는 달리 다른 방법이 없어서 결국 엄마에게 전화를 했다. 혼날 것 같았다.

"여보세요, 엄마?"

"응, 어디쯤 왔어."

"어… 그게… 사실 나 안심역이야. 졸다가 눈떴는데… 눈 뜨니까 안심역이야"

"아이고, 잘한다!!!! 정신을 어따 팔고 있는 거야 정말! 돌아오는 차 있어? 없어?"

"없어… 끊겼어."

"에휴, 그럼 역 위로 올라가서 기다려. 엄마가 택시 타고 갈게."

엄마는 결국 나를 데리러 왔다. 혼자서 택시를 타고 가겠다고 했지만 기어이 엄마가 오셨다. 택시를 타고 오는 내내 엄마는 내 손을 잡고 계셨다. 아직도 그때의 엄마 손의 체온을 기억한다. 따뜻했다. 동구로 이사 왔을 때 나만 온 것이 아니었다. 아빠도, 엄마도, 동생도, 나도 다 같이 왔다. 내가 이곳에 낯설면 엄마도 낯선 곳이었다. 엄마도 이곳에 적응하기 힘들었나보다 생각했다. 택시를 타고 오면서 창밖을 구경했다. 한참을 구경하다가 문득 느꼈다. 아까는 추적추적 내리던 비가 언제 내렸냐는 듯 흔적도 없었다.

혼자 있는 법

나는 이사를 오면서 그것이 나에게 많은 변화를 가져왔다고 느낀다. 일단 혼자 있는 법을 배웠다. 달서구에 있었을 때는 살림하는 집과 장사를 하는 가게가 붙어 있어서 문 하나만 열면 부모님과 소통할 수 있었다. 그러나 이사를 오면서, 집과 가게를 따로 구하게 되었다. 엄마와 아빠는 아침부터 밤까지 가게에서 지냈고, 엄마는 밤 9시가 되면 돌아왔지만 아빠는 가게에 계속 살았다. 집과 가게는 10분이 조금 넘는 거리에 있었다. 하나뿐인 남동생은 중학교 신입생이었다. 동생은 전에 있던 학교에서 교복을 구매하기도 전이라서 쉽게 전학을 결정할 수 있었다. 그래서 집과 가까운 학교에 전학을 오면서 동생은 친구를 많이 사귀었다.

이사를 오고 처음으로 방학을 맞이했다. 여름 방학이었다. 전에 다니던 수학 학원은 진작에 그만두었다. 자꾸 밤에 늦게 다니려니 힘에 부쳤다. 엄마는 아침부터 가게로 나갔고 동생은 주로 아침에 밥을 먹고 한 박자 쉬었다가 놀러 나가버리곤 했다. 결국 집에는 나 혼자 남았다. 눈을 뜨면 나만 남아 있는 경우가 대다수였다. 나는 원래 누군가와 함께 있는 것을 정말 좋아했다. 옆에 항상 누가 있어야 성이 찼고 친구와 밖에 놀러 다니는 것을 좋아했다. 근데 나는 동구에 친구가 없어서 매일 집에 박혀 있었다. TV보는 것보다는 컴퓨터 하는 것을 좋아해서 컴퓨터만 했다. 하루 종일 7~8시간 동안 할 때도 있었다. 주말에만 간간이 달서구로 놀러가고는 했다. 그때마다 '아~ 친구들이랑 우리 집에 몰려서 놀던 그때가 좋았었는데' 라고 생각했다. 친구들도 이구동성으로 그렇게 말했다.

평일만 되면 집에 혼자 있었다. 계속 그런 생활이 지속되다 보니 슬럼프에 빠졌다. '사람'을 만나고 싶었다. 침울하게 있었다. 그러다 더 이상은 안 되겠다고 느꼈다. 그래서 '몽이'라고 지어준 나의 돼지저금통을 따고 겨우 500원을 꺼냈다. 그렇게 얻은 돈을 들고 밖으로 나갔다. 밖을 방황하다가 내 발걸음은 전에 봐둔 동전노래방을 향했다. 들어가기 전에 혼자 동전노래방을 가는 게 처음이고 또 민망하고 해서 잠깐 망설였다. 그래도 심심한 것보단 나아서 문을 열고 들어갔다. 침을 꼴깍 삼키고 작은 돈이지만 그 당시 나에게는 피 같은 돈이었던 500원을 동전 주입구에 넣었다. 노래를 고르다가 마음에 드는 곡을 찾자마자 '예약'을 거치지 않고 바로 '시작' 버튼을 눌렀다. 근데 정말 '아차' 싶었다. 선택을 잘못한 것이다. 태어나서 한 번도 들어본 적이 없는 심수봉씨의 노래가 나왔다. 구구절절한 전주가 노래방 스피커를 통해 흘러나왔다. 노래를 잘못 선택해서 돈을 날린 일은 별거 아닌 것 같지만 그때는 정말이지 억울해서 눈물이 나올 지경이었다. 침울한 심정으로 나머지 한 곡을 마저 부르고 나왔다. 난 이때 느꼈다. 혼자 나와서 노는 것도 만만하지 않구나. 허무함도 느껴졌다.

이때부터인 것 같다. 굳이 내 옆에 친구가 있지 않아도 혼자 다닐 수 있게 되었던 것. 잠깐쯤은 혼자 있는 것도 괜찮았다. 가끔은 혼자 있는 것이 더 좋을 때도 있었다. 혼자 있는 동안은 생각을 많이 할 수 있기 때문이다.

동구인(八)

공부를 목적으로 학원을 다니기 시작했다. 친구를 사귀겠다는 이유도 있었다. 그렇게 여름이 갔다. 그리고 가을도 갔다. 겨울의 막바지에서 지금 다니는 고등학교를 배정받았다. 너무나 떨렸다. 아는 친구가 한 명도 없었기 때문이다. 그렇게 시작했다.

1학년 반을 배정받았다. 그 반이 된 것은 지금 생각해도 나에게 행운이었다. 정말 존경하는 선생님을 만났고, 좋은 친구들을 만났다. 기쁠 때는 함께 웃어주고 슬플 때는 함께 울어주었다. 지금도 여전히 모두 나의 소중한 친구들로 남아 있다. 그 한해는 사건 사고도 많고 여러 가지로 잃은 것도 많았다. 하지만 얻은 것도 많았기에 나는 그 한해를 보람찼다고 말할 수 있다.

결혼기념일

세상에는 많은 기념일이 있다. 자신이 태어난 날을 축하받는 생일, 연인들이 빼빼로를 주고받으며 사랑을 확인하거나 고백을 해 새로운 한 쌍이 생겨나는 빼빼로데이 등. 그리고 반지를 주고받으며 영원히 함께할 것을 맹세하는 부부의 결혼을 기념하는 결혼기념일이 있다. 세 개의 기념일에서 굳이 공통점을 찾자면 매년 존재한다는 것이다. 나는 매년 있었던, 그리고 매년 있을 부모님의 결혼기념일 중 하루를 평생 잊지 못할 것이다.

2010. 11. 27

11월 27일이었다. 그 날은 부모님의 결혼기념일이었다. 그 전년도에는 엄마가 직접 케이크를 사오고 서로 축하한다는 말만 건넨 것이 다였다. 근데 그게 왠지 미안해졌다. 그래서 이번 해에는 조금 선물다운 것을 해보자 해서 동생과 돈을 모았다. 부모님은 추운 겨울에 장사를 하는데 추위로부터 목을 가려줄 변변한 목도리 하나 없기 때문에 우리는 커플 목도리를 선물하기로 했다. 엄마는 빨간색을 좋아해서 빨간색 목도리를 샀다. 아빠가 좋아하는 색은 몰라서 제법 어울릴 것 같은 색으로 골랐다. 결국 고른 것이 갈색이었다. 나는 그 전날 미리 시내에 가서 목도리를 두 개 사왔다. 왜냐하면 11월 27일은 다른 날보다는 조금 바쁜 날이었기 때문이다.

아침부터 조금 분주해지기 시작했다. 그날은 개인사정으로 한동안 얼굴도 보지 못한 친구를 만나기 위해 많은 친구들이 우리 집에서 모이기로 했다. 워낙 친한 친구들이라도 기본적 예의를 갖추기 위해서 집 안을 구석구석 청소했다. 그리고 친구들이 오기 전에 전날 미리 사두면 상할까 봐 걱정이 되어서 사지 못했던 결혼기념일 축하 케이크를 사러 나갔다. 대한민국 국민이라면 누구나 아는 빵집으로 가서 케이크를 샀다. 내가 고른 케이크는 온통 분홍색이었고, 하트 모양 초콜릿으로 장식이 되어 있었다.

　하나 둘씩 친구들이 모여 들었고 그 모임의 주인공 친구도 와서 같이 놀았다. 컵라면도 같이 먹고 게임도 하고 그렇게 하루를 보냈다. 나와 동생은 부모님이 장사를 마치기를 기다렸다가 시간을 맞춰서 가게로 갔다. 물론 미리 사둔 커플 목도리와 케이크를 들고. 근데 아빠가 엄마를 집까지 데려다 주는 길과 나와 동생이 가게로 가는데 길이 엇갈려서 우리가 먼저 가게에 도착하게 되었다. 이것이 기회인 것 같아서 바쁘게 풍선을 불면서 파티 준비도 했다. 우리가 준비한 것은 깜짝 파티였다. 엄마와 아빠가 박수를 쳤고, 우리가 준비한 선물과 케이크를 꺼내자 감동을 받으신 것 같았다. 그래서 아빠는 가게에 있던 고기도 구워 주시고 오순도순 케이크도 먹었다. 우리 가족은 제대로 된 가족사진이 없었기 때문에 핸드폰의 셀프 카메라 기능으로나마 다 같이 사진도 찍었다. 여기까지는 좋았다. 문제는 그 다음 내가 꺼낸 말이었다.

　"근데… 나 쌍꺼풀 수술은 언제 시켜줄 거야?"

　"그놈의 쌍꺼풀 수술 진짜! 언제까지 입에 달고 살래?"

　"아, 왜~~ 올해 안에 해주기로 했잖아 진짜. 왜 이제 와서 말 바꾸는데? 나는 올해 안에 해준다고 해서 애들한테도 그렇게 말했다고! 근데 안하면 내가 뭐가 되는데? 내 친구는 벌써 올 여름에 했단 말이야!"

　이렇게 문제의 대화는 시작되었고 이 대화는 점점 말싸움이 되어 서로 언성이 높아졌다. 이때 우리 부모님은 한참 경제적으로 좋지 않은 시기였다. 달서구에서 장사를 계속 이어가려 하다가 빚을 졌고, 이사를 오면서 또 빚을 졌다. 그래서 카드의 빚을 돌려막고 있었다. 카드에 빚이 생기면 다른 카드로 막고 또 그 카드에 문제가 생기면 다른 카드로 막고 그랬다. 결국 그러다가 빚이 더 많이 쌓여서 가지고 있는 신용카드를 모두 없앴다. 아마 지금 우리 부모님은 둘 다 신용 불량자일 것이다. 지금은 신용회복위원회에 신청을 하고 다달이 돈을 내고 있는데, 한 달에 돈이 거기로 백만 원씩 나간다. 그 정도로 사정이 좋지 않았다. 그래서 겨울에 엄청 추웠는데도 비싸서 돈이 없다는 이유로 제대로 된 패딩 점퍼 하나 사지 못했다.

그런 사정을 알면서 쌍꺼풀 수술을 해달라고 졸랐다. 심한 말도 하고 아빠한테 상처가 되는 말도 했다. 평소에 아빠는 나한테 화를 내지 않는다. 나에게 화를 낸 적이 없다. 어렸을 적에 모기에 물려서 소리를 지르며 징징댔을 때에도 아빠는 화를 내지 않고 물파스를 찾아주셨다. 그런데 그런 아빠가 화를 냈다. 처음으로 나에게 소리를 질렀다. 놀라고 당황한 나머지 가게를 박차고 나왔다. 집으로 가려면 깜깜한 골목길로 가야 하는데 용기가 없어서 그냥 가게 옆에 서 있었다. 서 있으면서 한참 울었다. 화를 냈던 아빠가 야속해서가 아니다. 기껏 준비한 결혼기념일을, 엄마와 아빠가 웃으면서 행복한 모습을 보여야 할 그날을 '나' 하나 때문에 다 망쳤다. 그렇게 망쳐 놓고 사과도 못한 자신이 너무 밉고 한심해서 계속 울었다.

잠시 후 엄마와 동생이 집에 갈 준비를 하고 나왔다. 엄마가 말없이 내 손을 꼭 잡아주었다. 평소 몸에 열을 가득 담고 있는 나와는 달리 엄마의 몸은 차다. 근데 그날 따라 맞잡은 엄마의 손이 참 따뜻했다. 다음날 학교에 가려고 준비를 하고 있었다. 최근 한동안 아빠가 차로 학교까지 데려다 줬는데 이제 안 되겠다는 아빠의 말을 엄마가 전했다. 내가 왜냐고 물었다. 엄마는 아빠가 미안해서 그렇다고 했다. 잘못을 한 건 난데 왜 아빠가 나에게 미안해 하는지 그땐 몰랐다.

진심

그날 이후로 아빠를 만난 적이 없었다. 날씨는 더 추워지고 있었다. 12월의 어느날 제사가 있었다. 그래서 우리 가족과 사촌들은 우리 가게에서 모였다. 학교를 마치고 도착하니 이미 모두 모여 있었다. 아빠는 항상 명절이나 제사만 되면 술을 많이 마신다. 그리고 나에게 자주 술을 권하곤 한다. 그날은 아빠가 큰아버지로부터 소맥을 제조하는 법을 배웠다. 나는 TV를 보고 있는데 여느 때와 같이 나에게 술을 권했다. 평소와 다른 게 있다면 그 술은 맥주가 아닌 소맥이었다. 아빠는 이미 조금 취해 있었던 것 같다. 내가 가까이 앉자 아빠는 내 손을 잡더니 그러고는 우셨다. 아빠는 울면서 미안하다는 말만 하셨다. 미안하다고. 내가 원하는 것을 다 못해 줘서 미안하다고. 남들은 다 해줄 수 있는 건데 자기는 못해 줘서 정말 미안하다고. 그리고 한참을 우셨다. 나는 아빠의 눈물을 그날 처음 보았다. 정말 마음이 아팠다. 나쁜 말을 내뱉고 버릇없이 굴었던 내가 한심했다. 그래서 그날 나도 같이 울었다.

감자탕

깨달았다. 엄마와 아빠는 수술을 시켜줄 수 없다고. 나는 스스로 돈을 벌어서 수술을 하기로 결심했다. 아르바이트를 해야겠다. 전에도 아르바이트를 한 적 있다. 그때는 단순히 용돈 벌이로 주말만 일을 했다.

여기서 약 50분 떨어진 곳이었다. 1호선 종점역인 대곡역에 위치한 대패삼겹살집에서 친구의 소개로 일하게 되었다. 규모도 크고 손님도 많아서 주말은 항상 바빴다. 5시간 동안 일을 했는데 앉을 시간도 없고 물밀듯 밀려오는 손님에게 고기를 날라주며 일일이 상대해 주어야 했다. 그렇지만 사장님, 점장님, 이모들 모두 좋은 분들이고, 함께 일한 알바생 친구들 역시 착하고 재치 있는 친구들이었다. 일을 끝내고는 다 같이 밥을 먹었다.

된장찌개, 김치찌개, 계란찜뿐만 아니라 물냉면, 비빔냉면 등을 먹었는데 정말 환상적인 맛이었다. 가끔은 고기도 구워먹었다. 이렇게 3개월 동안 일을 했다. 마지막으로 일을 한 날 이때까지 고마웠다고 내가 고기를 샀다. 여기서 멀리 떨어진 곳이긴 하지만 지금도 여전히 그리움을 찾으러 종종 고기를 먹으러 간다.

일하는 곳이 너무 멀어서 평일에는 일을 할 수 없는 까닭에 알바를 바꿨다. 본격적으로 수술비를 마련하겠다는 다짐을 하고 면접을 보았다. 내가 전에 일했던 곳과는 달리 주인이 여자였다. 첫인상부터 깐깐해 보였다. 나의 기본적인 정보를 건네고 대화가 거의 마무리되었다.

"여기 일이 많이 바쁜데 잘해 볼 수 있겠니?"

"네, 당연하죠. 전에 다니던 곳도 정말 바빴거든요. 시켜만 준다면 열심히 할게요."

"그럼 언제부터 가능하니?"

"다음 주 화요일부터 당장 가능합니다."

"그럼 그때부터 나와. 일 힘들다고 며칠 하다가 나가면 돈 안 준다? 적어도 한 달은 일해야 해. 세 달 정도 오래 일하면 좋고."

이렇게 시작되었다. 이번에 새로 구한 곳은 내가 다니는 학교와 얼마 떨어지지 않은 거리에 있다. 그래서 학교를 마치고 바로 일을 하러 가면 된다. 나는 야간자율학습을 하지 않아서 9교시가 끝나면 6시 20분이다. 일은 7시부터 11시까지, 4시간 동안 하기로 했다. 시급은 4,500원을 받았다.

알바를 시작할 때가 여름 방학이 시작할 즈음이라서 평일에도 손님들로 인산인해를 이루었다. 평일 알바생은 주말에도 나와야 했다. 일주일에 하루를 쉴 수 있었는데 그것도 평일만 가능했다. 내가 일을 시작할 때, 평일 알바생은 2명 (방학 때는 4명으로 늘었다.) 주말 알바생은 7명이었다. 정직원 이모들도 많았다.

학교를 마치면 밥도 먹지 못하고 알바를 하러 갔다. 주로 빵을 사먹거나 군것질을 했다. 평일에는 대학생 언니와 둘이서 일을 했는데 우린 금새 친해졌다. 내가 알바를 들어간 초기엔 이모들이 간섭을 많이 했다. 못하면 말로 잘 타일러 줄 법도 한데 이모들은 나를 윽박질렀다. 언니와 둘이서 호박씨를 까기도 했다. 일은 힘들었다. 날라야 하는 음식들은 무겁고 게다가 뜨겁기까지 했다. 손님들의 입맛도 각양각색이라서 요구도 다양했다. 그리고 탁자가 좌식이라서 주문을 받거나 손님들을 상대하거나 음식을 나를 때에 무릎을 꿇어야 하고 허리를 계속 숙여야 했다. 손님이 식사를 끝내서 탁자를 치우면 바로 그 자리에 새로운 손님이 들어 왔다. 일이 바쁘고 힘들었지만 이번 알바도 역시 같이 일하는 사람들이 있어서 힘이 났다.

방학을 해서 손님들은 더 많아졌고 이러한 환경에 이모들의 잔소리를 견디지 못한 몇몇의 친구들이 알바를 그만두었다. 매일 나와 같이 일하던 언니도 그만두었다. 방학은 그럭저럭 지나갔고 개학을 하니 손님이 갑자기 줄어들었다. 평일 알바는 나 혼자 남게 되었고 주말 또한 3명밖에 남지 않았다. 이모들과는 친해질 대로 친해져서 모두들 잘해 주었지만 나이대가 맞지 않다보니 공감대를 형성할 수가 없었다. 그리고 저녁을 빵으로 먹을 수는 없어서 아예 먹지 않고 다녔더니 너무 허기가 졌다. 이모들한테 배고프다고 말했더니 공기밥과 깍두기를 차려주었다. 그래서 그나마 밥을 먹고 다녔다. 알바생이 나뿐이라서 불편한 게 이만저만이 아니었다. 그것은 내가 중간고사 기간에 절정을 이루었다.

나는 주로 벼락치기 공부를 한다. 평소 수업 시간에 수업을 열심히 들은 덕분에 벼락치기를 해도 성적이 그럭저럭 잘나왔다. 시험을 치기 2주일 전부터는 밤에 거의 잠을 자지 않는다. 알바를 하지 않을 때는 눈이 빠져라 공부를 하고 알바를 할 때면 뛰어다니며 일을 했다. 그랬더니 스트레스가 계속 쌓였다. 뭘 해도 짜증이 났고 알바를 가기 전에는 미친 듯이 가기 싫었다. 도살장에 끌려가는 돼지의 심정을 이해할 수 있을 것만 같았다. 알바를 빼고 싶어도 하나 뿐인 알바생이라 해서 뺄 수도 없는 노릇이었다. 어찌다 볶음밥을 만들다가 손이라도 데이는 날이면 울고 싶어졌다. 그러다가 우연찮게 알바생을 구하게 되어서 시험 전날 주말과 시험 당일 날들을 뺐다. 그제서야 나는 마음이 홀가분해졌다.

시험이 끝난 후에는 알바생이 더 들어왔다. 그 알바생과 타협해서 나는 주기적으로 평일 중 2일을 쉴 수 있게 되었다. 그리고 저녁도 고구마를 싸서 가지고 다니면서 먹었다. 여기저기서 수시 합격 소식이 들림에 따라 알바생이 더 늘었다. 드디어 평일에도 다시 같이 일하는 언니가 생겼다.

몇 달을 힘들게 일하면서 나는 돈을 다 모을 수 있었다. 지금은 병원에 예약을 한 상태고, 2011년의 마지막 날에 수술에 들어갈 것이다. 내 스스로의 힘으로 원하는 것을 이룰 수 있었고 후회는 없다. 알바를 하면서 여러 가지를 많이 배우고 있으며 내가 목적한 것을 해냈다고 생각하니 뿌듯하다.

사랑

나는 욕심이 많다. 어렸을 적부터 동생은 나에게 양보를 많이 해왔다. 갖고 싶어 하는 것은 웬만하면 손에 넣었다. 그러나 지금은 욕심을 참고 자제를 하고 있다. 부모님이 주시는 돈은 정해져 있고 그래도 달라고 하면 언제든 주시지만 그것도 미안해서 지금은 스스로 아르바이트를 하고 있다. 가끔 이렇게까지 해야 할 필요가 있나 라는 생각을 할 때도 있다. 그러나 나는 내가 할 수 있는 데까지는 해볼 것이다.

친구들과 옷을 사러 나가서 계산할 때 나는 내가 힘들게 일해서 번 돈을 내는데 반면에 친구들은 자신들의 어머니 혹은 아버지에게 받은 카드를 내민다. 그럴 때면 친구들이 조금 부러워지기도 한다. 그러나 나는 앞으로도 여전히 내가 번 돈을 낼 것이며, 지금의 부모님은 변변한 패딩 점퍼 하나 못 사주시지만 지금까지 나를 낳고 길러주신 부모님이 자랑스럽다.

부모님의 결혼기념일이 또다시 한 달도 채 남지 않았다. 작년에 그런 일을 겪은 게 바로 어제 일 같은데 벌써 시간이 이렇게나 흘렀다. 나는 그날을 1년 365일 중에서 가장 행복한 날로 만들어 드리고 싶다.

엄마와 아빠가 함께 가꾼 조그마한 화단.

지금은 쌩쌩 부는 바람에 몸을 숨기고 있지만, 태양이 내리쬐고 개구리가 겨울잠에서 깨어나 개굴개굴 우는 봄이 오면 알록달록한 꽃이 피어나겠지?

엄마와 아빠의 정성이 묻어난 만큼 예쁘게 피었으면 좋겠다.

내 인생도 저 화단에 피어날 꽃들처럼 아름답고 알록달록하게 피어나기를♥

짱구 동생 짱아

이경진

짱아도 조금 어른이 된 내 고민에 놀랄지
도 모르겠다.

@짱구네 가족의 탄생

　나는 강아지를 정말 좋아한다. 마침 엄마가 "강아지 한 마리…" 라는 말을 했을 때 언니와 나는 두 손을 위로 흔들면서
　"앗싸! 좋아 좋아"
하고 외쳤다. 우리가 키우게 될 강아지는 7개월이 된 말티즈라는 이야기를 듣고 더 기분이 좋아 언니 방에서 함께 수다를 떨었던 그날 밤부터 강아지가 오는 날까지 손꼽아 기다렸던 것 같다. 예전에 강아지를 키운 적이 있었는데 다시 키울 생각을 하니 너무 설레었다.
　강아지 이름은 하루였는데 마음에 들지 않아 언니와 고심한 끝에 '짱아'라고 지었다. 아빠가 항상 언니나 내가 우스꽝스러운 짓을 하거나, 실수를 할 때,
　"으이구 짱구야~"
라고 하는데 우리가 짱구면 강아지는 동생이라는 생각에 짱아라고 지었다. 마음에 드는 이름을 짓고 엄마아빠한테 가르쳐줬더니 엄마아빠는 자꾸만
　"짱이, 짱이"
라고 해서 웃으며 다시 가르쳐주곤 했었다.
　짱아가 우리 집에 온 2007년 7월 14일. 처음 본 사람은 언니였는데 언니는 짱아의 첫 모습이 그냥 개였다고 한다. 이유를 들어보니 그날 언니는 작고 귀여운 강아지를 상상했는데 긴 털 때문에 몸도 커 보이고, 눈도 다 가려 못생겨 보였기 때문이다. 그때 나는 할머니 집에서 짱아를 처음 보았는데 앙증맞게 핑크색 옷을 입은 짱아를 보자마자 너무 귀여워 안아주었다. 정말 내 동생이 생긴 것 같은 느낌이었다. 짱아를 키우게 된 것이 너무 기

뼈 앞으로 잘 해줘야겠다고 생각했다.

한동안 언니와 나는 짱아를 공주처럼 대해주다 몇 달이 지나면서는 괴롭히기도 하고 장난도 많이 쳤던 기억이 난다. 언니나 오빠들은 동생을 못살게 굴고 장난 치고 싶은 마음이 드는 것처럼 짱아를 많이 괴롭혔었다. 언니가 나한테 하는 것을 보면 그런 심리를 알 수 있다. 나만 해도 어릴 때 사촌 동생한테 장난을 많이 쳤었는데 주로 동생이랑 슈퍼를 갈 때 혼자 뛰어가거나, 몰래 숨어 있으면, 동생은 울음이 터질 것 같은 표정으로 나를 찾을 때 나는 참 못되게도 즐거워했었는데, 짱아한테도 그런 적이 많다. 밥을 주고, 먹고 싶어 안달 나는 모습에도 단호하게 기다리라고 짓궂게 한 적도 있다. 손으로 얼굴을 위에서 아래로 훑으면 짱아는 '킁킁' 하면서 코 기침을 한다. 하지 말라고 손으로 허공을 젓는 모습이 재밌어 자꾸만 하고 싶었다. 가끔 말을 안 들으면 방에 데려가 높은 곳에 올려놓고 언니랑 몰래 창문으로 지켜보면 처음에 가만히 서 있는 모습도, 잠시 후 안절부절 하는 모습도 너무 귀여웠다. 그러다 우리가 보고 있는 것을 눈치 채서 창문 쪽을 쳐다보면 숨곤 했다. 지금 생각해 보면 그때 짱아는 무서웠을 텐데 미안하기도 하다. 어느새 짱아는 내 동생이 되었다.

짱아 머리로 장난을 많이 쳤었던 기억이 난다.

@영화는 감동을 싣고

나는 영화나 드라마를 보는 것이 너무 좋다. 컴퓨터에 '우리들 세상 이에욤'이라는 폴더가 있는데 이곳에 종류별로 영화나 드라마가 담겨 있다. 이 폴더는 짱아처럼 나의 기쁨이기도 하다. 영화가 나에게 주는 감동은 참 크다. 그만큼 여운이 오래 남는 영화가 많기 때문이다. 그렇다고 슬픈 감동만 좋아하는 것은 아니다. 나는 누구보다 인간적이며 자연스러운 코믹이 좋다. 가장 우리의 삶과 비슷한 것 같아, 또 다른 감동이 있어서다. 나에게 있어 친구들도 영화와 가까이 작용한다. 나를 위해 자신이 다섯 번 넘게 본 영화를 함께 봐주는 친구와 아무리 좋은 영화를 추천해도 보는 법이 없는 강적 친구, 영화 보자는 약속만 무지하게 잡는 친구, 일 년에 한 번씩 만나 시리즈 영화를 보며 우정을 다지는 친구, 몇 달 전부터 개봉도 안 된 애니메이션 영화를 자꾸 보자는 친구도 있다.

한날은 집에서 언니와 강아지가 나오는 영화 『마음이』를 보고 있었다. 영화 중반부터 우리는 눈물바다에서 헤어 나올 수 없었다. 내용은 주인공이 자신의 여동생이 강아지 때문에 죽었다고 생각한다. 그 강아지에 대한 원망에 혼자 떠나버리지만 강아지는 기찻길을 따라 몇 날 며칠을 걸어 주인이 있는 곳까지 찾아간다. 그래도 주인공은 강아지를 미워하고, 강아지는 주인이 위험한 상황일 때 다치면서까지 주인을 지켜낸다. 그러다 강아지는 눈이 안 보이기 시작하고 주인공은 그 사실을 알고 슬퍼하지만 강아지는 결국 죽음을 맞는다. 정말 감동적인 영화였다. 특히 강아지의 충성심과 죽어가는 모습이 인상적이었다. 강아지를 키웠거나 키우는 사람들이 보면 더 감동적인 영화일 것이다. 그날은 유난히 짱아를 많이 괴롭힌 날이었는데, 영화를 보는 동안 유유히 거실을 돌아다니고 있는 짱아를 억지로 붙잡아 안고, 괴롭힌 거 미안하다며 이젠 안 그런다고 엉엉 울었었다. 언니와 가끔 옛날 얘기를 할 때 빠지지 않는 얘기다. 추억을 되새길 때마다 했던 얘기를 하고 또 하지만 항상 재미있다. 아무래도 그때 이후로 짱아를 더 아끼게 된 것 같다.

@방과 후 집으로

짱아는 내 동생이기도 하면서 친구 같기도 했는데 중학교 1학년이었으니 사춘기가 시작될 때쯤이었다. 그때 나는 학원을 한 번도 다닌 적이 없었다. 겨우 태권도 학원 하나를 다니고 있었는데 짱아는 같이 보내는 시간이 제일 많은 나를 잘 따르곤 했었다. 내 성격 자체가 생각이 정말 많은 터라 그에 따른 고민도 많은데, 짱아에게 고민을 털어놓곤 했다. 집에 일찍이라도 오는 날에는 텅 비어 있는 집에 짱아만이 꼬리를 흔들며 나를 반기곤 했다. 그런 짱아 때문인지 방과 후에 집에 바로 가는 경우가 많았다. 친구들이 놀자고 잡아도 거절하거나, 그 친구들을 집에 데려가곤 했다. 당시 아빠와 엄마는 일하시느라 시간이 없었다. 언니도 고3일 때라 집에 항상 늦은 시간에 오니, 나는 아침에 혼자 학교 갔다가 친구들과 놀고 집에 돌아오면 잠시 태권도 학원을 갔다 와, 혼자 잠들곤 했다. 요즘은 집이 조용할 때마다 나를 반겼던 짱아가 그립다.

　나름 그때 꿈에 대한 고민도 많이 했다. 그때 나는 막연히 경찰을 꿈 꿨는데 정말 되고 싶은 것도 아니었다. 경찰은 꿈을 묻는 질문의 가짜 대답이었다는 생각도 든다. 이것저것 조금씩 다 하고 싶어 혼란을 겪기도 했다. 이렇게 나를 많이 숨기고 항상 다보여주지 않았다. 여러 친구들과 친해, 같이 다니고 재밌게 놀긴 했지만 정말 내 속마음까지 말하는 친구는 나도 모르게 정해 놓았었던 것 같다. 전학도 많이 다녔고, 내가 먼저 마음을 잘 열지 못했다. 첫인상이 차갑다는 소리를 많이 들어, 항상 웃으려고 노력 한다. 그런 면에서는 지금 나아졌다고 생각한다. 내 생각이나 고민들을 짱아에게 말하다 보면 마음이 편해지곤 했다. 그렇게 하면 내 마음도 채워지는 것 같았다. 언니와 싸웠을 때도 언니한테 비밀이지만 언니 욕도 하고 내가 동생이라서 당하고 산다는 넋두리를 하며 나를 이해한다는 눈빛으로 봐서 짱아는 나를 웃게 했다. 엄마한테 혼나거나 기분이 안 좋을 때 방에 있으면 짱아가 슬

짱아의 초롱초롱한 눈망울은 참 예쁘다.

그러니 들어와 침대로 폴짝 뛰어 내 옆에 앉아서 날 보는데 그때마다 많이 위로가 되었다.

@ 어린 신부와 어린 아가들

어느날 짱아와 함께 쎄쎄쎄를 하고 놀고 있는데 엄마가,

"이제 짱이도 임신시켜 줄 때 되지 않았니?"

라고 하시길래

"벌써? 임신 안 시키면 안 돼? 그럼 많이 늙는다는데….."

나는 말끝을 얼버무렸다. 짱아는 아직 어리다고 하며 상황을 넘기는가 싶었는데 엄마가 진짜 교배를 시켜 임신을 해야 한다는 것이었다. 안 그러면 짱아가 스트레스를 받는다고 해서 결국 짱아와 일주일 동안 이별(교배)을 하게 됐다. 남편 만난다고 노랗고 귀여운 꼬까옷을 입혀 보냈는데 시집 가는 짱아 모습은 귀여운 어린 신부 같았다. 짱아가 돌아온 날 학교 끝나고 바로 집에 가 짱아를 안으려니까 냄새도 나고 옷에 흙도 묻어 더러워져 있었다. 그래도 짱아는 나를 반겼다. 반가운 마음에 바로 목욕을 시키고 머리도 빗어주고 밥도 주었다. 오랜만에 밥 먹는 모습을 보니 좋았다. 밥을 다 먹고 또 달라고 손으로 나를 긁는 모습도 너무 귀여웠다. 짱아 뱃속에 아기가 있다는 생각을 하니 신기하고 평소처럼 흔들고 장난치면서 놀면 안 되겠다는 생각을 했다.

짱아배가 불러오는 모습이 보였다. 뚱뚱해지고 걷는 모양새가 뒤뚱거리는 게 우스꽝스러웠다. 병원에 데려가 초음파 검사를 했는데 뱃속에 3마리나 있었다. 신기해서 계속 보았는데 어디가 머린지 알 수 없었지만 동그란 게 3개가 있긴 했다. 짱아가 임신한 게 싫었는데 애기를 볼 생각을 하니 신기하고 떨리는 기분이었다. 출산일이 다가오면서 강아지 출산에 대해 알아봤는데 진통을 할 때 집에서 새끼를 낳는 집도 많아서 짱아도 그렇게 하기

로 했다. 철저히 준비 해놓고 출산일이 다가오면 어둡고 구석진 곳에 있어야 해서 내 방문 뒤에 집을 놓아두고 불을 끄고 다녔다.

어느날 아침에 짱아가 바닥에 물을 많이 흘려 놓아서 바로 집에 데려다 놓았다. 엄마, 아빠, 나 그리고 언니는 짱아가 애기를 잘 낳을 수 있게 숨을 죽였다. 한참 뒤 짱아가 애기 한 마리를 낳고 거실로 나오고 있었다. 나는 방 안에 들어가서 아기를 확인했다. 아기는 정말 작았다. 그리고 약간은 징그러웠다. 아기를 감싸고 있는 얇은 막인 태반에 영양이 많아 어미한테 먹이면 좋다고 해서 태반을 짱아한테 먹였다. 아기의 탯줄은 짱아가 이빨로 잘 끊어 놓았다. 곧이어 둘째 아기가 나오고 나는 끄집어내서 탯줄을 잘랐다. 둘째가 나오고, 셋째도 바로 나왔다. 첫 출산이라 힘이 들 줄 알았는데 짱아가 출산을 잘 치른 게 대견했다. 짱아는 지쳐보였지만 혓바닥을 날름거리는 게 예뻐 보였다.

아기들은 눈을 꼭 감고 있었다. 손바닥만 해서 너무 귀여웠다. 이름도 지었다. 첫째는 '무한이', 둘째는 '도전이', 셋째는 '일박이'라고. 언니와 내가 자주 보던 프로그램 이름이었다. 무한이, 도전이는 남자고, 일박이는 여잔데 일박이 얼굴이 제일 예뻤다. 무한이는 제일 크고 도전이는 이마에 노란 얼룩이 있는데 엄마 아빠는 모르지만 나만 알 수 있어 뿌듯했다.

2009. 1. 31.

짱아는 저 자리를 하루 종일 지켰다.

짱아는 아기들을 출산한 이후 극도로 예민해져 있었다. 아기들을 보호하려는 마음에 그랬던 것 같다. 짱아 집 밑에 깔린 수건을 한 번씩 갈아줘야하는데 짱아는 아기를 해칠까 봐 집에서 나오지를 않았다. 언니나 엄마가건드리면 으르렁대고 이빨을 드러내는데 내가 짱아 머리를 쓰다듬으면서천천히 아기들을 만지면 가만히 있었다. 그럴 때마다 짱아가 더 예뻐 보였다. 내가 아기들을 다른 곳으로 옮기면 짱아는 그쪽으로 뛰어갔다. 그때 새 수건을 깔고 아기들을 다시 제 위치에 옮겨 놓았다.

5일된 아기들의 모습

며칠이 지나니 아기들은 눈을 뜨기 시작했다. 그땐 짱아보다 아기들한테 더 신경 썼던 것 같다. 그래도 짱아의 산후조리는 잘 해주었다. 북어를 사서 북어국도 끓여주고 강아지용 죽도 사 먹였다. 짱아는 내가 만들어주는 걸 잘 먹었다.

어느날은 도전이와 드라마를 보면서 놀고 있었다. 장난으로 도전이를 머리에 올려 두 손을 놓고 서 있는데 도전이가 움직여서 바닥에 떨어져버렸다. 나는 너무 놀라 바로 도전이를 주워 소파 위에 올려놓았다. 도전이는 숨도 안 쉬고 두 손발을 뻗은 채로 몸이 굳어 버려 있었다. 너무 무서웠다. 아무한테도 말 못하고 혼자 지켜보다 눈물이 났다. 당시에 『뉴하트』라는 드라마를 할 때였는데 나도 그 드라마를 좋아했었다. 의사들의 이야기가 소재였는데 어떤 날 의사가 환자의 흉부를 절개해서 수술 하던 중 심장이 멎어 당황해 하며 심장 마사지를 하는데, 멈춘 심장을 조심히 마사지 하는 장면이 생각났다. 나는 훌쩍거리며 도전이 심장이 있는 쪽과 몸을 조물조물 거렸다. 일분도 안 했던 것 같은데 나에겐 너무 길었다. 잠시 후 도전이가 "켁" 하고 숨을 쉬었다. 나는 손에 힘이 풀렸지만 너무 다행이어서 도전이를 안았다. 그 드라마를 본 게 다행이었다. 도전이가 죽을 뻔했다는 걸 생각만 해도 끔찍하다.

나는 일박이를 제일 귀여워했지만 그후로는 도전이한테 더 눈길이 갔다.

3형제의 아기들을 언제나 짱아처럼 키울 수 없었다. 마음 같아선 4마리 다 키우고 싶었다. 강아지를 키우는데 돈도 많이 들고, 돌볼 시간이 없기 때문에 헤어져야 할 것을 알았지만 말은 꺼내지 않았다. 조금이라도 더 같이 있고 싶기도 했고, 엄마가 같이 키울 수 있게 하지 않을까라는 생각도 했다. 하지만 엄마는 매정하게 짱아 새끼들을 분양해야 한다는 말을 했다. 아기들의 주인이 오랫동안 나타나지 않았으면 하고 생각했는데 너무도 금방 무한이가 분양되고, 어떤 꼬마 아이가 도전이, 일박이를 보고 예쁘다

그 일(?) 있기 전 도전이 모습

고 두 마리를 다 가져가 버렸다. 왠지 짱아도 슬퍼 보였다. 한동안은 우울했지만 그 꼬마가 아기들을 아껴줄 것 같아 다행이었다. 아기들은 한 달 정도 함께했지만 짱아는 평생 같이 살고 싶었다.

@또 다시 시작

짱아와의 추억을 쌓는 동안 나도 어느덧 중학교 2학년이 됐다. 언니는 대학생이 되고, 언니의 학교는 경주에 있는 학교인데 경기도에서 너무 멀어 떨어져 지내야 했다. 엄마 아빠는 물론 우리 가족의 고향이 대구이기도 하고, 아빠 일에도 지장이 없을 것 같아 대구로 이사를 가야 했다. 나는 싫었다. 전학을 간다는 것이 싫었고 너무 먼 대구로 가는 것이 싫었다. 전학을 많이 다닌 탓에 항상 '새로운 친구들과는 어떻게 다시 친해질까…' 라는 고민은 늘 나를 괴롭혔다. 친구들과 친해지면 또 전학을 가고 다시 새로운 생활을 또 다시 시작하는 것은 쉬운 일이 아니었다. 때문에 항상 유치원이나 초등학교 때부터 친구인 소꿉친구들이 너무 부러웠다.

그날 따라 짱아는 내 맘을 아는지 모르는지 더 해맑았다. 전학 가는 사실을 친구들에게는 나중에 말했다. 전학을 갈 때까지는 평소처럼 지내고 싶

었다. 이사를 가는 날 친구들은 편지를 많이 써주었고 계속 연락하자고 작별 인사를 했다. 나는 짱아를 안고 차 뒷좌석에 앉아 새로운 생활을 걱정했다. 짱아는 걱정이 없는 것 같아 부러워 보였다.

3월이라 학교생활은 잘 적응하고 반 분위기도 좋아 친구들도 빨리 생겼다. 친구들과 친해지면 정말 활발하고 밝은 성격이지만 성격이 안 맞으면 잘 친해지지 못하는 편인데 이곳 친구들은 나를 친근하게 대해 주었다. 금방 학교생활이 즐거워졌다. 친구들과 공부방에 다니기 시작하면서 짱아한테 소홀해질 때가 많았다. 새로운 태권도 학원도 다녔는데 그 태권도 학원을 고른 것은 잘 한 일이다. 사범님도 좋고 관장님도 좋았다. 새로운 생활은 곧 즐거운 생활이 되었다. 그전 도장에서부터 태권도에 대한 흥미가 떨어져 운동을 그만할까 많이 생각했는데 태권도장을 옮긴 후부터 다시 흥미가 생기기 시작한 것이다. 그때 체고에 진학할까 고민을 했었다. 선생님이 추천 하셨는데 막상 가려니까 걱정이 많이 되기도 했다. 하지만 사람들한테 얘기하는 게 창피하기도 하고 부끄럽기도 해, 가족한테까지 말하지 못했던 기억이 난다. 엄마만 알고 있을 것이다. 그 당시에 엄마한텐 서운한 것도 많고 고마운 것도 많아 고민도 잘 털어 놓았다. 엄마가 미울 때도 많았는데 고등학생이 되고 엄마를 이해하게 되었다. 엄마를 이해하니까 내 마음이 더 편해지고, 조금은 더 철이 든 것 같다. 나와 제일 많은 소통을 하고 내 기분을 잘 알아주는 사람은 엄마다. 앞으로도 그 사실은 변하지 않을 것이 분명하고 나는 엄마의 모든 것을 이해하려고 노력할 거다. 엄마가 몸이 약해서 아플 때는 심하게 아파서 너무 마음이 아프다. 엄마와 손을 잡고 있을 때면 너무 따뜻해서 문득, 엄마와 함께 있지 않을 나를 생각하면 너무 무섭다.

한동안은 그전 학교 친구들과 자주 전화했지만 차츰 가끔 전화하게 됐다. 그래도 그곳 친구들과는 서먹하지 않고 많은 얘기들을 나누어서 마음이 편했다. 언니도 신입생이라 걱정을 많이 했는데 잘 생활했다. 언니와도 더 친해지고, 짱아와 함께 많은 시간을 보냈다. 엄마도 일을 그만둬, 집에 있는 시간이 많아졌고 대구에 친구들이 많아 마음이 더 편해졌다고 했다. 더 이상 나는 집에 혼자 있는 시간이 많지 않아서 더 좋았다. 주말에는 짱아와 산책을 많이 했다. 한번은 혼자 데리고 나갔다가 잃어버린 적도 있었다. 새로운 생활에 적응하지 못하는 것은 짱아뿐이었다. 똥, 오줌도 잘 못 가리고 쓰레기통을 파놓고 해서 내가 혼내는 일이 많아졌다. 시간이 지나니 짱아는 똑똑하게도 금방 안정된 생활을 했다.

@독수리를 갈망하는 기러기

그렇게 짱아와 보낸 시간은 일 년을 훌쩍 넘기고 짱아를 만난 지 일 년째 되는 날 아무것도 해주지 못해 미안했다. 한참동안 짱아한테 신경을 못 쓰고 소홀히 하지 말아야겠다고 생각하던 즈음에 아빠가 갑작스럽게도 짱아를 엄마 친구 집에 보내자고 했다. 너무 충격적이었다. 그리고 슬펐다. 이제 잘해주려고 하는데 짱아를 보내다니…… 언니도 나도 반대했지만 나도 공부해야 하고, 언니도 자취를 하려고 할 때라, 돌볼 사람이 없다고 했다. 엄마도 바쁜 터라 언니도 나도 뭐라 말할 수가 없었다. 아빠가 원망스러웠지만 어쩔 수 없이 짱아를 보내기로 했다. 짱아가 갈 때까지 정말 잘해주려고 했다.

오지 않기를 바라던 그날이 왔다. 엄마의 친구인 아줌마가 오셨는데 정말이지 반갑지 않았다. 평소에 알던 아줌마라서 웃으며 인사를 했지만 진심이 아니었다. 짱아 짐들을 챙기고 짱아를 보내는데 눈물이 났다. 그후로도 한동안 너무 우울해 했다. 그래도 모르는 사람이 아닌 엄마 친구한테 보내는 거라서 다행이었다. 가끔 볼 수라도 있으니…….

그후로 짱아가 보고 싶을 때마다 가서 볼 수 있을 줄 알았는데 그러지 못했다. 가끔 아주 가끔이었다. 화가 난 적도 있다. 그래도 가서 짱아도 보고 놀고 하는 날은 너무 좋았다. 언니와 나는 우리가 마치 기러기 아빠 같은 기분이라며 언제든지 가서 볼 수 있는 독수리가 되자는 농담을 했다.

또 한참을 짱아를 못 보다가 집에서 우연히 텔레비전에서 『마음이』가 하고 있었다. 언니와 나는 영화를 보다 또 폭풍 눈물을 흘렸다. 엄마는 왜 그리 서럽게 우냐고 물어, 짱아가 너무 보고 싶다며 우니까 엄마가 내일 보러 가자고 했다. 그제야 우리는 웃음을 보였다. 그 다음날 짱아를 보고 그 집에서 하루 종일 있었던 듯하다.

@시간이 지나면

시간은 빠르게 가고 나는 고등학생이 되었다. 꿈에 대한 고민도 많이 할 때 가끔 짱아가 생각났다. 짱아가 내 얘기를 들어줬으면 좋겠다고 생각했다. 하지만 고등학생이 되고 짱아를 생각할 시간은 점점 줄어들었다. 일 년 반이란 시간 동안 많은 정이 든 짱아가 보고 싶을 때마다 짱아와 있었던 일들을 생각했다. 짱아의 소식을 간간이 듣기는 했다. 또 임신을 했다는 얘기도 듣고 짱아의 애기를 우리 집에서 일주일 동안 키우기도 했다. 짱아가 예민해 데려오지 못하는 것이 아쉬웠다. 애기도 귀여웠지만 언니와 나는 짱아가 무척이나 보고 싶었다. 그럴 때면 컴퓨터로 짱아와 옛날에 찍었던 사진을 보고 항상 10월, 11월에서 멈춘, 1년을 다 채우지 못했던 다이어리를 본다. 짱아 파일이 통째로 날아가 너무 속상하지만 몇 장 남지 않은 사진을 보면 그때의 추억이 떠오르면서 그립기도 하고 기분이 좋아졌다. 다시 짱아를 만날 날을 언니와 같이 잘 때 누워 생각하곤 한다. 짱아와 함께 하루를 되새기며 잠들던 중학교 때가 그립기도 하다. 그때 더 놀기도 하고, 더 공부도 하고, 더 많이 착하게 지냈으면 하는 생각도 든다. 그땐 지금보다 더 많이 웃었던 것 같은데 학년이 올라가면서 덜 웃게 되고 걱정만 늘어가는 것 같다. 자꾸 불안하고 조급해지기만 한다. 이럴수록 급하게만 말고 침착해야 하는데, 그러지 못하고 있다. 속 깊은 대화를 하고 싶다. 누구와 무슨 말을 하고 싶은지는 모르겠지만 이렇게 답답할 때 짱아가 더 보고 싶다. 못 본 지 일 년이 되었다. 빨리 짱아 만나는 날을 정해 엄마한테 약속을 받아야겠다. 그동안 내 돈으로 한 번도 해주지 못한 선물도 사서 갈 거다. 그날이 너무도 기다려진다.

'어떤 선물을 해줘야 할까?'

짱아가 뭘 제일 좋아했는지 생각이 잘 나지 않는다. 시간이 지날수록 많은 일이 생기지만 또 많은 걸 잊게 되고 기억할 수 없어서 슬프다. 요즘 들어 시간이 빨리 가 무섭기도 하면서 한편으로는 더 빨리 가서 대학생이 되고 싶기도 하다. 대학생이 되면 하고 싶은 것이 많다. 방학 때 알바를 꼭 해보고 싶다. 그래서 엄마 아빠한테 용돈도 드리고 나를 꾸미기도 해보고, 처음 용돈 드리는 날을 잊을 수 없을 것 같다. 대학 졸업을 하면 내가 어떤 사람이 되어 있을지 궁금하다. 어릴 때부터 엄마가 항상 잘 될 거라고, 혼자도 잘 하고, 결혼도 잘 할 거라고 좋은 말만 해줘서 정말 그렇게 될 것 같다는 생각이 박혀 있는지, 내심 미래에는 괜찮은 내가 기다릴 것 같은 마음이 있는 것 같다. 내가 믿고 선택한 배우자는 과연 어떤 모습일지도 궁금하다. 미래보다는 현재에 충실해야 하지만 나는 지금 뭘 하고 있는지 모르겠다. 이런 수많은 생각들, 그리고 쓸데없는 걱정들이 내 머리를 꽉 잡고 있어서 지금 가장 중요한 일을 놓치고 있는 느낌이다. 오늘 밤도 오만가지 생각을 하고 있다. 빨리 이것들을 떨쳐내고 나를 더 발전시킬 수 있는 미래에 대한 투자를 시작하고 싶다. 새로운 꿈이 생겼다. 이 꿈을 아는 사람은 엄마, 아빠, 언니, 3명의 친구, 그리고 나뿐이다. 쉽지 않은 길이 될 것 같아 걱정이 앞서지만 긍정적으로 생각하고, 정말 노력해서 꼭 이루기로 했다. 걱정이 길수록 용기는 짧아지는 법이니까. 지금처럼 고민이 많았던 때 짱아가 많이 힘이 되고 도움이 됐었는데 요즘은 가끔 혼자가 된 느낌이 든다.

'내가 정말 힘들 때 내 옆에 있어줄 사람들이 몇이나 될까?'

지금은 엄마가 나에게 오더라도 그냥 안겨 다 말할 수 없을 것 같다. 요즘은 마음이 참 뒤숭숭하다. 그런데 이것은 정말 말할 수가 없다. 아마 짱아와 둘이 있을 때 말할 수 있을까. 짱아는 비밀을 잘 지켜주고 잘 들어줘서 더 좋다.

고민이 많은 요즘, 옛날처럼 짱아를 침대 위 내 옆에 앉혀놓고 얘기를 하고 싶다. 그럼 짱아도 조금 더 어른이 된 내 고민에 놀랄지도 모르겠다. 내가 또 조금 더 어른이 된 그날, 어서 나의 고민을 나누고 싶다. 현재를 거쳐야 반드시 올 그날에, 이미 지나버린 지금을 후회하지 않기 위해 오늘 더 성실해야겠다. 그땐 이모든 고민과 걱정을 웃으며 얘기할 수 있을 것 같다. 내 꿈에 한 발짝 더 다가갔을 테니까.

친구들과 이번 가을에는 단풍놀이를 꼭 가기로 엄지손가락을 맞대고 약속했다. 그런데 미루고 미루다 보니 단풍은 다 떨어지고 축제도 끝이 나버린 것이다. 정말 빠르다. 붉은 빛 가을이 다 지나기 전에 책이나 읽어야겠다. 하얀색의 완전한 겨울이 오기 전에 짱아와 산책도 하고 싶다.

2018년 어느 여름 짱아와
마지막산책

귀마개

채혜진

아빠는 외로운 거다.
본능적으로 그 사실을 알아차렸다.

눈을 감고 누운 채로 탁자 위를 더듬던 손이 멈췄다.

'아. 귀찮아.'

어쩔 수 없이 몸을 일으켰다. 핸드폰 불빛을 비추고서야 비로소 귀마개를 찾을 수 있었다. 당장이라도 달려 나가 이제 그만 좀 하라고 소리지르고 싶었다.

'도대체 언제쯤 저 목소리에서 벗어날 수 있을까. 왜 술만 마시면 저럴까. 꼭 저래야만 하나.'

피할 수 없는 생각들이 나를 옥죄고 있었다. 얼른 고개를 흔들며 귀마개를 꼈다. 너무 눌러 끼운 귀마개 때문에 귀가 아플 지경이었다. 물론 그런다고 소리가 안 들리는 것은 아니었다. 여전히 아빠, 엄마가 싸우는 소리가 들려왔다. 그래도. 그래도 여기까진 괜찮다고 생각했다. 때로 자는 나를 깨우기까지 하는 아빠가 오늘은 그러지 않았다는 것만 해도 괜찮다고. 하지만 그런 생각도 흐르는 눈물을 막을 수는 없었다.

울다 지쳐서 잠들고 다시 눈을 뜬 것은 다음날 아침이었다. 여느 때와 다름없이 나를 깨우는 목소리가 들렸고 엄마의 모습이 희미하게 보였다. 눈이 너무 부어서 눈을 제대로 뜰 수가 없었다. 그냥 학교도 빠지고 하루 온종일 잠만 자고 싶었다. 하지만 그럴 수는 없다는 생각에 자리를 털고 일어나서 욕실로 비틀비틀 걸어가 탁 불을 켰다. 환한 불빛아래 거울 속의 누군가가 초췌한 얼굴로 구부정하게 서 있는 거울 밖의 나를 보고 있었다. 그녀는 왠지 모르게 서러운 듯 보이는 얼굴을 하고 있었다.

'너 지금 외롭구나……. 슬퍼하지 마. 괜찮아. 괜찮을 거야.'

이렇게 스스로를 위로해야 하는 나의 모습에 왠지 눈물이 날 것 같아서 얼른 수도꼭지를 틀었다. 쏴아— 하는 물소리만 들어도 잠이 달아나는 기분이었다. 제일 차가운 쪽으로 튼 물로 세수를 하고서야 완전히 정신을 차릴 수 있었다. 욕실 문을 열자 부엌에서 밥을 차리느라 정신없는 엄마가 보였다.

'도대체 몇 시부터 일어나서 밥을 준비하신 걸까.'

아빠 때문에 몇 시간 못 주무셨을 엄마가 걱정스러웠다. 단 하루도 편안하게 잠을 푹 잘 수 없고 어쩌다 휴일이 생겨도 집안일로 온종일 바쁜 엄마에게 왠지 미안한 기분이 들었다. 오늘 아침은 술을 마신 아빠를 위한 콩나물국이었다. 덜컥 안방 문이 열리고 아빠의 모습이 보였다. 왠지 떨리는 기분이 드는 것을 느끼고는 고개를 숙여 애꿎은 콩나물국을 뒤적였다. 의자를 빼 내 앞에 앉는 아빠도 콩나물국을 떠주는 엄마도 아무 말이 없었다. 서로에게 퍼붓고 싶은 기분을 참고만 있는 건지 아니면 너무나도 익숙해져 버려서 당연한 듯 지워버린 건지. 도무지 분간해 낼 수가 없었다. 하염없이 혼란스러움을 느꼈다. 그래도 싸우는 아빠와 엄마에게 술이라는 이유를 댈 수 있어서 다행이라고 생각했다. 서로를 이해하지 못해서, 서로 미워해서 싸우는 것이 아니어서 다행이었다. 그렇게 생겨나는 미움은 멈출 수가 없는 거니까. 밥을 다 먹은 아빠가 회사에 갈 준비를 다 마칠 때까지도 생각을 멈출 수 없었다. 쾅. 거센 아침 바람에 문이 닫히고 철컥 하는 열쇠 소리가 들렸다. 미묘한 느낌을 풍기는 정적이 엄마로부터 퍼져 나와 온 집안 구석구석 쌓여 갔다.

'아, 오늘은 술을 안 마시고 들어왔기를.'

매일 학교에서 집으로 올 때마다 아빠가 술을 안 마셨기를 바랐다. 다음 날이 휴일인 오늘 같은 날이면 특히 그런 바람이 더 커졌다.

"다녀왔니?"

"네. 다녀왔습니다."

아빠는 안방에 누워 있었다.

'아, 술 안 마셨나보네. 다행이다.'

"다녀왔습니다."

"그래. 씻고 과일 먹어라."

긴장하던 마음을 떨쳐내고 안도하게 되는 기분에 왠지 더 피곤해졌다.

"안녕히 주무세요."

인사를 하고 방으로 가 누웠다.

'술을 안 마시면 얼마나 좋을까. 아니, 술을 못 마셨으면 얼마나 좋았을까.'

매일 바라고 또 바라지만 결코 이루어질 수 없는 그런 생각이 자꾸만 들었다.

다음날 아침이 되자 휴일 아침이면 늘 그러는 것처럼 아빠가 우리 남매를 깨웠다. 그렇게 모든 가족이 일어나면 항상 우리 가족은 다 같이 TV를 보며 밥을 먹었다. 조용히 밥을 먹던 중 동생이 킥킥거리며 웃기 시작했다. 언니를 제외한 나머지 가족들은 곧 그 이유를 알 수가 있었다. 언니의 얼굴에 밥풀이 붙어 있었기 때문이었다. 아빠가 말했다.

"그건 내일 먹으려고 붙여뒀냐?"

"에~ 돼지래요~"

동생이 언니를 놀리기 시작했다.

하지만 언니는 그런 일에 화를 내는 성격이 결코 아니다. 항상 그런 일이 있을 때마다 뭐 그럴 수도 있지 라고 말하고 능글맞게 웃었다. 그렇게 소박한 우리 가족의 식사 시간이 끝나면 엄마가 일하러 가야 할 시간이 다가온다. 하지만 엄마는 쉬엄쉬엄 느긋하게 준비를 하고 그럴 때면 아빠가 왠지 장난스런 모습으로 말했다.

"일하러 안 가나? 왜 그렇게 늦장을 부리노?"

"당신이 데려다 줄 거니까."

"아, 귀찮다. 혼자 갈래? 갈 수 있지?"

"뭐 그래도 되고."

그 말에 아빠가 웃으면서 날 쳐다봤다. 자신이 결국 일어나 옷을 입을 것을 알기 때문이다. 그렇게 평화로운 아침을 지내고 TV를 보다 보면 하루가 훌쩍 지나간다는 것을 느낄 수 있다. 어느새 점심시간이 지나고 저녁시간이 되었다. 엄마가 아침에 미리 해놓은 반찬으로 밥을 먹고 나서 엄청난 설거지 양에 한숨이 절로 나왔다. 한 시간 동안 컴퓨터를 하고서 설거지를 하기 위해 부엌으로 갔는데 아빠가 설거지를 하고 있었다. 어떻게 해야 할지 당황스러운 기분에 그 옆을 서성거리고 있자 냉장고에 있는 과일이나 꺼내 먹으라고 아빠가 말했다. 그럴 때의 아빠에게서는 약간의 쑥스러움과 창피함, 뿌듯함이 보였다. 행복해졌다. 힘든 설거지를 피해서 행복한 것이 아니라 설거지 한번 안 할 것 같던 아빠가 날 위해 빨간 고무장갑을 끼고 있는 그 모습이 행복했다. 그럴 때면 사랑받고 있는 거구나 하는 기분을 느낄 수 있어서 참 좋았다. 그렇게 평화로운 하루가 지나갔다.

덜커덕. 덜커덕. 어젯밤 일찍 잠이 들었기 때문인지 일찍 눈이 떠졌다. 하지만 바로 일어나지 않고 다시 눈을 감았다. 그렇게 아무 생각 없이 가만히 누운채로 눈을 감고 있는 게 좋아서 꽤 오랜 시간을 그렇게 누워 있었다. 하지만 그 나른한 기분도 오래 갈 수는 없었다. 따스했던 이불 속을 벗어나자 감당할 수 없는 권태가 온몸을 짓눌렀다. 어깨, 다리, 심지어 머리까지 무거워져서 터덜터덜 부엌으로 갔다. 식탁에 앉자 아빠도 곧 잠에서 깨어 밥을 먹기 시작했다. 아침에 아무 말이 없는 것은 똑같았다. 술을 마시고, 소리를 지르고, 싸우고, 잠에 취한 우리들을 붙잡고 1시간씩 설교했던 날의 아침과 똑같이 조용한 식사를 하는 아침이었을 뿐이다. 하지만 밥을 먹으며 느끼는 기분은 그런 날들과 전혀 달랐다. 아침 일찍 일어나 밥을 차려야 하는 엄마에게 미안한 기분이 덜 들었고, 아빠도 왠지 더 편해보였다. 나 혼자만 느끼는 것일 수도 있는 아침의 그 평화가 무척 좋아서 괜히 밥이 더 맛있는 것만 같았다.

상쾌한 기분으로 학교의 수업을 받고 친구들과 수다도 떨고, 4시간의 자습을 모두 끝내고 친구들과 함께 지하철을 탔다. 친구들은 모두 일찍 내리고 혼자 지하철이 해안역에 도착하기만을 기다리는데 나도 모르게 잠이 들었나 보다. 얼른 역을 확인했다. 내려야 하는 해안역에서 한 역을 지나쳐 동촌역이었다. 하지만 어쩔 수 없이 그곳에서 내려야 했고 걸어갈까 다시 지하철로 돌아갈까 망설이다가 한 역일 뿐인데 하는 생각이 들어서 계단을 올라갔다. 계단을 오르면 당연히 홈플러스가 나올 것이라고 생각했는데 그게 아니어서 순간 당황했다.

'아, 나 길친데… 어떡하지. 어디로 가지??'

너무 당황스러운 기분에 주위 사람들에게 어디로 가야 하는 건지 물어보고 싶었지만 지나가는 사람이 없었다. 너무 무서워서 일단 무작정 걷기 시작했다. 걷다보니 중학교 때 지나다녔던 길이 나와서 너무 다행스러웠다. 걷고 걷는데 땀이 주르륵 흐르기 시작하고 다리가 점점 무거워졌다.

'중학교 때는 더 멀리도 걸었는데. 아, 너무 힘들다.'

학교에서의 16시간 동안 지쳐 있던 몸으로 20분이란 시간을 더 걷는 것은 역시나 힘든 일이었고 결국 땀을 비 오듯 흘리며 겨우 집에 도착했다.

집안에 들어서는데 술에 취한 아빠의 목소리가 들려왔다.

"누구고? 영희가?"

'아. 술 마셨다. 아~ 오늘 너무 힘든데.'

"네… 다녀왔습니다."

방으로 들어와 샤워 후 입을 옷을 챙기는데 한숨이 저절로 나왔다. 옷을 다 챙기고도 밖으로 나가는 게 망설여졌다. 술에 취해서 내지르는 고함소리가 들려오고 있었다. 아무리 떨쳐내려 해도 떨칠 수 없는 목소리가 견딜 수 없는 두려움을 주었다. 이제 지겨워졌다 싶으면서도 여전히 두려워하는 내가 싫었다. 왜 그냥 한숨 한번 쉬고 넘기질 못하는 것인지, 왜 익숙해질 수 없는지 너무 화가 났다.

"영희 어디 갔노?? 영희 나오라고 해~!!!"

"그냥 라면이나 먹지 왜 이제 막 온 애를 부르고 그래?"

"아, 내가 내 딸 부르는데 니가 왜!!!"

밖에서 싸우는 엄마와 아빠의 목소리가 들려왔다. 챙긴 옷을 들고 주저 앉아 귀를 틀어막았다.

'제발. 이제 제발 그만 좀 해… 제발!'

그냥 저절로 그런 생각이 들었다. 너무 무서웠다. 뭐가 무서운 것인지는 나조차도 잘 모르지만 그냥 심장이 막 콩닥거리고 너무 무서워졌다. 그 와 중에 언니가 들어오는 소리가 들렸고 귀를 막은 손을 놓고 멍하게 앉아 있 었다. 두려움에 사로잡혀 아무것도, 그 어떤 생각도 하지 못하고 있는 모습 을 언니에게 보이고 싶지는 않았다. 자신의 두려움만으로 벅찰 텐데 나에 대한 걱정까지 안겨줄 수는 없는 일이었다. 그렇게 5분이나 흘렀을까. 우 려하던 상황이 벌어지고야 말았다.

"에이 이혼하자. 이혼해!!!"

"그래, 이혼해. 누가 무서워 할까 봐?"

"아, 알겠다. 그럼. 애들 불러~!!"

"아, 애들을 왜 불러?!! 이혼하는데."

"야!!!!!!!!!!!!!!"

"왜!!!!!!!!!!!!!!!!!!!!!!"

"영희야!!!! 영주야!!!! 영민아!!!!!!!!!!!!"

언니가 먼저 문을 열고 나갔다. 더 이상은 버틸 수 없다는 생각이 들어서 문을 열고 밖으로 나갔다. 동생이 먼저 나와 있었다.

"너희도 다 들었지? 엄마 아빠 이혼할 건데 너희는 누구랑 같이 살 건데??"

"…에휴…"

엄마는 일어나서 방으로 들어갔다. 슬쩍 본 엄마의 얼굴에 눈물이 흘러내리고 있었다. 아빠를 쳐다보지 못하고 고개를 숙였다. 그러자 계속 누구랑 같이 살 거냐고 물었다. 평소 술에 취한 아빠의 말에 그나마 대꾸를 해왔던 언니조차 아무 말을 못하고 있었다. 마음이 여린 동생이 겁을 먹고 울기 시작했다.

"니는 사내자식이 왜 우노? 그래. 너희들은 다 엄마가 좋다 그거제? 그래… 내가 나간다. 내가 나가. 내가 나가서 돈만 다달이 보내주면 되는 거 아니가?? 영주 가서 짐 싸라. 종이 가방 하나에다가 속옷 3벌하고 바지하고 위에 입을 거 담아라!!!"

심장이 쿵쾅거렸고 말을 하고 싶어도 입이 떨어지지 않았다. 아빠의 눈시울이 붉어지는 것을 보았다. 그 모습을 보았기 때문인지 언니가 울었다. 설마 진짜 집을 나갈까 하면서도 아빠에게 무슨 말이든 해야만 한다고 생각했다. 가출이라는 그런 극단적인 결정까지 내린 이유가 술 때문만은 아니라는 느낌이 강하게 들었기 때문이었다.

아빠는 외로운 거다. 본능적으로 그 사실을 알아차렸다.

'아빠, 난 아빠를 너무 사랑해. 물론 술을 마시고 소리를 지르는 모습까지 완전히 사랑할 수 있는 건 아냐. 하지만 아빠는 내 아빠야. 다른 누구와도 바꿀 수가 없는, 나를 이 세상에 탄생시킨 위대한 사람이야. 아빠가 어떤 사람이든 미워할 수가 없어.' 아빠 딸 김영희는 차마 말하지는 못해도 이렇게 가슴 깊숙이 아빠를 사랑한다고 말하고 싶었다. 피 흘리는 심장을 토해내며 소리치고 싶었다. 하지만 말하지 못했다. 이런 상황에서도, 아빠가 외로움에 상처 입는 이 순간에도, 모든 가족들이 울며 고통 받고 있는데도 잠깐의 민망함을 견뎌낼 수가 없었던 것이다.

'야, 이 멍청아. 왜 말 한마디 못하고 앉아만 있어. 왜? 그깟 창피함이 뭐라고…'

"영주 뭐하노? … 그래 짐도 싸주기 싫다 그거제? 내가 싼다. 내가 싸서 나간다고!"

아빠는 종이 가방에 속옷과 바지, 티를 담고 차키를 들고 집 밖으로 나갔다. 엄마라도 방 밖으로 나와 무슨 말이든 해줬으면 하고 바랐지만 계속 우는지 나오지 않았다. 정적이 흘렀고 방으로 가는 언니와 동생을 따라 방으로 들어갔다. 언니는 불도 켜지 않고 어둠 속에서 울고 있었다. 엉엉 소리를 내며 토해지는 걱정, 두려움의 새까만 마음을 들으면서 울컥 서러운 기분에 눈물이 났다. 말 한 마디면 집을 나가지 않았을 거라는 생각이 어느새 강한 확신이 되어 내게 원망 섞인 욕을 퍼부었다. 그렇게 둘이 한참을 울기만 하다가 갑자기 언니가 벌떡 일어나 커튼을 걷고 창밖을 내다봤다. 그렇게 5분쯤 밖을 내다보더니 이내 한숨을 쉬며 자리에 다시 앉았다.

"아빠 밖에 있어?"

언니가 고개를 흔들었다.

"문자라도 보내볼까?"

"……."

"응??"

"그래라."

"뭐라고 보내지? 어디냐고 보내볼까?"

"……."

어디야? 라고 문자를 보내고 한참을 기다렸는데도 답장은 오지 않았다.

"… 안 오나보네… 자자……."

언니의 말에 자리에 누웠는데 갑자기 눈물이 났다. 등을 돌리고 숨죽여 울었다. 언니가 자리에서 일어나서 휴지를 가져다 줬다. 그 휴지 때문에 눈물이 더 많이 났다. 언니도 불쌍하고, 아빠도 불쌍하고, 엄마도 불쌍하고, 동생도 불쌍하고, 나도 불쌍했다. 그렇게 울다가 어느새 잠이 들었다.

"일어나라. 학교 가야지."
엄마가 깨우는 소리에 눈을 떴다. 너무 이상했다. 너무 많이 울어서 눈을 뜨기가 힘들 정도인데 아무 일도 없다는 듯이 깨우는 것이 너무 이상했다. 하지만 그런 내색을 할 수는 없어서 비틀거리며 일어나 욕실에 들어갔다. 한참을 거울을 보며 멍하게 서 있었다.

거울 속 멍한 표정을 짓고 있는 누군가의 모습이 보였다. 아무 생각 없는 듯 보였지만 실은 그렇지 않다는 것을 알고 있다. 그녀의 머릿속에는 지금 오만가지 생각들이 섞여 떠다니고 있는 것이다.

'아빠는 돌아왔을까? 안 돌아왔으면 어떡하지? 도대체 어떻게 되는 거야? 난 어떡해야 하는 거냐고. 언제까지 이렇게 불안해 하면서 살아야 돼?'
평소와 마찬가지로 차가운 물로 세수를 했지만 정신이 돌아오질 않았다. 일부러 차가운 물로 머리를 감고 머리를 말리면서도 계속 아빠가 들어 왔을까를 생각했다. 평소와 똑같은 엄마의 표정으로는 아무것도 읽어낼 수가 없었다.

'무슨 말이라도 좀 하지… 하긴, 무슨 말을 해…'
식탁에 앉아 깨작깨작 억지로 밥을 삼키는데 평소 같았으면 벌써 나왔어야 할 아빠가 나오지 않았다. 들어오지 않은 것 같다고 생각하던 그 순간, 아빠가 나와 식탁에 앉았다. 평상시였다면 아빠가 술을 먹고 들어온 다음날에 아무 말도 없이 밥만 먹는 모습을 보면서 화가 났을 텐데, 그날은 다행이라는 생각만 계속 들었다. 돌아와 준 것이 다행스럽고, 고맙기도 하고, 그러면서도 원망스러운 생각을 떨칠 수 없었던 것도 사실이었다. 아무 말도 없이 그 누구와도 눈을 맞추지 않고 묵묵히 밥만 먹는 아빠에게 무슨 말이든 하고 싶었다. 사랑한다고. 아빠가 생각하듯이 엄마만 사랑하는 게 아니라 아빠도 많이 사랑하고 있다고. 아빠가 없으면 안 된다고 말하고 싶었다. 하지만 어젯밤 문자로도 할 수 없었던 그 말을, 문자에 썼다 지웠다 수십 번 반복한 그 말을 입 밖으로 내뱉을 수가 없었다. 어느새 밥을 다 먹고 양치를 하고 교복을 입으며 학교에 갈 준비를 했다. 아무 일도 없다는 듯이 행동하는 엄마와 아빠에게 화도 나고 어이도 없고 하여튼 원망스러웠다. 하지만 나 역시 아무 일도 없었던 듯이 행동할 수밖에 없었다. 사실 무슨 말이든 하면서 원망하고 소리치고 화내고 싶었지만. 간신히 되찾은, 평화일지도 모르는 이 순간을 잃고 싶지가 않았다.

　학교에서 쉬는 시간마다 잠을 잤다. 친구들과 떠들 때나 수업을 들을 때는 괜찮았지만 혼자서 멍하게 있으면 너무나도 힘든 시간을 겪었고 다시 그런 일들이 일어날지도 모른다는 생각이 들어서 두려웠다. 마냥 두렵기만 했다.

　'아빠는 왜 그래야만 했을까. 내가 어릴 때 알던 아빠는 참 좋은 사람이었는데. 그리고 술을 안 마신 아빠도 참 좋은 분이신데 아빠는 왜 술만 마시면 변하는 걸까. 술을 마시고 난 뒤의 모습이 아빠의 진짜 모습일까. 그 말들이 아빠가 진짜 하고 싶어 하는 말일까.'

　다른 것은 모르겠지만 아빠가 술을 마시고 난 뒤에만 드러내는 외로워하는 그 모습들이 진짜라는 것을 알 수 있었다.

　'나는 왜 아빠에게 확신을 드리지 못하는 걸까. 난 왜 좀더 애교스러운 딸이 되지 못할까.'

　자책하면서도 한편으로는 아빠와 엄마가 나에게 한 번도 사랑한다고 말한 적이 없다는 생각이 들고, 애교 없는 내 성격이 당연할지두 모른다는 생각도 들었다. 내 성격이, 내 본성이 이런 것을 어쩔까 싶으면서도 아빠께 죄송하고, 죄송하면서도 아빠는 왜 나를, 내 진심을, 사랑을 알지 못하시는 걸까 하는 생각이 들어서 아빠가 원망스럽기도 했다. 그러면서 아빠가 늦게 하교하는 나를 걱정하던 일, 소심하고 말 없는 내가 따돌림이라도 당할까 봐 걱정하던 일이 떠올라서 아빠를 마음 깊이 미워할 수가 없었다. 무엇이 아빠를 그렇게나 불안하게 만드는지. 그 불안의 이유로 제일 먼저 떠오른 것은 어려운 집안 사정이었다. 늘 아빠의 목을 옥죄고 있을 집안 사정. 아빠라는 이름의 책임감으로 돈에 쩔쩔매며 살아가야 하는 우리 아빠. 하지만 아빠를 불안하게 만드는 것은 어려운 집안 사정만은 아닐 것이다. 자신이 사랑받고 있는지, 자신의 존재가 이 세계에, 우리 가족 사이에 명확한 것일지를 아빠는 고민하고 있을지도 몰랐다. 그런 아빠가 안쓰럽고 죄송하고 화도 나고. 그런 생각의 과정을 거쳐, 아빠에 대한 나의 사랑을 더 명확하게 알 수가 있었다.

"다녀왔습니다."
"그래."
아빠가 집에 있다는 것, 술을 또 마시지 않았다는 것에 안도하면서 옷을 갈아입고, 씻기 위해서 방 밖으로 나갔다.
"자~ 가져가서 먹어라."
아빠가 과자를 내밀었다. 과자를 챙겨놓고 욕실로 들어가 씻으면서 괜히 웃음이 나왔다. 아빠가 나에게 미안함을 표시했던 방법이 항상 이런 식이었다는 것을 떠올렸기 때문이었다. 미안하다고 직접적으로 사과하지는 못해도 아빠 나름대로 최선을 다해 미안함을 표시하시는 그 모습이 다행스럽고, 고마웠다.

여전히 아빠가 술을 마시는 것이 두렵다. 아빠, 엄마가 싸우는 것이 두렵고 여태까지는 말로만 하던 이혼이 실제 상황이 될지도 모른다는 것이 너무 두렵다. 하지만 아빠가 내민 이 과자 하나가, 날 달래고 싶다는 간절한 바람이 나를 행복하게 했다. 아빠가 전하는 사랑을 한 조각씩 맛보면서 오늘도, 내일도 아빠를 사랑하며 살아갈 것임이 분명하기 때문이었다. 사랑한다고 표현하지 않아도 내가 아빠의 사랑을 확신하는 것처럼. 아빠도 말로 전하지 못하는 내 사랑이 참 크다는 것을 알아 주셨으면 좋겠다.

나는, 오늘도 아빠를 사랑하고 있다.

〈귀마개〉

고통스러운 세상과 나를 단절시키고

미움의 목소리를 듣지 못하게 하고

구원과 같은 잠을 초대하는

주황색 조그만, 침묵

귀를 기울이면, 속삭이는, 침묵

분 신

김현미

막상 나에게 문제가 되는 것은, 공기를 들
어 던질 때마다 왼쪽 셔츠 팔 사이로 보일
락말락 하는…

"엄마! 옷 입을 게 하나도 없다."

"뭐가 없냐! 여기 보이는 게 다 옷이지. 그럼 여기 있는 건 무슨 천 쪼가리가!"

"팔이 너무 짧잖아! 점 보이는데 어떡해!"

"누가 네 팔만 보고 있나? 참 네 같은 아는 처음 봤다"

또 시작된 엄마와의 말다툼, 아침마다 매번 반복되곤 한다. 평소에는 어느 모녀보다 더욱더 친근한 우리 사이를 갈라놓았던 그것은 바로 '점'이다. 누군가는 이런 말을 듣고 '무슨 점 가지고 그래?' 라고 생각할 수도 있다. 나도 작은 점이었다면 이렇게까지 하지 않았을 것이다. 실제 나의 점은 한반도 모양같이 길게 뻗어 있다. 그리고 마치 중요 도시를 표시해 놓은 것처럼 나의 팔에는 점들이 콕콕 찍혀져 있다. 또한 색은 어찌나 이상한지 마치 파리가 윙윙 날아가다 앉을 것만 같다. 점 모양부터해서 색까지 전부 싫다. 이러한 '점' 때문에 나는 오늘 아침도 그렇게 엄마와 다투고 난 뒤 속상한 마음으로 발길을 학교로 향했다. 느린 걸음으로 20분쯤 지났을까? 나의 발은 나도 모르는 사이 반 앞에 도착해 있었다.

항상 그래 왔듯이 친구들은 어제 봤던 드라마 얘기를 하고 있었다. 오늘의 드라마는 '궁'. 요즘 한창 뜨고 있는 드라마여서 친구들은 '궁' 얘기에 시간이 가는 줄도 모르는 듯했다. 나도 아침에 시끌벅적했던 일들을 잊어버리고 친구들과 얘기를 하기 시작했다.

"야!! 어제 윤은혜랑 주지훈이랑 뽀뽀했다며!"

"니도 봤나? 완전 멋있다 아니야??!!"

"윤은혜도 어제 진짜 예쁘더라……."

"에이, 우리한테는 절대 있을 수 없는 일이다!"

"우린 공기 내기나 하자^^"

말이 끝나자마자 아이들은 누구 할 것 없이 모두 뒤로 나갔다. 공기를 하기 위해 빙 둘러앉았다. 공기 내기를 시작하려는데 아이들이 '너는 오른손으로 하면 양심 없는 ×'라는 표정으로 날 보았다. 그 눈빛들을 이기지 못하고 결국…. 오른손으로 잡은 공기를 다시 왼손으로 옮겼다. 내가 공기 분야에서는 알아주는 실력자였기 때문인지 친구들은 나에게, 항상 넌 왼손으로 해라며 당연한 듯 말했다. 하지만 자칭 공기 신이라고 하는 나에게는 별로 걱정거리가 되지 않았다. 오른손이나 왼손이나 승리는 나의 것이니까^^ 막상 나에게 문제가 되는 것은, 공기를 들어 던질 때마다 왼쪽 셔츠 팔 사이로 보일락말락 하는 점이었다. 친구들에게 보여주고 싶지 않아 최대한 던지는 높이를 낮춰서 아슬아슬하게 공기를 하고 있을 무렵 같은 반 남자아이가 우리에게 다가왔다.

"우와 공기 하나? 나도 시켜도!"

"좀 있다가. 우리 이 판만 다하면 니도 끼워주지 뭐"

"오~ 그래!!

"야, 근데 니 팔에 뭐야?"

"뭐가?"

"니 왼쪽 팔에 화상이가? 누리끼리한데?"

"어…??!"

"아까 니 공기할 때 계속 보였는데?"

"어……. 어…? 이거? 아무…. 무것도 아니다!"

"에이~ 아닌데 내가 봤는데!"

"어…. 어!!! 이거 어릴 때 화상 입은 거다! 놔뒀더니 흉진 거다!!"

"아~ 근데 진짜 모양 신기하다! 무슨 지도 같다! ~"

"머라카노! 시끄럽다. 빨리 공기나 해라! 계속 이상한 말 하면 네 안 시켜준다?"

"공기하자!!!"

휴~ 나는 가까스로 친구의 대답을 요리조리 피할 수 있었다. 그후 더욱 더 점이 보이지 않게 하기 위해 노력하며 공기를 했다. 왼손으로 공기하니 내 팔에만 집중하게 돼서 너무 힘들었다. 나는 매번 팔로 해야 하는 일이 있을 때마다 점 때문에 항상 신경을 써야만 했다. 그렇게 점과 함께 초등학교 생활을 마감했다.

방학을 기쁘게 보낸 후 3월에 드디어 중학생이 되었다. 중학생이 되고 싶은 이유 중 하나였던 건 교복, 아직 한 번도 교복이란 걸 입어보지 못한 나는 교복을 입으면 여성스러워지겠지? 나도 드디어 초딩에서 벗어나는 건가? 유치한 사복 차림은 이제 good bye~ 라고 생각하며 한껏 들뜬 마음으로 엄마와 교복을 사러 갔다. 하지만 이럴 수가 하복 와이셔츠를 입는 순간 나의 환상은 깨지고 말았다.

"엄마!! 엄마!!!! 들어와 봐!!"

"와?"

"교복 원래 팔 이래 나오는 거가?"

"그러면 머 맨날 니가 입고 다니는 옷처럼 팔이 팔꿈치까지 올 줄 알았나!"

"엄마! 팔꿈치라니!! 얼마나 편안한 옷들인데!"

"보는 내가 불편하다!"

"아무튼 그게 중요한 게 아니고 엄마 진짜 팔 길이 어떡해? 수선하면 팔 길이만 늘릴 수 있지 않을까? 그렇게라도 안 하면 나 그냥 교복 안 입을란다!!"

"수선은 무슨 수선이고! 그리고 학생이 교복을 안 입으면 니는 머 입을라고? 말이 되는 소리를 해라!"

난 교복을 입는다는 것에 기뻐하고 있던 터라 팔 길이는 아예 생각조차 하지 못했다. 결국 나는 교복 사는 곳에서조차 '점' 때문에 엄마와 다투었다. 옆에서 보던 아주머니께서 도저히 보고만 있어서는 안 되겠다고 생각하셨는지 점을 보자고 말씀하셨다. 그래서 나는 조심스레 왼쪽 팔을 아주머니를 향해 뻗었다. 아주머니께서는 팔에 있는 점을 본 뒤 이것 가지고 그러냐면서 표시도 안 난다고 말씀하셨다. 하지만 내 눈에는 어떤 무엇보다도 가장 크게 보이는데…….

내가 점을 계속 보며 투덜거리니 아주머니께서 그러면 안에 하얀 티를 입으면 되지 않느냐고 말씀하셨다. 나는 그 말을 듣는 순간 입가에 살며시 미소가 지어졌다.

"좋아요!!!!!!!!!! 완전 좋아요!!!"

"그래! 그럼 이제 괜찮니? 우리 집에서 티도 파는데 한 장 줄까?"

"진짜요??? 엄마!!! 나 티 살래!!"

"니 마음대로 해라. 내가 사지 말라고 하면 니가 안 살 끼가?"

"에이~ 엄마도 참^^ 그러면 아주머니 티 두 장 주세요!~"

드디어 문제 해결! 오래 걸리긴 했지만 이젠 더는 걱정하지 않아도 된다는 마음이어서인지 한결 발걸음이 가벼워진 듯했다. 나는 그렇게 웃으며 집에 들어갈 수 있었다. 그리고 나서 며칠이 지나지 않아 교복을 입어야 할 날이 왔다. 기대를 가득 안고 티를 받쳐 입고서 와이셔츠를 입었는데 ……. 할 말을 잃었다. 교복 밖으로 옷을 내보니 너무 많이 나와서 이상하고 그렇다고 넣으려 하니 점이 보이고……. 그래서 어쩔 수 없이 조금 밖으로 낸 뒤 점을 반이나마 가렸다. 나머지 반은 어쩔 수 없이 보이는 채로 가야만 했다. 학교에 도착하자마자 얼마나 지났을까? 얘기하는 도중 친구가 나의 팔쪽으로 얼굴을 가까이 했다. 정확히 말하자면 나의 점을 보기 위해 가까이 한 것이다. 역시나 그 친구도 나에게 물어보았다.

"이거 점이가?"

"점이라면 점이겠지?"

"언제부터 있었는데? 태어날 때부터?"

"아니, 그건 아니고 엄마 말로는 태어난 지 100일 쯤 넘었을 때? 그때 엄마가 목욕할 때 팔을 살살 미는데 갑자기 살이 벗겨지더니 점이 나왔다던데?"

"우와 무슨 니가 영웅도 아니고 막 태어날 때 알에서 나오고 그런 건 없었나!?"

"죽을래? 니랑 똑같이 태어났다!"

예전 상황과는 달리 편한 친구라 점이 있다는 걸 알리는 건 어렵지 않았다. 친구 또한 일부러 내가 무안하지 않도록 장난도 걸어주었다.

막상 친구의 얘기를 듣고 나니 내가 무슨 영웅이 된 듯한 기분이었다. 솔직히 이렇게 말하기 전까지도 내가 또 이런 질문을 받아야 하나라고 생각하니 스트레스가 쌓이고 짜증이 났다. 그런데 막상 얘기를 하고 보니 오히려 더 편해졌다. 그 친구는 말을 한 뒤 더 이상은 신경조차 쓰지 않는 눈치였다. 그렇게 팔에 점이 있다는 것을 잊고 있을 무렵 우리 반에 한 남자아이가 와서는,

"으!!!"

"머?"

"팔에"

"머가!!!!!!"

"이상해."

라고 하더니 그냥 가버리는 것이다. 조금 전까지만 해도 나는 친한 친구와 이야기를 나누면서 남의 눈을 의식하지 않고 편안했는데 저 남자아이가 와서 한 말 때문에 다시 이전처럼 불편해졌다. 팔이 살짝 올라가 있던 교복을 밑으로 내렸다. 이런 상황이 계속 생기다 보니 왜 다 같은 사람이고 같이 태어났는데 나는 팔에 점이 있어서 이렇게 신경쓰며 살아야 할까? 라는 생각이 다시 들기 시작했다. 나는 그 말을 들은 후 점에 대해 더 민감해졌다. 결국엔 이 점을 진짜 어떻게 해야 숨길 수 있을까? 라는 생각 때문에 스트

레스도 많이 받았고 잠까지도 설쳤다. 그러는 도중 생각해낸 것이 있었다. 바로 데일 밴드였다. 데일밴드를 점에 붙이고 다니면 가릴 수 있기 때문이다. 그래서 나는 바로 약국에 가서 데일밴드를 샀다.

다음 날 아침, 일찍 일어나 학교 갈 준비를 다하고, 나가기 전에 데일밴드를 붙이고 있었다. 엄마는 내가 데일밴드를 붙이는 장면을 보고 소리를 질렀다.

"김현미! 지금 머 하는 거고!"

"데일밴드 붙이게 팔에…."

"카니깐 팔에 그걸 왜 붙이느냐고!"

"점 가리고 싶어서 붙이는 거지!!! 애들이 매번 물어볼 때마다 괜히 부끄럽단 말이야! 그러니깐 차라리 데일밴드를 붙이고 다니는 게 낫다고!"

"아이고, 미치겠다. 니 계속 데일밴드 붙이다가는 팔에 살이 약해서 흉진다! 아나!! 니!!"

"흉 안 지게 내가 매일 갈아 줄 거다!"

"니 맘대로 한번 해 봐라."

엄마의 마음도 모르는 것은 아니었지만, 정말 가리고 싶은 마음에 난 꿋꿋하게 데일밴드를 붙였다. 학교에 가니 이번엔 다른 아이가 데일밴드를 왜 붙었느냐며 물어보았다. 그래서 난 그냥 아무 생각 없이 대답해 줬다.

"아~ 이거? 어제 집에 가다가 나무에 팔이 긁혀서…!"

"아프겠다…. 많이 긁혔나?"

"아니 살짝. 괜찮다~"

"다행이네. 빨리 나아~"

친구는 나의 말을 듣고 충분히 그럴 수 있다는 표정을 짓고는 발길을 돌렸다. 그냥 이게 점이 아니라고 생각하니 편했다. 그날 따라 데일밴드 쪽을 보는 사람은 더 많았지만, 난 자연스럽게 대응할 수 있었다.

그렇게 매일 같이 데일밴드를 붙이고 다니다 보니 통풍이 되지 않아서인지 데일밴드를 떼어내는데 살이 벗겨지는 것 같았다. 그렇게 날마다 하다 보니 데일밴드에 혹사당한 점 주변의 살들이 빨개지고, 부어올랐다. 엄마는 그럴 때마다 빨리 떼어내라고 했지만, 난 데일밴드가 너무 익숙해져서 차마 떼어내지 못하고 있었다. 얼마 지나지 않아 큰방에서 날 찾는 엄마의 목소리가 들려왔다.

"현미야~!!!!"

"왜!!!?"

"이거 파운데이션인데 팔에 점 있는데 한번 발라보자!! 좀 티가 덜 나나 아니면 똑같나."

엄마는 팔에 파운데이션을 듬뿍 바른 뒤 문지르기 시작했다. 그런데 아무리 발라도 가려지지는 않고 오히려 티가 더나는 것이었다.

"발라도 똑같네. 아니다. 더 티 난다!! 괜히 팔에 화장품만 잔뜩 묻히고!"

"이걸로도 안 가려지네……."

엄마는 매번 데일밴드를 붙이고 다니는 나에게 화를 내긴 했지만 엄마도 너무 속상하셨나보다. 파운데이션으로까지 내 팔에 점을 가리려고 했었던 것을 보면 말이다.

그렇게 시간이 흐르고 내가 중학교 3학년이 되었을 때 엄마는 나를 신피부과라는 시내에 위치한 병원에 데리고 갔다. 그곳에 가니 동전 백 원만한 크기를 레이저 시술 하는데 10만 원이란다. 그래도 엄마는 일단 해보자며 시술을 받게 했다. 시술을 받은 후 경과를 지켜보니 기대했던 것과는 다르게 없어지는 것 같지 않았다. 처음에는 빨갛게 부어오르다가 딱지가 생기더니 떨어졌는데 그곳에는 숨어 있던 점들이 다시 떡하니 자리를 잡고 있었다. 그래서 엄마는 다른 병원을 찾기 위해서 전화로 수소문한 끝에 나를 경대병원으로 데리고 갔다. 그리고는 역시나 팔에 점을 빼는 레이저 시술을 받았다. 마취약을 바른 것이 맞나? 라는 의문이 들 정도로 너무 아팠다. 마치 바늘로 찌른다고나 할까? 하지만 이때까지 점 때문에 겪었던 일들을 생각하면 이 정도의 아픔쯤이야 참고 견딜 수 있었다. 그렇게 시술을 다 받고 나서 나는 엄마와 병원 밖을 나섰다.

"엄마! 내 드디어 점이 없어지는 건가!!?"

"글쎄…. 아직 경과를 지켜봐야겠지만, 없어지지 않겠나?"

"아, 제발!!! 없어져 버려라 영원히~!!!"

"그래 제발 없어져라! 지긋지긋하다. 맞제?"

엄마의 말을 들으니 엄마도 내 팔의 점 때문에 생각이 많으셨던 것 같다. 괜히 엄마 걱정만 시켜드린 것이 아닌가라는 생각에 죄송했다. 이때까지 엄마한테 화만 내왔던 나 자신이 부끄러워졌다.

집에 돌아와 시술 받은 부분을 보고 있으니 이젠 다 없어질 것만 같아서 너무 행복했다. 나는 매일매일 언제쯤 이게 다 없어질까 하며 엄청 기대하며 쳐다보곤 했다. 하루하루 시간이 지나갈 때마다 마음속 기대감은 점점 커져갔다. 레이저 시술이 약 한 달 정도 지났을 때쯤 경과를 보러 병원에 갔고, 난 생각보다 실망스러운 말을 들었다.

"아무래도 이 점이 일반적인 점과 달라서 한 번의 시술로는 없어지기 힘들 것 같은데…….'

"그러면 몇 번 정도 해야 할까요??"

"한 3번 정도는 해야지 없어질 것 같네요"

"그러면 일단 경과를 더 지켜보고 오도록 할게요."

얼마나 기대를 하고 있었는데……. 나도 드디어 민소매를 입어 보나 하고 말이다. 하지만 그런 기대는 사라져 버리고, 결국 또 지긋지긋한 점과 한 몸으로 지내야 했다. 이때쯤 되니 이 점은 도대체 나에게 어떤 존재이기에 이렇게도 없어지지 않는 것일까? 라는 의문까지 생겼다. 그렇게 답을 찾지 못한 채 중학교 시절마저 점에 시달리며 끝을 맺어야 했다.

고1까지 이 점이 따라올까 라고 생각을 했는데, 고1을 지나 고2임에도 아직 팔에 점은 여전히 남아 있다. 엄마는 이번 겨울에는 꼭 팔에 점을 없애주겠다고 말씀하셨다. 뭐 지금은 예전보다 점에 대해 스트레스 받는 것이 없어져서 신경을 쓰지 않는 편이다. 물어봐도 그냥 점이라고 편안하게 얘기를 해준다. 그래도 레이저 시술을 해준다면 이번 기회에 다 없애고는 싶다. 그런데 워낙 점이 없어지지 않고 있다 보니 문득 드는 생각들이 있다.

'이 점이 나한테 복을 가져다주는 점인가?'

'없애면 안 되는 건가?'

'이런 걸 분신이라고 하는 건가??!!!'

이렇게 생각하니 왠지 이 점이 날 지켜주는 듯한 기분까지도 들기도 했다. 태어날 때부터 이 점과 나는 한 운명이었을지도 모르는 일이라는 생각까지도 들었다. 요즘엔 학교에 가자마자 옷을 편안한 옷으로 갈아입어서 나의 점에 대해 친구들이 묻게 되는 경우가 적다. 그러나 아직도 몇몇 친구들은 어쩌다 내 팔을 보면 정말 궁금한 표정으로 물어보곤 한다.

"현미, 니 팔에 그거 먼데?"

라고 말이다. 그럴 때마다 나는 친구들에게 웃으며 대답한다.

"이거? 없어서는 안 될 내 분신."

어느 순간

나의 기억 속에서

소중한 추억의 일부가 되어버린…….

못하겠어요

손미혜

울면은 어떡하지? 나이가 이만큼인데 설마 울까? 진짜 나가면 못 할 거 같애. 아, 진짜 미치겠네. 어떡하지?

2008년 어느날

"선생님! 저부터 시켜주세요! 저부터! 까먹기 전에 빨리 시켜주세요! 네?"

"현정아! 좀 조용히 해봐! 너 때문에 진행이 안 돼! 알겠어. 너부터 시켜 줄 테니깐 일단 앉아 있어~"

진짜 쟤는 뭔 자신감으로 저럴까. 일학년 때부터 닮았다는 소리는 지겹 도록 많이 들었던 단짝이지만 나와 유일하게 다른 모습이다.

저번 주 선생님께서 자기소개를 수행평가로 한다는 기쁜 말과 함께 들어 오셨고 나는 '와, 다행이야. 독후감상문이면 어쩔 뻔 했냐.' 생각하며 현정 이랑 놀고 있었다. 하지만 앞에 나가서 발표한다는 소리를 들은 후 나는 힘 이 쭈~욱 빠져 엎드렸고 현정이를 당황시킬 수밖에 없었다. 일주일이 지났 고 지금 나는 이 자리에서 걱정만 하는 중이다.

"니도 지금 먼저 한다고 해라. 나중에 애들 하는 동안 쉴 수라도 있잖아."

진짜 짝꿍 니 밖에 없네! 웃으며 말하고 있지만 속은 정반대다. 그렇게 짝꿍이 나를 달래는 동안 벌써 여덟 명이나 끝나버렸다. 또 다시 네 명이 끝나면 내가 저 앞에 서게 되겠지. 저 앞에 나가면 진짜 어떡하지? 막 웃으 면서 장난스럽게 해볼까? 아닌데… 그랬다가는 더 못할지도 몰라. 울면 어 떡하지! 나이가 이만큼인데 설마 울까. 진짜 나가면 못 할 거 같애. 아, 진 짜 미치겠네. 어떡하지….

"15번! 15번 누구야? 미혜야! 니 순서잖아. 아까부터 친구들 발표하는 것 도 안 들더니, 어떻게 니 순서도 모르니?"

딱딱한 서울말을 쓰시는 선생님을 보려고 고개를 드는 순간 모든 눈들이 나를 향했다. 그리고 내가 할 수 있는 건 대답 없이 얼굴을 붉히며 고개를 숙이는 일 밖엔 없었다.

"야, 손미혜! 진짜! 그거 점수가 몇 점인데! 왜 가만히 있는데! 으그, 빙신 쯧쯧!"

"아! 뭐! 내가 안하고 싶어서 안했나! 아, 근데 선생님 진짜 점수 그렇게 주는 거 아니겠제?"

"그 선생님은 주고도 남을걸~"

결국에는 최하점을 받았다. 정신을 차리고 후다다닥 달려나갔지만 싱긋 생긋 약올리는 전현정이나 날보고 파이팅! 하고 외치는 짝꿍이나 시작!이 라고 외치는 선생님이나 앞에 있는 나에게는 그 모습들이 날 비웃고 있는 악마같이 느껴졌다. 물론 현정이, 짝꿍, 그리고 선생님이 악마 같다는 게 아니라 날 보고 있는 그 눈들이 너무 싫었을 뿐이다. 우물쭈물 입도 못 벌 리고 2분이란 시간이 지나 결국 아무 말도 못했다. 울먹거리는 나의 모습 을 보며 선생님께선 기회를 특별히 더 주셨지만 나는 결국 내 이름조차 입 에 담지 못했다. 선생님께서는 자신의 행동에 스스로 책임지라며 화를 내 셨고 결국 전교생 중에 유일하게 최하점을 받게 되었다.

"니 그런데 내랑 얘기할 때나 애들이랑 놀 때는 괜찮은데 왜 그래? 어릴 때부터 그랬⋯ 설마! 설~마~우리반에 좋아하는 애 있제!"

"쫌! 있었으면 벌써 말했겠지! 빙구야! 몰라. 어릴 때부터 그랬는지 안 그 랬는지 기억도 안 나는데? 아! 아니다. 내 어릴 때 발표하다가 운 적 있다!"

"뭐?"

아마 전현정 너는 나를 이해 못하겠지! 역시나 날 혐오스럽게 쳐다보는 현정이를 신경도 쓰지 않고 말을 이어갔다.

"초등학교 3학년이었나? 내가 웅변대회를 나간 적이 있단 말이야? 근데 그때 담임 쌤이 우리반 앞에서 연습 겸 한번 해보라고 했거든? 근데 그때 울었어! 그래서 결국에는 웅변대회도 안 나가겠다고 쌤한테 울고 불고 장난도 아니었다. 으~ 쪽팔려."

"응. 니 쪽팔려."

하지만 거짓말 하나 없었다. 나를 보고 있는 데 거기서 입이 떨어지지 않았다. 어떤 무엇도 할 수가 없었고 종이에 쓰여진 글만 천천히 읽다가 나도 모르게 울어버렸다. 나를 보는 게 무서웠고 괜히 서러웠다.

2010년 어느 화요일

[어디야! 학교 앞에서 기다리고 있으니깐 빨리 빨리! 빨~~리 와!]

새 교복이 익숙하지 않아 거울을 보고 있는데 친구의 문자가 왔다. 문자를 받자마자 앞머리가 바람에 휘날릴 정도로 뛰어갔다. 역시나 내 친구는 따발따발 잔소리를 하고 매점에서 햄버거 하나 사준다는 말에 다혜는 생긋 웃는다. 얄미운 것.

새 학년 새 학기, 처음 들어오는 고등학교는 아는 친구들은 없었고 익숙한 것도 전혀 없었다. 처음 알게 된 내 친구 다혜는 털털한 성격에 처음 본 친구들과도 빨리 친해지는 편이다. 다혜 덕분에 친해진 애들도 많다. 다혜가 아니었다면 나는 아직도 혼자 터덜터덜 학교에 오고 있겠지?

"아!!!!!!!!!!! 너뿐이다 다혜야!!!!!!!!!!!!!!!!!!!"

하고 꽉 껴안자 갑자기 왜 그러냐는 듯 쳐다보는 다혜. 그렇게 우리는 키득키득 웃으면서 8시 정각 교실에 도착했다. 내 책상에 얹어진 영어로 가득한 종이가 날 한숨 쉬게 만든다. 그러니까 이 종이는 다음 주에 발표할 영어말하기 대본. 하필이면 말하기가 수행평가여서 또 골치 아프게 만든다. 우리 담임 선생님께서는 자신이 내세운 프로젝트라고 굉장히 뿌듯해 하시는 그 발표, 나 혼자 하는 발표면 차라리 마음이 편할 텐데 나랑 합쳐 3명이서 같이 하는 발표이기 때문에 잘해야 된다는 부담감이 너무 크다. 같은 모둠 친구들은 성적도 상위권 친구들이고 성격도 무지 좋기 때문에 내가 망쳐선 안 된다는 생각이 머릿속에 꽉 차 있다. 다행히 야자시간 동안 다 외운 보람이 있는지 혼자 중얼거려도 틀리지 않고 해낼 수 있다.

쉬는 시간, 아직은 조금씩 어색한 감이 있지만 반 친구들끼리 모여서 이야기를 하는 중이다. 그러다가 영어말하기 대본을 다했느니 못했느니 도와달라는 이야기가 나오기 시작했다.

내 옆에 있던 수연이를 붙잡고 (수연이와 기훈이는 나와 같은 모둠인 친구)

"수연아~나 한번 연습해 볼 테니깐 괜찮은지 봐주라!" 하자 응! 하고 예쁘게 웃어준다.

나는 준비한 영어를 머릿속으로 읊어보면서 시작하려고 했는데 언제부터 아이들의 시선이 여기까지 와 있나 싶다. 난 분명 조용히 말했다고 생각했는데 친구들 귀에 다 들어 갔나보다.

낯가림이 있는 편인지라 손가락으로 수연이 팔만 콕콕 찌르고 있는데 친구들이 해봐! 해봐! 왜! 왜! 왜~ 하는 애교 섞인 목소리가 들렸다. 안할 수는 없는 분위기.

I think~하며 말하기를 시작하는데 벌써부터 얼굴이 빨개지는 게 느껴진다. 얼굴이 화끈거리는 게 느껴진다.

"에~ 미혜, 얼굴 빨개졌다!!!!"

"어? 얼굴 들어 봐봐!"

"나 그거 기억난다! 처음 수학시간에 발표시켰을 때에도 얼굴 빨개졌던 거!"

나는 즉시 내 입을 닫았다. 이제 끝!!!!! 하며 다른 주제로 넘어가고 싶었는데.

"미혜 부끄러워서 그래? 원래부터 그랬어?"

이제는 모른다고 대답하지 않을 것이다. 나는 저 질문에 대해 답을 똑바로 할 수 있다.

"응. 어릴 때도 그랬고 지금도 그러네~. 아! 맞다! 너희 어제 뉴스에 뜬 거 봤어?"

잘생긴 연예인 이야기가 나오자 꺄꺄 하며 다시 분위기를 타고 있다.

아, 다음 주에 발표는 또 어떻게 하나.

2010년 토요일

아침조회 시간, 영어 말하기를 수행평가로 내세운 담임 선생님께서 들어오시자 우리 반 아이들은,

"아~선생님! 막상 하려니깐 너무 힘들어요."

"선생님, 한 주만 더 늘려주시면 안 돼요?"

"이런 수행평가는 처음이란 말이에요!!!!!!!!!!!!!"

뭐가 그렇게 재미나신지 이정우 선생님께서는 아자! 할 수 있다! 6반! 이라고 외치시곤 다른 반 시끄럽겠다~ 조용하자 쉿! 하신다.

반 아이들의 차가워진 표정을 풀어주시려는 선생님을 보고 우리 반도 생글생글 웃어준다.

"자! 그럼 수업 열심히 듣고 선생님한테 물어 볼 거 있으면 오고! 바이바이~"

쪼르르르 달려 나가서 선생님께, "에이~선생님 미워요! 너무 어렵단 말이에요~" 하자 능글맞은 우리 선생님께선, "아니야~ 미혜, 넌 잘 준비했을 거야. 기대한다아~" 아빠손가락을 치켜세우며 교무실로 달려가신다.

어쨌든 토요일은 토요일, 쉴 수 있는 내일을 기대하며 수업을 마친 나는 곧장 집으로 달려갔다.

"엄마~다녀왔습니다!"

"어? 벌써 왔네~ 웬일로 동생들보다 일찍 오시나?"

엄마의 장난스러운 말투에 나는 헤-하고 웃으며 방에 들어선 순간 어젯밤 여동생이 보았던 앨범이 눈에 들어왔다. 학원을 갔다 와서 힘든 몸을 이끌고 집에 온 언니에게 동생이 하는 일이라곤, 예쁜 척하는 어릴 적 내 사진을 보고 히히덕거리며 비웃는 것뿐이었다. 그런 동생이 얄미워서 야! 보지 마! 보지 마! 하며 툭하고 발로 차버린 그 앨범은 내 사진만 담겨 있는 내 앨범이었다. 노란색 바탕에 곰돌이와 페리카나가 서 있는 따뜻한 느낌의 앨범을 보자마자 나는 그 앨범에 손을 뻗었다. 그리고 오랜만에 엄마와 오붓한 시간을 보낼 겸 무거운 내 앨범을 들고 침대에 올라갔다. 엄마는 보고 있던 텔레비전을 내 시간에 양보 못 하겠다는 듯 리모컨을 꼭 쥐고 있다가 나의 어리광을 보고 먼저 앨범을 펼쳤다.

누군지 못 알아 볼 정도로 어린 내 모습, 풋풋한 아빠에게 안겨 잠들어 있는 내 모습, 맞지 않는 원피스가 마음에 들었는지 뿌듯한 미소로 포즈를 잡는 내 모습, 특히 재롱 잔치에서 양 볼에 동그란 빨간 스티커를 붙이고 갑순이 역할을 하고 있는 사진을 보자마자 엄마는,

"이때 니 얼마나 엄마한테 와서 자랑했는지 기억은 나나?"

당연히 기억이 잘 나지 않는다. 어저께 뭘 먹었는지도 모르는 나에게 10년 전 일을 떠올리라는 건 말도 안 되는 일이다.

"사회 자기가 본다고 갑돌이와 갑순이 춘다고~발레도 한다고~ 맨날 맨날 내한테 와서 지 자랑하고 자기가 제일 잘 할 거라고 하고! 진짜 얼마나 귀여웠는데! 왜 이렇게 징그럽게 컸는지~"

"아! 엄마!!"

"그래도 이때 엄마가 니 엄마였다는 게 얼마나 뿌듯했는지 아나~? 첫 무대니깐 엄마는 솔직히 별로 기대도 안하고 갔거든? 근데 너무너무 잘하는 거야! 무대 뒤에서 기다리다가 몰래몰래 엄마한테 손짓하기도 하고 무용하다가도 엄마보고 웃고 옆에서 할머니께서 니 칭찬하는데 그렇게 기분이 좋

을 수 없더라~ 미선이가 오히려 아무것도 안하고 울었지~ 어렸으니깐 뭐… 그래도 미선이는 지금 발표도 잘하고 그러는데 니는 뭐? 발표를 못하겠어? 쪽팔려?"

"아! 뭐! 내 원래부터 그랬거든? 갑자기 엄마는 왜 그래!"

"그건 다 거짓말이야! 니가 원래부터 못해? 버젓이 앞에 증거 냅두고 잘하는 짓이다! 엄마가 눈 뜬 장님인 줄 아냐! 거짓말 하나 없이 이때 정말 잘했고 또 초등학교 학예회 때도 전교생 앞에서 포크댄스 춘 거는!? 그것도 니가 자진해서 나간 걸로 알고 있는데~?"

그 뒤로 사진은 없었다. 카메라를 보면 피하기만 했고 나이가 들수록 사진이 없는 모습을 보자 괜시리 엄마, 아빠에게 너무 미안했다.

"자~인제 갖다 놔라~엄마는 텔레비전 봐야지~"

엄마는 발로 내 엉덩이를 툭툭 찼다. 엄마는 어릴 때 내가 웃으면서 자기를 쳐다보는 게 예뻐 보였다고 했다. 당신이 내 엄마라는 게 뿌듯했다고 했다. 생각해보면 나에게 기대하는 사람들이 참 많다. 아침에 장난스럽게나마 나에게 기대한다고 말씀하신 이정우 선생님, 2년 전, 자기소개를 수행평가로 하셨던 선생님께서도 내가 할 수 있다고 생각하셔서 기회를 줬던게 아닐까. 엄마도 나에게 기대를 하고 아빠도 나에게 기대를 할 것이다. 무뚝뚝한 척하는 아빠지만, 친구나 삼촌에게 내 자랑을 지겹도록 하는 모습만 봐도 딸인 나는 다 알 수 있다. 그런 사람들에게 실망을 안겨주기가 싫어졌다. 왠지 발표를 잘 할 수 있을 것만 같다.

2010년 발표일

막상 당일이 되면 각오가 다 사라진다.

"아!!!!!!!!악!!!!!!! 쑤연아 나 어떡해!!! 못하면 어떡해."

"괜찮아, 괜찮아! 할 수 있다! 아자!"

항상 생각하는 거지만 수연이는 정말 다정한 것 같다.

그에 비해 기훈이는.

"잘하면 된다."

너~무 도도하다. 도도한 기훈이랑 다정한 수연이랑 덜렁대는 내가 발표할 시간이 왔다.

"Next."

원어민 선생님의 다음이라는 소리가 들리면 내 머릿속에서도 댕-댕~하고 종이 울린다. 쭈뼛쭈뼛 수연이의 옷자락을 잡고 슬리퍼를 질질 끌다가 칠판 앞까지 와버렸다.

앞에 서서 있으니깐 친구들이 다~보인다. 다혜가 씩- 웃으면서 파이팅! 한다. 우리 반 거의 모든 애들이 손을 흔들면서 눈을 마주쳐주고 있다. 아까 전에 다른 모둠이 발표할 때 나도 저랬는데, 이런 느낌이구나 생각이 든다.

"Start."

소리를 시작으로 나는 마이크를 들었다. 솔직히 앞을 보고 여유롭게 했다면 거짓말이지만, 땅을 보고 했지만 그래도 한 번도 틀리지 않고 내가 말해야 할 부분을 말했다는 게 너무 자랑스러웠다. 속이 후련하고 개운했다. 들어오는 발걸음도 또각또각 내딛으면서 들어왔다.

또 기훈이랑 수연이가 칭찬도 해줬다. 잘했다고! 너무 기분이 좋아서 입꼬리가 올라가는 것도 모르고 씩 웃었다.

백점은 아니지만 한 80점? 정도는 되겠지? 라고 생각하자 너무 뿌듯해진다. 그 뒤로 발표한 다른 조 친구들의 말이 다 사랑스럽게만 들린다. 걱정하고 걱정한 영어지만 지금만큼은 한글보다 편하게 들린다.

그리고 정우선생님이 점수를 불러주신다.

"수연이, 기훈이, 미혜, 백점이네."

너무 뿌듯했다. 내가 맡은 일을 다해냈고 점수도 최고점을 받았다는 게. 집에 와서 엄마한테 지겹도록 자랑하고, 동생한테도 자랑하고, 아빠한테도 자랑하고 나니 드디어 입을 다물 수 있었다. 학교에 있는 동안 얼마나 자랑하고 싶었는지 모른다.

수연이처럼 장난도 섞어가며 손동작 한 것도 아니고 기훈이처럼 당당하게 얼굴빛을 유지하며 하진 못했다. 우물쭈물하고 얼굴이 빨개졌어도 예전처럼 말을 하지 않거나 울거나 하지 않은 게 나에겐 얼마나 큰일인 줄 모른다. 초등학교 5학년 때 가창시험에서 입 모양으로 흉내만 냈다가 혼났었고, 중학교 3학년 때 가창시험에서도 입 모양으로 흉내만 냈다고 혼났었다. 그런 내가 오늘 반 친구들 앞에서 하는 발표를 최고점을 받았다는 게 정말 좋았다.

뭐 때문에 부끄러움을 많이 타고 발표하는데 겁을 먹었는지는 모르지만 해 볼 만했다.

남들에게는 아무것도 아닌 쉬운 일일지 몰라도 나에게는 큰 고민이었다.

친구들이 웃으면서 할 수 있다고 해주고 엄마가 장난스럽게 말하던 그 말이 나에게 굉장히 큰 힘이 됐다.

내 주위에는 날 응원해 주는 사람이 많다. 실망시키고 싶지 않다. 앞으로 내 소중한 사람들에게 자랑스러운 친구, 딸이 되고 싶다.

시끄러운 우리집

이찬구

나는 이러한 기분 좋은 시끄러움이 좋다.

가족소개

· 증조할머니 : 101세, 나이는 많으시지만 너무나 건강하시다. 절대 화를 내지 않으시고 항상 온화하시다. 귀가 조금 안 좋으셔서 크게 얘기해야 한다.

· 할아버지 : 73세, 외동아들이셔서 자기주장이 강하시고 가끔 말도 안 되는 억지를 부리신다. 굉장한 다혈질이셔서 화를 자주 내신다. 치매를 갖고 계신다.

· 아빠 : 49세, 경찰이다. 항상 가족들 생각을 많이 하고 가족을 위해 노력하신다. 술을 너무 좋아하신다. 다혈질이시지만 금방 화가 풀리신다.

· 엄마 : 44세, 혼자서 거의 모든 집안일을 도맡아 하시며 가족 모두를 챙겨주신다. 평소에는 화를 잘 안내시다가 한번 화가 나면 아빠보다 더 무서우시다.

· 누나 : 22세, 대학교 2학년이다. 성격이 무뚝뚝하고 듣는 사람 기분을 나쁘게 하는 말투를 갖고 있다. 끈기가 있고 답답할 정도로 우직하며 융통성이 없다. 자존심이 강하다.

· 여동생 : 11세, 초등학교 4학년이다. 3남매 중에 유일하게 애교가 많고 항상 밝은 모습이라서 우리 집의 분위기 메이커 역할을 한다. 친구들과 노는 것을 너무 좋아한다.

· 나 : 19세, 고등학교 3학년, 수험생이다. 다혈질이지만 금방 화가 풀린다. 가족 모두의 기대를 받고 있다. 누나와 사이가 안 좋고 다툼이 잦다.

· 뽀삐 : 정확한 나이 알 수 없음. 개다. 내가 초등학교 4학년 때 우리 집에 오게 되었다.

Episode1 – 우리집 지킴이 '뽀삐'

우리 집 마당에는 강아지 한 마리가 산다. 이름은 뽀삐인데 사실 처음에는 이름도 없었지만 이모가 매일 뽀삐라고 부르던 것이 익숙해져서 결국 이름이 되어버렸다.

뽀삐는 내가 초등학교 4학년 때 우리 집에 오게 되었다. 그런데 우리 집에 오게 된 사연이 정말 기가 막히다. 지금부터 그 사연을 이야기할 것인데 믿을 수 없겠지만 정말로 거짓 하나 보태지 않겠다.

내가 초등학교 4학년 때 피아노 학원에 다닐 때였다. 평상시처럼 피아노 학원을 가고 있었는데 어느 골목에서부터 애완견으로 보이는 조그마한 강아지 한 마리가 계속 내 뒤를 졸졸 따라오는 것이었다. 처음에는 나를 따라오는 것이 아니라 강아지도 자신이 가야 할 길을 가고 있는데 우연히 방향이 나와 같은 것이라 생각하며 큰 신경을 쓰지 않고 가고 있었는데 학원에 도착할 때까지도 쫓아오더니 심지어는 내가 학원 안에 들어가자 학원 안으로까지 따라 들어와서 학원을 아수라장으로 만들어 놓았다. 선생님은 나를 따라 들어왔으니 나보고 쫓아내라고 화를 내셨다. 너무 억울했지만 어쩔 수 없이 강아지를 품에 안고 학원에서 멀리 떨어진 어느 길가에 강아지를 내려두었다. 강아지가 다시 나를 쫓아올까 봐 학원을 향해 전력 질주를 했다. 달리다가 뒤로 돌아 보니 강아지가 없었다. 안심을 하고 학원으로 돌아갔고 그러고는 그 강아지에 대해서 더 이상 생각하지 않게 되었다.

학원이 끝나고 집으로 갔는데 집 앞에 도착한 순간 믿을 수 없는 광경을 보게 되었다. 아까 나를 따라와서 학원을 아수라장으로 만들어 나를 곤란하게 했던 그 강아지가 우리 집 마당에 뻔뻔하게 '大' 자로 누워 꼬리를 흔들고 있는 것이었다. 증조할머니께서는 마당에서 그 강아지의 배를 긁어주고 계셨다.

"첨 보는 개 한 마리가 배를 발라당 까고 누워 있네."

할머니께서는 허허 웃으시면서 말씀하셨다. 할머니께는 그 강아지가 귀엽게 보였을지 몰라도 나에게는 하루 종일 나를 괴롭히는 귀찮고 성가신 존재였다. 그 강아지가 도대체 어떻게 우리 집을 알고 찾아왔으며 또 어떻게 들어와서 너무나 당당하게 제 집처럼 마당에 누워 있는지 알 수가 없었다. 내가 증조할머니께서 문을 열어 주신 건지 여쭈어보자 증조할머니께서 파리를 잡으러 마당에 나오셨는데 이미 그 전부터 강아지가 마당에 '大' 자로 누워 있었다고 하셨다. 다른 가족들에게도 물어 보니 모두 문을 열어준 적이 없다고 했고 심지어 강아지가 들어와 있다는 사실조차 모르고 있었다. 모든 가족들이 어떻게 된 영문인지 알아보려고 마당으로 나왔다. 모두 마당에 나와서 누워 있는 그 강아지를 보더니 내가 데려온 것이냐며 추궁하 듯이 물었다. 나는 아까 학원가는 길에 있었던 일들을 가족들에게 말해 주었다. 그리고 그 다음부터는 어떻게 된 일인지 정말 아무것도 모른다고 했다.

도대체 이게 어떻게 된 일인지 도무지 감이 잡히지 않았고 너무나 혼란스러웠다. 우선 대체 어떤 방법으로 강아지가 우리 집 마당으로 들어왔는지가 너무 궁금했다. 그래서 강아지를 안아서 대문 밖에 내려둔 후에 들어오지 못하게 대문을 닫고 어떻게 해서 들어오는지 가족들과 함께 지켜보기로 했다. 우리 집은 주택이라 대문 밑에 10cm 정도의 공간이 있는데 강아지가 대문을 닫자마자 이 정도는 가소롭다는 듯이 그 공간을 비집고 들어오는 것이었다. 그러고 나서 또 다시 배가 보이게 몸을 뒤집더니 大 자로 누워서 꼬리를 살랑살랑 흔드는 것이었다. 그 모습을 보고 나와 가족들은 박장대소를 했다. 하지만 강아지가 어떻게 우리 집을 알고 찾아왔는지에 대해서는 전혀 알 수가 없었다. '나의 냄새를 추적해서 왔을 것이다', '내가 집에서 나오는 것을 봤을 것이다' 등 여러 가지 추측들이 있었지만 명확한 결론이 나지 않았다. 이건 정말 우리 가족 역사에 영영 미스터리로 남을 것이다. 어쨌든 이렇게까지 나에게 집착하는 걸 보니 '내가 동물들이 좋아하는 얼굴상인가?' 하는 생각도 들었고, 아니면 '이 강아지가 전생에 내 아내라도 되었던 것인가?' 하는 생각도 들었다. 그런 생각들을 하니 이 희한한 강아지를 꼭 키워야겠다는 의무감이 들기 시작했다.

저녁에 가족 모두 모여 저 강아지를 어떻게 할 것인지에 대해 의논을 했다. 동생이 아주 어렸기 때문에 위험할 수도 있고 털이 날려서 알레르기가 생길 수도 있기 때문에 키우지 못할 것 같다는 쪽으로 이야기가 나왔다. 가슴이 철렁 내려앉았다. 그 짧은 하루 동안 벌써 저 강아지와 많은 정이 들어버린 것 같았다. 어떻게든 가족들을 설득시켜야만 했다. 사실 크기가 작아서 집을 지키기에는 적합하지 않았으나 집을 지키기 위해서 개 한 마리 키우는 것이 좋을 것 같다고 얘기했다. 그리고 우리 가족들이 워낙 '인연'을 중요시하기 때문에 그 점을 노려 저 강아지가 이렇게 우리 집에 오게 된 것도 다 인연이 있기 때문에 오게 된 것이니 한번 길러보자고 설득했다. 슬슬 가족들이 동요하기 시작했다. 심지어 내가 개띠니까 꼭 개를 키워야 한다는 정말 말도 안 되는 이야기까지 했다. 그만큼 절박했다. 속으로 혹시라도 '못 기르게 되면 어떡하지' 하는 생각에 조마조마 했었지만 결국 기르자는 결정이 났고 너무나 기뻤다.

뽀삐는 그 이후로 내가 고등학교 3학년인 지금까지도 우리 집 마당에서 너무나 건강하게 잘 지내고 있다. 집 앞에 낯선 사람이 오면 경계하며 큰소리로 짖어대고(음식을 배달하러 오는 사람들은 짖지 않고 너무나 반긴다.) 아는 사람이나 가족들이 오면 꼬리를 흔들며 반겨준다. 특히 내가 학교에서 심화자습이 끝나고 밤 11시가 넘은 시간에 털레털레 집으로 돌아오면 항상 처음 봤을 때와 같은 모습으로 배가 보이게 몸을 뒤집고는 꼬리를 살랑살랑 흔들며 반겨 준다. 그리고 그동안 정말 많은 동네 똥개들이 뽀삐에게 구혼하러 집 앞까지 찾아와 어슬렁거렸는데 책임져야 할 강아지들이 늘어나는 것이 두려워서 모두 쫓아냈었다. 이렇게 나이를 많이 먹을 때까지 연애 한번 못 시켜줘서 뽀삐에게 너무 미안하다.

처음 왔을 때보다 덩치도 많이 컸고 살도 많이 쪘지만 항상 처음처럼 반갑게 나를 맞이해 주는 뽀삐의 모습을 보면 너무나 고마운 마음이 든다. 친구들이 우리 집에 놀러 올 때마다 뽀삐를 보고는 똥개라고 비싼 자기네들 개와 비교하며 놀려도 나는 가소롭다는 듯이 웃으며 얘기한다.

"니들 개는 대문 밑 틈으로 들어올 수 있나? 그런 거 들어는 봤나?"

어느덧 나도 나이를 먹었고 뽀삐도 많이 늙었다. 요즘 많이 바빠서 예전처럼 잘 놀아주지도 못하고 많이 신경써주지도 못하지만 앞으로도 뽀삐가 지금처럼 아프지 않고 오랫동안 우리 집 마당을 지켜줬으면 좋겠다.

Episode 2 아빠의 잠

우리 아빠는 잠이 많으시다. 정말 많으시다. 그리고 빨리 잠드신다. 정말 빨리 잠드신다. 몇 초 전까지만 해도 같이 웃고 장난치다가도 어딘가에 머리를 기대시면 정말 말도 안 되는 빛의 속도로 잠이 드시고 우렁차게 코를 고신다. 또 코고는 소리는 얼마나 큰지 아빠가 안방에서 주무시며 코를 고시면 집안에서 아빠의 코고는 소리가 안 들리는 곳이 없을 정도다. 어렸을 때는 아빠의 그런 모습이 마냥 웃기고 신기하기만 했다. 하지만 점점 자라면서 아빠의 그런 모습이 좋지 않게 보였다. 날씨 좋은 날에는 웬만하면 건강을 위해 밖에 나가서 운동도 하고 엄마와 함께 데이트도 하시면서 즐거운 시간을 보내면 좋을 텐데, 날씨가 좋던, 비가 오던, 눈이 내리던 대부분 휴일을 집에서 주무시거나 TV를 시청하며 시간을 보내시기 때문이다. 아빠가 집에서 밖으로 나가면 전쟁이라도 터진다고 생각하시는 것 같았다. 그렇게 하루 온종일 주무시는 아빠의 모습을 보면 겨울잠을 자는 커다란 곰 한마리를 보고 있다는 생각이 들곤 했다.

이러한 이유로 아빠는 나에게 게으르고 움직이기 싫어하는 '귀차니즘'

의 대명사로 항상 인식되어 있었다. 하지만 내가 고등학생이 된 지금 아빠가 주무시는 모습은 나에게 너무나 큰 의미로 다가오고 많은 생각을 하도록 만든다.

내가 고1 때의 어느날이었다. 그날도 아빠는 야근을 하고 아침에 퇴근하셔서 주무시고 계셨는데 우연히 아빠의 주무시는 모습을 가만히 지켜보게 되었다. 그때 나는 여태껏 보지 못했던 것들을 너무나 많이 보게 되었다.

아빠에게 옛날에는 몇 가닥 없어서 누나와 내가 용돈을 받기 위해 서로 뽑으려고 애쓰던 흰머리가 이제는 셀 수조차 없을 정도로 많아졌고, 얼굴에는 그동안 미처 발견하지 못했던 깊은 주름들이 너무나 많이 생겨 있었다. 여태껏 지나온 아빠의 긴 세월과 고생들이 느껴졌다. 그리고 평소에는 그렇게 시끄럽던 아빠의 코고는 소리가 그날 따라 말을 못하기에 울음으로 의사를 표현하는 갓난아기들의 울음소리같이 들렸다. '나 너무 힘들고 지친다.' 라는 말을 대신 하는 것 같았다. 그런 아빠의 모습을 보고 있으니 가슴이 먹먹해져서 더 이상 그 자리에 있을 수가 없었다.

이때까지 나는 보살핌을 받으며 자라나고 있었지만 아빠는 우리 가족을 보살피며 늙어가고 계셨던 것이었다. 그리고 이제야 생각해 보니 아빠가 야근을 하시는 날은 전날 저녁에 나가셔서 다음날 아침에 퇴근하시는데 남들이 모두 잘 때 밤을 새며 일을 하셨으니 남들이 깨어 있을 때 주무시는 것이 당연했다. 여태껏 그러한 고생을 하시는 것은 생각하지 못하고 매일 집에서 주무시는 모습만 보고 아빠를 게으르다고 판단한 내가 너무 불효자 같다는 생각이 들었다. 또 한편으로는 아빠께 죄송한 마음을 가지고 있고 아빠가 고생하시는 것을 알면서도 막상 아빠가 깨어나면 표현하기가 쑥스러워서 감사하다는 말 한 마디와 어깨 한번 주물러 드리지 못할 것이 분명한 내 자신이 너무 미웠다.

그에 반해 아빠는 나에게 사랑을 많이 표현하려고 노력하셨던 것 같다. 학교에 있으면 가끔 아빠에게서 문자가 한 통씩 오는데 확인해 보면 그 내용은 읽었을 때 힘이 되는 글귀나 좋은 시들이었다. 내가 공부 때문에 스트레스를 많이 받고 많은 부담감에 시달려서 힘들어 할 때 아빠가 보내준 시가 있다.

서서 자는 말
- 시인 정진규

내 아들은 유도를 배우고 있다.
이태 동안 넘어지는 것만
배웠다고 한다.
낙법만 배웠다고 한다.
넘어지는 것만 배우다니!
네가 넘어지는 것을
배우는 이태 동안
나는 넘어지지 않으려고
기를 쓰고 살았다.
한번 넘어지면 그뿐
일어설 수 없다고
세상이 가르쳐주었기 때문이다.
잠들어도 눕지 못했다.
나는 서서 자는 말
아들아 아들아 부끄럽구나
흐르는 물은
벼랑에서도 뛰어내린다.
밤마다 꿈을 꾸지만
애비는 서서 자는 말

정진규 시인의 '서서 자는 말'이라는 시인데 힘들어하던 나에게 정말로 많은 힘이 되어 주었다. 이제는 내가 아빠에게 이 시를 보내야 할 차례가 된 것 같다. 우리 대가족을 먹여 살려야 한다는 부담감이 아빠의 어깨를 무겁게 눌러 왔을 것이고 지금도 누르고 있을 것이기 때문이다. 이제는 내가 아빠에게 힘을 주고 싶다.

사랑하고 고마우면 꼭 표현을 해야 한다는 말이 떠오른다. '내가 말 안 하고 표현 안 해도 내 마음 다 알겠지…'라는 무뚝뚝한 경상도 남자 식의 생각은 더 이상 하지 않아야겠다. 인간은 마음을 읽을 수 있는 능력이 있는 것도 아닌데 말 안 하고 표현을 하지 않는다면 어떻게, 무슨 수로 그 마음을 알겠는가. 그러다가는 나중에 결국 후회하게 될 것이다. 난 절대로 나중에 후회하지 않도록 아빠에게 지금부터라도 사랑을 많이 표현해야겠다. 그리고 얼른 성공해서 아빠의 어깨에 있는 짐을 내려드리고 싶다.

Episode 3 동생의 엉뚱함

어느날 10살짜리 동생 미소가 친구들과 영화를 보러 간다고 했다. 근데 미소가 보려는 영화의 자리가 별로 남아 있지 않아서 엄마가 그나마 좋은 자리들을 집에서 미소의 친구들 것까지 대신 예매를 해주고 미소가 친구들을 만나서 그 돈을 받아 오기로 하였다.

근데 예전부터 미소가 부모님께 용돈을 받으면 그 돈이 천 원이던 만 원이던 받는 즉시 나가서 10원도 안 남기고 다 쓰고 오는 버릇이 있어서 예전에 아빠에게 크게 혼난 적이 있었다. 그래서 이번에는 엄마가 버릇도 고칠 겸 미소에게 영화를 다 본 후에 친구들과 놀 때 쓸 돈을 따로 주시면서 영화 보고나서 지금 주는 이 돈을 쓰고 친구들한테 영화비로 받은 돈은 절대 쓰지 말고 가져 오라고 신신당부 하셨다. 미소도 알았다고 대답하며 절대

안 쓰겠다고 약속을 한 후에 놀러갔고 그때까지만 해도 저녁에 몰아칠 폭풍을 알지 못했다.

저녁이 되었고 가족 모두가 모여서 저녁식사를 하고 있는데 놀러 갔던 미소가 집으로 돌아왔다. 얼마나 재미있게 놀았으면 현관에서부터 폴짝폴짝 뛰면서 들어왔다. 잘 놀다 왔냐고 물어보자 미소가 대답했다.

"응, 오빠. 진짜 재미있었어. 영화보고 나서 4D놀이기구도 타고, 구슬 아이스크림도 먹고, 오다가 삼각 김밥도 먹고 놀았어."

미소가 즐거워하는 모습을 보고 '나도 저런 때가 있었지' 하며 간만에 동심에 빠져들었고 가족 모두 그런 미소의 모습을 보며 흐뭇해 하고 있었다. 그때 엄마가 미소에게 물으셨다.

"미소야, 친구들한테 영화비 받은 거 엄마 지갑에 넣어놓고 손 씻고 와서 빨리 밥 먹어. 그만큼 놀았으면 배고프겠다."

그러자 미소가 아무렇지도 않은 듯이 얘기했다.

"엄마, 나 그 돈 다 썼어!"

그때까지만 해도 가족 모두 미소가 장난치는 줄로만 알았다. 하지만 나는 뭔가 불안한 기운을 감지했다. '엄마가 그렇게까지 신신당부를 했는데 설마…' 라는 생각이 들었다. 그러다가 엄마가 장난치지 말고 가져와보라고 말하자 미소는 진짜 다 썼다고 얘기했다. 엄마는 너무 놀라서 미소에게 지갑을 가져와보라고 했는데 정말 미소의 지갑에는 100원짜리 하나도 남아 있지 않았다. 결국 미소의 '가진 돈을 모두 써버리는 버릇' 이 도져 버린 것이었다. 엄마는 미소가 약속을 어겼다는 사실에 너무나 화가 나신 듯 보였다. 소리를 지르며 손으로 미소의 등짝을 때리시더니 회초리를 찾으러 가시며 미소에게 무릎 꿇고 있으라고 하셨다. 그 모습을 보니 내 등골이 오싹해졌다. 나는 미소를 보며 생각했다.

'이야… 정말 대단하다. 아침에 나갈 때 엄마가 손까지 잡고 그렇게 신신당부를 했는데도 정말 100원도 안 남기고 다 쓰고 왔네. 근데 초등학교 3

학년이 뭘 하길래 하루 만에 3만 원을 쓰고 오지? 영화표도 엄마가 다 예매해줘서 영화 티켓 사는 데는 돈을 안 썼을 텐데. 혹시 밥을 많이 먹었나?

엄마가 회초리를 가지고 돌아오셨고 미소에게 돈을 어디어디에다가 썼는지 하나도 빠지지 말고 빈 종이에 써오라고 하셨다. 미소는 불같이 화내는 엄마의 모습에 겁을 먹은 것 같았다. 그리고 10분 정도 후 미소가 종이 한 장에 오늘 돈을 쓴 목록들을 적어왔다.

'구슬 아이스크림 ××××원, 4D놀이기구 ××××원, 팝콘과 콜라 ××××원, 삼각 김밥 ××××원, 음료수 ××××원 …… 지하철역에 있는 자일리톨 껌 200원, 문구점에 가서 쫀드기 100원'

모두 합쳐보니 정확하게 3만 원이 되었다. 그 내역을 보고서 미소가 정말 대단하다는 생각이 들었다. 그렇게 돈을 쓰고도 300원이 남으니 그 300원을 쓰기 위해 지하철 아래까지 내려갔고 그곳에서 100원짜리 껌 2개를 사고 또 다시 올라와서 집에 오는 길에 문구점에 들러 100원짜리 쫀드기를 사서 가진 모든 돈을 쓰고 왔다는 사실에 할 말이 없었다. 하긴 29700원을 쓰고 300원을 남겨왔어도 똑같이 혼났을 것이다. 어차피 똑같이 혼날 것을 알고 최후의 300원까지 다 써버린 미소에게 마음속으로 박수를 보냈다.

그 목록을 본 엄마는 너무나 황당해 하셨고 미소는 엄마에게 종아리와 엉덩이를 회초리로 맞았고 혼자 방구석에 웅크려 드라마에 나오는 비련의 여주인공처럼 너무나 서럽게 울었다.

한바탕 소동이 있은 후 엄마의 화도 어느 정도 진정이 되었고 그제야 엄마는 울고 있는 미소에게 안방으로 오라고 하셨다. 앞으로 다시는 그러지 마라고 하시며 미소를 달래주셨고 따뜻하게 안아주셨다. 그리고 나는 웃음을 꾹 참고 미소에게 물었다.

"근데 엄마가 남겨오라고 그렇게까지 부탁을 했는데 왜 백 원도 안 남기고 다 쓰고 왔노? 이유가 있었나? 아니면 이제 10살이라고 반항하는 거가?"

그 질문에 대한 미소의 대답은 가족 모두를 한참 동안이나 폭소하게 만들었다.

"그냥 왠지 오늘 따라 돈을 너무 쓰고 싶은 기분이 들었어."

그냥 돈을 너무 쓰고 싶은 기분이 들어서 정말 가진 돈을 모두 써버리다니… 더 이상 그 누구도 미소에게 아무 말도 할 수 없었다. 미소가 그 말을 할 때 아직은 너무나 순수하다는 생각과 이런 미소의 엉뚱함이 항상 우리 가족을 웃게 하고 즐겁게 해준다는 생각이 들었다. 하지만 한편으로는 친구들에게 맛있는 것도 사주고 자신이 갖고 싶은 것을 사는 것도 좋지만 너무 돈에 대한 개념이 없어서 걱정이 되었고 혹시 나중에 미소가 커서 된장녀가 되지는 않을까 하는 생각에 섬뜩해졌다.

하지만 절대 그럴 일은 없을 것이다. 내가 앞으로 계속 미소에게 교육을 시킬 것이고 언젠가는 본인도 돈의 소중함을 알게 되는 날이 올 것이라는 생각을 하며 평소와 같이 동생과 컴퓨터 게임을 하며 즐겁게 놀았다.

Episode 4 할아버지의 치매

우리 할아버지께서는 굉장히 계산적이고 꼼꼼하시다. 아니, 정확히 말하자면 과거에는 그랬었다. 하지만 지금 할아버지께서는 치매를 갖고 계신다. 치매가 있다는 검사 결과가 나왔을 때, 이미 치매는 중기 상태였다. 할아버지께서 평소에 너무나 정상적으로 생활하셨고 또한 원래 성격이 워낙 다혈질이고 급한 성질을 갖고 계셨기 때문에 사실 우리가족들은 평소 할아버지의 행동을 통해 치매가 있다는 사실은 상상조차 할 수가 없었다.

약을 꾸준히 복용하더라도 나빠지는 속도를 늦추는 역할을 할 뿐이지 상황이 호전되지는 않을 것이라고 의사선생님께서 말씀하셨다. 나는 할아버지께서 치매를 갖고 계신다는, 그리고 그 치매가 이미 중기라는 사실이 조금도 실감나지 않았으며 사태의 심각성조차 알지 못했다.

그후 할아버지께서는 약을 꾸준히 복용하셨지만 물건을 자주 잃어버리고 기억력이 점점 나빠지시는 등 할아버지의 치매는 조금씩 심해져 갔다. 그리고 결국… 일이 터졌다.

2012년 설 연휴가 끝난 며칠 후였다. 여느 때와 다름없이 가족 모두 TV를 보며 평화로운 시간을 보내고 있었다. 근데 과일을 깎아 할아버지께 드리러 갔던 엄마가 소스라치게 놀라며 TV를 보고 있던 우리에게 달려와 말씀하셨다.

할아버지께서 이상하다는 것이었다. 무슨 말을 하시는지 알 수가 없어서 할아버지의 방으로 달려갔다. 방문을 열고 할아버지의 모습을 보았을 때 가족 모두 할 말을 잃었다.

방문을 열었을 때 할아버지께서는 눈이 완전히 풀린 상태였고 바지를 입으신 채로 소변을 온 방에다가 누시고는 자리에서 일어나시기 위해 애쓰시고 계셨다. 그런데 몸에 힘이 하나도 없으신지 누우신 채로 상체를 일으키지도 못하셨다. 한 시간 전까지만 해도 너무나 멀쩡하셨는데 갑자기 그런 모습을 하고 계시니 너무나 당황스러웠다. 할아버지께 이게 어떻게 된 일이며 지금 어디가 어떻게 불편하신지 여쭈어보자 아무렇지도 않으며 아무 일도 없으니 신경 쓰지 않아도 된다고 하셨다. 그 누가 봐도 심각한 문제가 있는 상황인데 할아버지께서는 끝까지 본인의 상태를 인정하지 않으셨다.

우선은 엄마가 할아버지의 옷을 모두 갈아입혀 드리고 만약의 상황에 대비하여 기저귀를 해드렸다. 계속해서 할아버지께 몸 상태가 어떠신지 여쭈어 봐도 아무렇지 않고 멀쩡한데 모두들 왜 자꾸 그러냐고 하셨다. 어디가 어떻게 불편한지 명확하게 말씀해 주시면 우리가 도움을 드리기가 훨씬 편할 텐데 누우신 채로 꼼짝도 못하시면서 아무 문제없다고만 하시니 답답했다.

어쩔 수 없이 할아버지께서 벽에 기대실 수 있도록 도와 드린 후 엄마는 할아버지 담당의사분께 전화를 하러 가셨고 나는 할아버지 옆을 지키고 있었다. 너무 짧은 순간에 일어난 일이라 상황 파악을 하기가 힘들었다. 그때 갑자기 할아버지께서 자리에서 일어나려고 하셨다. 도대체 그 몸 상태로 무엇 때문에 일어나려고 하시는지 이해할 수 없었지만 우선은 일어나시는 것을 도와드렸다. 근데 일어나시자마자 방의 구석으로 천천히 걸어가시더니 순식간에 기저귀를 내리시고는 그곳에다가 소변을 누기 시작하셨다. 나는 방에다가 소변을 보시는 할아버지를 부축해드리는 것 말고는 아무것도 할 수 있는 일이 없었다.

할아버지 담당의사분과 통화를 끝내신 엄마가 토요일이라 대부분의 병원이 문을 닫았으니 구급차를 불러 일단 응급실로 모셔 가자고 하셨다. 아빠께 전화를 하여 상황을 대충 말씀해 드리고 119에 전화하여 구급차를 불렀다. 그때까지도 할아버지께서는 아무 문제 없는 사람을 무엇 때문에 구급차까지 불러서 병원에 데려가려 하냐고 하시면서 끝까지 병원에 가지 않으려고 하셨다. 본인이 아픈 사실을 인정하지 않으려고 하시는 할아버지가 너무 안쓰러웠다.

구급차가 오는 동안 엄마는 할아버지께서 방에다 저지르신 일들을 모두 처리하셨고 나는 할아버지께서 응급실에 가시는 동안 감기에 걸리지 않으시도록 따뜻하게 입혀 드렸다. 그리고 곧이어 구급차가 왔고 할아버지께서는 들것에 실려 가셨다. 엄마는 할아버지와 같이 구급차를 타고 병원에 가셨고 아빠는 근무를 하시다가 급하게 집으로 오셔서 할아버지께서 병원에서 쓰실 물건 몇 가지를 차에 싣고는 바로 병원으로 가셨다. 가족 모두가 너무나 놀랐지만 어린 동생은 특히나 더 많이 놀라서 울음을 터뜨렸다. 그런 동생을 달래고 나서 나도 피곤했는지 동생을 재우다가 같이 잠이 들어 버렸다.

엄마, 아빠 두 분 다 응급실에서 밤을 새시고 다음날 아침이 되어서야 집으로 돌아오셨다. 부모님께서는 할아버지의 치매가 갑자기 심해졌기 때문에 할아버지께서 전날과 같은 행동들을 하셨고 거기다가 독감까지 걸리셔서 일단은 병원에 입원해 계셔야 한다고 하셨다. 그리고 치매가 너무나 심해지셔서 대소변조차 가리실 수 없는 할아버지를 24시간 내내 옆에 붙어서 돌볼 수 있는 사람이 없기 때문에 독감이 다 나으시고 병원에서 퇴원하시면 요양원에 모셔야 하셔야 할 것 같다고 말씀을 하셨다. 그래도 다행히 생긴 지 얼마 되지 않은 시설 좋은 요양원이 집 근처에 있어서 그곳에 할아버지를 모시게 되면 엄마가 매일 찾아뵐 수 있어서 다행이라고 하셨다.

지금도 할아버지는 요양원에 계신다. 엄마는 하루도 빠짐없이 간식거리를 사서 할아버지를 찾아뵙고 나와 다른 가족들도 시간이 생길 때마다 할아버지를 찾아뵙는다.

사실 평소 할아버지에게 안 좋은 감정들이 많았다. 항상 주변 사람들을 고려하지 않고 행동하시고 대부분을 가족들과 아무런 상의 없이 독단적으로 결정하셔서 우리 가족들을 많이 힘들게 했기 때문이다. 그러나 그렇게 냉정하고 독단적이던 할아버지께서 아기가 되어 누워 계시는 모습을 보니 오히려 예전 할아버지의 모습이 그리워졌다.

치매는 정말 이 세상 그 어떤 병보다 슬프고 고약한 병이라는 생각이 들었다. 왜냐하면 자식들과 가족들에게 모든 안 좋은 모습들을 보이도록 하고 또한 사랑하는 사람들에 대한 기억들을 지워가기 때문이다.

그래도 다행히 아직 할아버지께서는 우리 가족과 친척 모두를 기억하고 계신다. 제발 할아버지께서 우리 가족들과 함께했던 즐거운 추억들을 잊지 않으셨으면 좋겠다.

Episode 5   누나의 자존심

우리 누나는 조금의 융통성도 없고 행동과 말이 워낙 느릿느릿해서 곰이라는 별명을 가족들이 지어줬다. 그리고 말을 할 때는 불만이 있는 것처럼 툭툭 던지듯이 말을 하고 항상 몸에 짜증이 배어 있다. 그러한 누나의 짜증 스러운 말투와 태도에 가족들은 불만을 품고 있었고 아빠와 엄마는 누나에 게 말투와 태도 좀 고치라는 말을 정말 오랫동안 자주 하셨다. 그러던 어느 날 일이 터지고야 말았다. 나는 내 방에서 컴퓨터를 하고 있었는데 거실에 서 아빠의 고함소리가 들려왔다. 그래서 나가보니 아빠가 누나를 혼내고 계셨다.

"내가 니 말 그따구로 하지 마라고 수십번 캤제. 이제 니 방에서 나오지 말고 내 눈에 띄지 마라. 나오면 뒤진다!"

아빠가 소리를 지르자 누나는 자신의 방으로 들어갔고 나는 엄마에게 어 떻게 된 일인가 물어보니 누나가 또 아빠에게 이유 없이 짜증을 내며 말을 했고 아빠가 그만하라고 했는데도 오히려 뭘 잘못했느냐며 더 짜증을 내며 말을 했다는 것이었다. 이때까지 누나의 그러한 행동들을 보며 언젠가는 한번 이런 일이 생길 줄 예상했었다. 그리고 '이제 한번 제대로 혼났으니 정신 차리겠지'라는 생각을 하며 잘된 일이라고 생각했다. 하지만 난 누나 에 대해 잘못 알아도 한참 잘못 알고 있었던 것이었다.

저녁 먹을 시간이 되어 가족 모두가 거실로 모여서 식사 준비를 하는데 누나가 보이지 않았다. 그래서 동생이 누나를 부르러 갔다.

"언니, 밥 먹으로 나와~"

"안 먹는다!!"

그러자 아빠는 안 먹는다는 놈 억지로 먹일 필요 없다고 하시며 동생에 게 앉아서 밥 먹으라고 하셨다. 그렇게 누나를 제외한 저녁 식사를 하고 나 서 아빠는 출근을 하셨다. 아빠가 출근을 하시니 그제야 누나가 방에서 어 슬렁거리며 나왔다. 그러고는 부엌에 가서 밥을 한 공기 뜨더니 밥 위에 여 러 가지 반찬을 대충 올리고는 자신의 방으로 들고 들어갔다.

나는 내 방으로 들어와 곰곰이 생각해 보았다. 아마 누나는 자기 나름대로 아빠가 화내는 것에 억울함을 느꼈을 것이고 아빠가 나오지 마라는 말이 잘못을 인정하고 반성하라는 뜻임을 분명히 알고 있으면서도 자존심이 상하고 자기 나름대로 아빠에게 반항하기 위해 그런 행동을 하는 것이 분명했다. 자신의 잘못을 인정 못하고 괜히 집안 분위기만 얼어붙게 만드는 그런 누나의 모습이 답답했고 짜증났지만 그러는 것도 며칠 안갈 것이고 조만간 잘못을 인정하고 아빠께 용서를 구할 것이라고 생각했다.

그리고 다음날 아침 아빠가 퇴근을 하시고 주말이라서 가족 모두가 모여서 아침을 먹었다. 하지만 그때도 누나는 나와 있지 않았다. 아직 자는가 싶어서 동생이 누나를 부르러 갔다.

"언니, 아침 먹어!"

"안 먹는다!"

의외로 누나는 깨어 있었다. 이번 일에 대해 아무런 간섭도 하지 않으시던 엄마도 더 이상은 참을성에 한계를 느끼셨는지 누나에게 빨리 나오라고 소리를 지르셨다. 그래도 누나는 끝까지 방에서 나오지 않으며 고집을 피웠다. 아빠는 아무 말씀 없이 상황을 지켜보시다가 마음대로 하게 놔두고 그냥 밥 먹자고 하셨다. 아침 식사 후 모두가 방으로 들어가고 거실에서 나 혼자 TV를 보고 있었는데 그때 또 누나가 방에서 나오더니 밥 한 공기에 반찬을 대충 넣고 전날 저녁처럼 방으로 들어갔다. 그 미련한 모습을 보고 곰이라는 별명을 저렇게까지 100% 소화해낼 수 있는 사람이 또 있을까 하는 생각이 들었다. 그때도 난 저러다 말겠지 하는 생각을 하며 대수롭지 않게 넘겼다.

하지만 그날 점심, 저녁에도 누나는 똑같은 행동을 했고 특히 거실에 아빠가 계실 때에는 절대 방에서 나오지 않았다. 누나는 며칠 동안이나 그런 행동을 계속 했다. 그러다가 4일째 되던 날 밤 누나는 결국 방에서 나올 수밖에 없었다.

4일째 되던 날 밤 아빠가 술을 마시러 나가셔서 밤 늦게까지 집에 오지 않으셨다. 그래서 누나는 간만에 거실에서 TV를 보고 있었는데 어찌어찌하여 나와 시비가 붙어서 말싸움을 하게 되었다. 그러다가 나중에는 심해져서 누나는 나에게 물건을 던지기 시작하였다. 누나가 던진 국어사전에 입을 맞아서 입술이 벌에 쏘인 것처럼 팅팅 부어올랐다. 엄마가 나오셔서 그만하라고 화를 내셨지만 누나와 나는 계속 싸웠다. 그러자 그때 참고 또 참으시던 엄마가 아빠에게 전화를 하시더니 애들이 싸우는데 그만 하라고 해도 멈추질 않는다고 빨리 와서 말려보라고 아빠에게 말씀하셨다. 누나와 나는 엄마가 아빠와 통화하시는 것을 알고 있었으면서도 싸우는 것을 멈추지 않았다.

그때 5분이 조금 지났는데 누군가가 대문을 부수려고 하는 듯한 소리가 들렸다. 나는 지나가던 차가 실수로 우리 집 대문을 들이 받은 줄 알았다. 하지만 그 소리의 주인공은 바로 아빠였다. 아빠가 왔다는 사실을 알자 누나는 곧바로 자신의 방으로 들어가 문을 잠갔고 엄마가 대문을 열자 아빠가 술이 많이 취하신 상태로 씩씩거리시며 들어오셨다. 정말 산속에서나 볼 수 있을 법한 거대한 불곰을 보는 듯했다.

나는 너무나 분노하신 아빠곰의 모습을 보고 '아, 오늘 난 끝났구나. 그냥 누나랑 싸우지 말고 사이 좋게 지낼걸…' 하는 후회가 주마등처럼 머릿속에서 지나갔다. 잔뜩 긴장하고 있었는데 예상과는 다르게 아빠곰은 나를 지나쳐 곧바로 누나곰의 방으로 가시더니 문을 열려고 하셨다. 문이 열리지 않자 발로 문을 차시면서 누나에게 나오라고 소리를 지르셨다. 처음에는 누나도 끝까지 나오지 않으며 버티다가 결국에는 문을 열었는데 문이 열리자마자 아빠는 누나를 때릴 기세로 손을 들어 올리셨지만 결국 때리지는 않고 한숨을 쉬더니 손을 내리셨다. 옆에 있던 내가 아빠를 붙잡고 말렸다. 평소 아무리 화가 나더라도 매를 가져오셔서 엉덩이나 종아리를 때리시던 아빠가 처음으로 손을 올리시다니 정말 화가 많이 나셨구나 하는 생각이 들었다. 아무리 누나가 얄밉더라도 이번만큼은 내가 아빠를 말려야겠다는 생각이 들었다.

아빠는 계속 누나에게 소리를 지르시며 화를 내셨고 누나는 아무 말도 못하고 있었다. 그러다가 증조할머니께서도 나와 아빠를 말리셨고 아빠는 안방으로 가더니 진정하려고 애쓰며 물을 마시셨다. 그때 누나가 쭈뼛쭈뼛 안방으로 따라 들어왔다. 그러자 아빠는 누나의 모습을 보시자마자 다시 분노가 차오르셨는지 물을 마시던 컵을 던지셨고 누나 옆에 있던 벽에 맞고 컵이 산산조각이 났다. 아빠곰의 분노는 사그라질 줄 몰랐다. 그러자 누나곰은 울기 시작했고 엄마는 누나에게 지금은 돌아가서 그냥 자고 내일 다시 얘기하자고 하셨다.

나 또한 너무나 놀랐고 머릿속이 복잡했기 때문에 잠이 잘 오지 않아서 잠을 설쳤고 다음날 늦게 일어났다. 일어나보니 누나는 아침에 약속이 있어 나가고 집에 없었다. 근데 안방에 가보니 아빠가 편지지로 보이는 종이 한 장을 읽고 계셨다. 아침식사를 할 때 아빠께 웬 편지냐고 슬쩍 여쭤보자 누나가 써놓고 갔다고 하셨다. 뭐라고 적혀 있었냐고 여쭈어보니 내용은 말해 주지 않으셨다. 하지만 무슨 내용인지는 알 것 같았다.

편지를 통하여 자신의 생각을 전달한 것은 아마 마지막 자존심을 지키기 위한 행동이었다고 생각한다. '정말 저렇게까지 할 필요가 있을까?' 라는 생각과 함께 그러한 누나의 모습에서 끝까지 자신의 뜻을 굽히지 않았던 독립투사 분들의 모습을 아주 잠깐 볼 수 있었다.

그리고 그날 저녁부터는 예전처럼 누나도 한 식탁에서 같이 밥을 먹게 되었다.

Episode 6 위대한 우리 엄마

누군가가 나에게 가장 존경하는 사람이 누구냐고 묻는다면 그 유명한 스티브 잡스도 아닌, 빌게이츠도 아닌, 위인전에 나오는 그 어떤 위인도 아닌 우리 엄마라고 당당히 말할 수 있다. 그만큼 우리 엄마는 위대하신 분이다. 꽃다운 나이에 아빠와 결혼해서 지금은 돌아가신 할머니의 병간호를 하셨고 현재까지 100세가 넘으신 증조할머니와 일흔이 넘으신 할아버지를 20년 동안 모셔왔고, 아빠, 나, 누나, 막내 미소까지도 모두 챙겨주시는 우리 가정에 절대 없어서는 안 되는 정말로 우리 집의 기둥 같은 존재이시다.

우리 엄마의 일상을 간략하게나마 소개하자면 아침식사만 4번을 차리신다. 하루 종일 밥을 4번 차리는 가정도 드물 것인데 우리 엄마는 아침만 해도 4번이다. 대충 이 정도만 얘기해도 얼마나 바쁘고 일이 많은 분인지는 짐작이 갈 것이다. 나에게는 매일 보는 엄마의 이런 모습들이 너무나 당연하게 느껴졌고 특별히 고생하신다는 생각은 잘 들지 않았다. 근데 엄마의 위대함을 세상사람 모두가 알고 있는데 나만 잘 모르고 있었던 것이었다.

내가 중학생이었던 어느날 엄마에게 전화 한 통이 왔다. 어느 신문사의 기자인데 우리 가정과 엄마에 대한 이야기를 기사로 쓰고 싶으니 인터뷰를 하러 와도 되겠냐는 전화였다. 엄마뿐만이 아니라 우리 가족 모두가 당황했다. 심지어 나는 혹시 '보이스피싱'이 아니냐며 112에 신고하라는 말까지 했다.

전혀 특별하지 않은 우리 가정과 더더욱 특별하지 않은 엄마에 대해서 도대체 어떤 기사를 쓴다는 것인지 도통 감이 오지 않았다. 하지만 며칠 후 학교를 마치고 집으로 돌아왔는데 정말 기자같이 생기신 분이 우리 집에 와계셨다. 엄마와 동생, 증조할머니, 할아버지를 거실에 모셔놓고 우리 가족의 생활이나 평소 엄마의 모습 등 이런 저런 많은 질문을 하셨다. 인터뷰가 끝나고 사진을 찍는데 나는 얼굴이 신문에 나오는 것이 부끄러워서 방으로 도망갔다. 기자분은 기사가 나오면 연락을 주겠다고 하시고는 돌아가셨다.

며칠 후 기자분에게서 메일이 왔다. 신문에 기사가 났으니 꼭 보라는 내용이었다. 그 메일을 보고도 실감이 나지 않았다. 하지만 그날 아침에 아빠가 사 오신 신문에는 정말 그때 기자분께서 찍어 가신 사진과 함께 우리 가족에 관한 기사가 크게 나 있었다. 100세가 되어가는 증조할머니와 일흔이 되어가는 시아버지, 그리고 남편과 세 자녀가 있는 가정을 너무나 잘 이끌어 가는 엄마를 칭찬하는 그런 기사였다. 엄마는 쑥스러워 하셨지만 가족 모두 엄마가 너무나 자랑스러워서 기사를 보며 소리를 질렀다. 나는 너무나 어리석게도 그런 기사를 보고 나서야 엄마가 여태껏 가족들을 위해 얼마나 애쓰시고 고생하셨는지에 대해 생각해 보게 되었다.

기사가 나고 얼마 후, 또 엄마에게 전화가 왔는데 이번에는 가정복지회에서 심사를 하여 전국에서 몇 명만 뽑아서 주는 '손순자효부상' 이라는 것이 있다고 하였다. 그리고 우리 집에 곧 심사를 하러 오겠다는 것이었다. 또 이건 무슨 소리인가 싶어서 어리둥절했었는데, 나중에 알고 보니 엄마와 우리 가정에 대해 잘 아시는 지인 분께서 엄마를 추천하셨던 것이었다.

며칠 후 단체에서 사람들이 왔고 엄마와 동생, 증조할머니와 할아버지를 모시고 그때 기자 분께서 하셨던 것처럼 많은 이야기들을 나누셨다. 아빠는 그런 인터뷰를 하시는 게 쑥스러우셨는지 방 안에 들어가셔서 그분들이 가시기 전까지 방에서 한 발자국도 나오지 않으셨다. 지금 생각해보니 혹시 그 사이 주무시고 계셨던 건 아닌가 하는 생각도 든다. 인터뷰와 이야기가 끝난 후 심사가 끝나는 대로 연락을 주겠다고 하시고 모두 돌아가셨다. 우리는 심사하러 오신 분들이 너무나 평범한 우리 가족의 일상을 보고 도대체 무엇을 심사한다는 것인지 알 수가 없었다. 내가 심사위원이라면 헛웃음을 치고 돌아갔을 것 같았다.

그런데 얼마 뒤 그분들에게서 전화가 왔는데 엄마가 상을 받게 되었으니 시상식에 가족 모두 참석하라는 것이었다. 그리고 그 상이 그냥 상도 아니라 1등상인 대상이었다. 우리 가족은 또 한 번 놀랐다. 그것도 전국에서 1등인 대상이라니… 기대하지 않았는데 엄마가 대상이라는 큰 상을 받게 되어 우리 집은 기쁜 소란함으로 가득해졌다.

며칠 뒤 가족 모두 시상식에 참여했다. 시상식에는 여러 신문사에서 취재를 하고 있었고 MBC에서도 나와서 촬영을 하고 있었다. 엄마가 이렇게 TV와 신문에 자주 나오다가는 연예계에 진출하게 되는 건 아닐까 하는 웃긴 생각도 잠깐 했다. 시상을 하기 전에 참가자 분들의 인터뷰 영상을 보여주었는데 영상의 마지막에 엄마의 영상이 나왔다. 그때까지만 해도 나에게는 너무나 평범한 엄마의 모습이었다. 영상이 끝나고 엄마는 앞으로 나가 상을 받고 수상 소감을 말씀하셨다. 엄마는 수상 소감으로 자신보다 더 훌륭하고 대단하신 분들이 많은데 자신이 이런 큰 상을 받게 되어 죄송스럽게 생각하며 앞으로 어르신들을 더 잘 모시라는 뜻으로 주시는 상이라고 생각하고 더 열심히 살겠다는 말씀을 하셨다. 나와는 너무나 대비되는 겸손한 엄마의 모습이 멋졌다. 그후에도 엄마는 대구광역시장 표창장, 보건복지부장관 표창장 등 여러 상을 받았다.

몇 번의 기분 좋은 소란 후에 가족 모두가 일상으로 돌아왔다. 그 소란을 통해 나는 많은 것을 깨달았다. 그렇다. 나는 뭔가를 몰라도 한참을 몰랐던 것이었다. 엄마는 절대 평범한 사람이 아니었다. 너무나 위대한 인물이었던 것이었다. 그리고 또한 우리 가족도 평범한 가족이 아니라 특별한 가족이었던 것이었다.

이런 위대한 엄마를 바로 옆에 두고도 항상 TV에 나오는 사람들이나 존경하고 그 사람들에게서나 본받을 점들을 찾고 있던 내가 한심하게 느껴졌다. 엄마에게서 배울 점과 본받을 점들은 너무 많아서 평생을 배워도 다 못 다할 것 같다. 그리고 엄마에게 항상 투정부리고 불평하던 철없는 나 자신을 많이 반성하게 되었다. 이제는 엄마의 곁에서 많이 도와드리며 항상 힘이 되어드려야겠다는 생각이 들었다.

얼마 전 수행평가 때문에 밤을 샌 적이 있다. 새벽에 너무 힘들고 지쳐서 그만 포기하고 확 자버릴까 하는 생각을 하고 있었다. 그런데 그 새벽 4시에 일어나서 뼈가 부러지셨기 때문에 움직이지 못하시는 증조할머니의 기저귀를 갈아드리는 엄마의 모습을 보고 정신이 번쩍 들었다.

정말 이 세상의 모든 어머니들은 그 누구보다도 위대하고 존경받아 마땅한 분들인 것 같다.

처음으로 신문에 났던 엄마의 기사이다. 사진을 보니 4인조 그룹의 느낌이 난다.

Episode 7 증조할머니의 입원

베이징 올림픽이 한창이던 중학교 2학년 여름방학 때 학원을 마치고 집으로 돌아오니 증조할머니께서 위궤양으로 쓰러지셔서 입원을 하셨다고 엄마가 말씀해 주셨다. 순간적으로 이때까지 잔병치레 한 번 하지 않으신 증조할머니께서 아프셔서 입원하셨다는 말을 들으니 너무 놀랐고 불안했었는데 다행히 바로 구급차를 불러 병원으로 갔으며 수술도 잘 끝났다는 말을 들으니 안심이 되었다. 뒤이어 엄마가 증조할머니께서 퇴원하시기 전까지 우리 가족들이 한 명씩 돌아가며 병원에서 하룻밤을 자며 증조할머니 병간호를 해야 한다고 하셨다. 나는 그 정도는 얼마든지 할 수 있다고 생각했다. 하지만 나는 한번 잠이 들면 너무 깊게 잠이 들어서 물을 뿌리거나 심지어 때려도 잘 깨지 못하기 때문에 밤에 증조할머니께서 나의 도움을 필요로 하실 때 내가 일어날 수 있을지 많은 걱정이 되었다. 그리고 며칠 뒤 드디어 나의 차례가 되었다.

오전에 내가 학원에 가 있는 동안은 대구에 사는 숙모께서 감사하게도 증조할머니 병간호를 해주셨다. 그래서 나는 학원이 끝난 오후에 증조할머니 병원에 갔다. 병원으로 가는 버스 안에서 처음 하는 병간호에 대한 걱정과 증조할머니의 수술이 잘 끝나서 다행이라는 생각이 함께 들었다.

병원에 도착하여 증조할머니께서 입원해 계신 병실이 있는 층으로 가기 위해 엘리베이터를 탔다. 증조할머니께서 계시는 층에 도착하여 엘리베이터 문이 열리자마자 병원 특유의 약 냄새와 여러 가지 안 좋은 냄새가 많이 났다. 평소에 비위가 좋지 않아서 그러한 냄새를 계속 냄새를 맡고 있으니 속이 울렁거렸고 도착하자마자 다시 집으로 돌아가고 싶었다. 그래도 오바이트를 하는 일이 있더라도 끝까지 견뎌보자는 생각을 가지고 증조할머니께서 계신 병실로 갔다. 병실에 들어서자마자 내 눈에 처음으로 들어온 것은 너무나 무기력한 증조할머니의 모습이었다. 증조할머니께서는 침대에 옆으로 돌아누워 팔에는 링거를 맞고 계셨는데 정말 모든 걸 내려놓으신 표정이셨다. 평소 초록색 파리채 하나로 마당의 모든 파리를 잡으시던 '파리킬러' 때의 모습과는 너무나 대조되는 모습이었다. 그 모습을 보자마자 너무 슬퍼졌지만 거기에서 내가 슬퍼하고 우울해 한다면 괜히 그런 나를 또 걱정하실까 봐 최대한 밝은 표정을 지으며 증조할머니께서 누워 계신 침대로 갔다. 숙모께 인사를 드리고 증조할머니께도 인사를 드렸다.

"할매, 내 왔어요!"

그러자 누워 계시던 증조할머니께서 날 보시자마자 벽에 기대앉으시더니 두 손으로 내 손을 잡으시고는 활짝 웃으시며 너무나 반겨 주셨다.

"아이고, 우리 구야 왔나!"

그러나 증조할머니께서는 잠시 후 미안한 표정을 지으시며 말씀하셨다.

"내 하나 때문에 느그가 고생이 많다. 내가 빨리 죽어뿌야 되는데 죽지도 않고 와 이리 오래 사노."

가족들에게 항상 피해를 준다고 생각하시는 증조할머니께서 종종 하시는 말씀이다. 나는 그 말을 너무나 싫어한다. 증조할머니는 우리 집에 없어서는 안 될 존재임에 틀림없는데 증조할머니께서 자신이 가족들에게 짐이 된다고만 생각하시는 게 싫기 때문이다. 그래도 한편으로는 그 말이 반갑기도 하다. 그 이유는 예전에 작은 아버지께서 원래 증조할머니처럼 그런 말씀을 하시는 분들이 오히려 가장 장수한다고 말씀해 주셨기 때문이다. 그 말이 사실이라면 증조할머니께서는 200살은 문제없이 넘기실 것이라는 생각이 들었다.

증조할머니 곁에 앉았다. 그리고 곧 숙모가 집으로 돌아가셨다. 병실은 생각보다 컸다. 한 병실에는 8개의 침대가 있었는데 그중 6개의 침대에만 환자가 있었다. 병실에는 모두 나이가 지긋하신 분들만 계셔서 어린 나를 많이 귀여워해 주셨다. 그래서 편한 분위기 속에서 지낼 수 있었다. 증조할머니께 몸은 좀 어떠시냐고 여쭤보자 지금은 괜찮다고 하시며 증조할머께서 위궤양으로 쓰러지셨을 때의 상황을 설명해 주셨다. 증조할머니와 이런저런 얘기를 나누다가 밤이 되었다. 증조할머니는 주무시고 나는 옆의 작은 침대에 누워 옛날 생각을 했다. 증조할머니와 같은 방을 쓰던 때가 떠올랐다. 그때 증조할머니와 많은 얘기를 나눌 수 있었고 많이 친해질 수 있었던 것 같았다. 이런저런 생각을 하다가 나도 잠이 들었다.

새벽 2시쯤, 누군가가 나를 흔들었다.

"구야, 화장실 좀 가자. 팔에 이거를 꽂고 있으니까 먹은 것도 없는데 자꾸 오줌이 마렵다."

자다가 일어나서 너무 정신이 없었다. '난 누구지… 여기는 어디지…' 하는 생각이 들었다. 링거대를 보니 병원이라는 사실이 생각났다. 머리를 흔들어서 정신을 차린 후에 한 손으로는 링거대를 끌고 한 손으로는 증조할머니를 부축하며 화장실로 갔다. 화장실 문 앞에서 기다리며 앉아 있었다. 나도 정신을 집중하니 자다가도 일어날 수 있다는 사실에 놀랐다. 정신만 차리면 안 되는 일이 없다는 깨달음을 얻었다. 증조할머니께서 화장실에서 나오셨을 때 다시 증조할머니를 부축하며 링거대를 끌고 병실로 돌아와 침대에 누우시는 것을 도와드리고 다시 잠이 들었다. 새벽 3시, 새벽 4시. 거의 한 시간마다 증조할머니께서는 화장실에 가시기 위해 나를 깨우셨고 놀랍게도 나는 그때마다 일어나서 부축해드렸다. 하지만 새벽 4시 이후 내가 일어나는 일은 없었다.

아침이 되었다. 늦잠을 잘 것 같아서 많이 걱정했지만 생각보다 일찍 일어났다. 역시 집에서 자는 것이 아니라서 깊게 잠이 들진 못했나 보다. 증조할머니 옆에서 이것저것 도와드리며 많은 이야기를 나눴고 점심 먹을 때쯤 엄마가 병원에 오셨다. 나는 빨리 나으셔서 집으로 돌아오시라고 큰 목소리로 인사를 드렸다. 하지만 귀가 어두우신 증조할머니를 제외한 병실의 모든 분들이 나의 인사를 들으시고는 조심해서 가라고 인사해 주셨다. 다시 한 번 더 증조할머니께 큰 목소리로 말씀 드리니 두 손으로 나의 손을 잡으시더니 고맙다고 하시며 조심해서 돌아가라고 하셨다.

집에 가기 위해 병실을 나가다가 문 앞에서 잠깐 멈췄다. 몸을 돌려 증조할머니가 계신 쪽을 바라보았는데 증조할머니의 옆으로 누워 계신 뒷모습이 왠지 모르게 너무나 쓸쓸하게 보였다. 그 모습을 보니 또 슬퍼졌다.

돌아오는 버스에 이런 저런 생각을 하다가 새벽에 있었던 일이 생각났다. 어떻게 새벽 4시 이후로는 내가 일어나는 일이 없었는지 의문이 들었다. 증조할머니께서 나를 깨우셨는데 혹시 내가 너무 깊게 잠들어서 일어나지 못한 것은 아닐까 하는 생각에 죄책감이 들었다. 근데 고등학생이 된 지금 다시 그때를 생각해 보니 내가 일어나지 못했던 것이 아니라 매시간 나를 깨우는 게 미안하셨던 증조할머니께서 일부러 나를 깨우지 않으시고 혼자서 화장실에 가셨던 것 같다는 생각이 든다.

몇 주 뒤, 증조할머니께서는 퇴원을 하셨고 예전만큼이나 건강하게 지내셨다. 하지만 2011년 1월에 자리에서 일어나시다가 넘어지셔서 허벅지 뼈가 부러지는 바람에 수술을 하셨다. 또 조마조마했었지만 증조할머니를 수술하셨던 의사 분들께서 100세의 나이에 이 정도로 수술이 잘 된 것은 기적이라고 할 정도로 수술이 너무나 성공적으로 끝났고 이제는 뼈가 어느 정도 붙어서 집에서 운동을 하며 회복하고 계신다.

하루 빨리 마당에서 초록색 파리채 하나를 들고 참새들 먹이 주신다고 가만히 앉은 채로 수 십 마리의 파리를 잡으시던 증조할머니의 모습을 다시 보고 싶다.

Episode 8   나에게 가족이란?

위에서 본 것처럼 우리 가족은 4대가 한집에 사는 대가족이다. 어렸을 때부터 친구들은 가족이 많은 나를 항상 부러워했다. 하지만 나는 가족이 많은 것이 싫었고 그 친구들에게 우리 집에서 일주일만 살아보라고 따끔하게 말해 주고 싶었다. 왜냐하면 가족이 많은 것 때문에 불편한 점이 많았기 때문이다. 예를 들자면 친구들은 집에 각자 개인의 방이 있는데 나는 초등학교 4학년 때까지 증조할머니와 같은 방을 써야만 했고 집에서 어떤 행동을 하더라도 어르신들을 고려해서 항상 조심스럽게 행동해야만 했다. 그때문에 한창 까불기 좋아할 초딩 때 마음 놓고 까불지도 못했었다. 그리고 옷걸이에 걸려 있는 옷을 입으려고 하면 옷에서 어르신들의 구수한 고향의 향기가 많이 나서 당황하기도 했다.

그러한 불만들을 가진 채 중학생이 되었다. 중학생이 되었다고 해서 나의 생각은 크게 달라지지 않았다. 혼자서 생각하고 고민도 할 수 있는 나만의 공간을 가지지 못하는 것이 불만이었고 가족들이 나에게 많은 관심을 가져주는 것이 귀찮게만 느껴졌다. 내 방에서 혼자서 조용히 있고 싶은데 가족들이 계속 내 방을 들락날락거리는 것이 싫었다. 이유는 잘 모르겠지만 그때는 뭐든지 혼자가 좋았다. 그 유명한 사춘기였나 보다.

그런데 어느 순간부터 점점 혼자보다는 가족들과 함께 시간을 보내는 것이 좋아졌고 귀찮게만 느껴지던 가족들의 관심이 반갑게 느껴지기 시작했다. 나는 고민들을 가족들과 나누게 되었고 그러한 가족들에게 의지할 수 있게 되었다.

오랜 시간이 지나고 나서야 내가 가족을 통해 너무나 많은 것들을 얻고 배웠다는 사실을 깨닫게 되었다. 증조할머니와 같은 방을 쓰는 질풍노도의 초딩 시절 동안 크지 않은 방에서 함께 생활하다 보니 보다 더 많은 이야기를 나눌 수 있었고 인생에 대해서도 많이 배울 수 있었다. 그때가 아니었으면 증조할머니와 많은 대화를 나누고 그러한 소중한 가르침들을 배울 수 있는 기회는 없었을 것이다.

그리고 집에 항상 어르신들이 계셨기 때문에 어렸을 때부터 부모님의 모습을 통해 어르신들을 대할 때의 태도와 예절, 어르신들 앞에서 조심해야 할 점 등에 대해서 많이 배울 수 있었다. 또 실수하지 않기 위해서 말하기 전에 먼저 머릿속으로 생각들을 정리했고 말을 할 때도 항상 높임말을 쓰다 보니 그러한 행동들이 습관이 되어버렸다. 그 때문인지 밖에 나가서 선생님이나 어른 분들께 예의바르다는 칭찬을 자주 들었고 그분들 앞에서 실수 하는 일이 거의 없었다.

또한 집에는 항상 많은 가족들이 있기 때문에 절대 혼자서 외로워할 일이 없다. 또한 혹시라도 내가 심심해 할까 봐 걱정이 되었는지 배려심이 너무나도 강한 우리 가족들이 서로 번갈아 가며 매번 크고 작은 여러 가지 사건들을 발생시켜 가슴을 졸이도록 하기 때문에 절대 심심할 수가 없다.

이러한 대가족을 만나서 많은 것들을 배우고 남들은 경험하지 못하는 것들을 매일 경험하는 나는 정말 운이 좋은 것 같다. 그리고 여태껏 사소한 불편함들 때문에 이러한 중요한 사실을 모르고 살아 왔던 내가 바보 같아 보이고 항상 가족들에게 감사하는 마음을 갖고 살아야겠다는 생각이 든다.

예전에 학교에서 독서 기행을 갔었는데 그곳에서 우연히 '가족이 사는 집보다 좋은 곳은 없다' 라는 글귀를 보게 되었다. 그 글귀를 보는 순간 마음속으로 '음…그래, 그렇지.' 라는 생각과 함께 고개가 끄덕여졌다. 집에서 가족들과 사소한 일 때문에 갈등이 생겨서 다투게 될 때면 밖에 있을 때보다 집에 있을 때 오히려 더 많은 스트레스를 받는다고 말하며 갈 곳도 없으면서 괜히 뛰쳐나가곤 했었는데 항상 그렇게 뛰쳐나가고 5분도 채 되지 않아서 후회를 하곤 했다. 나에게는 정말 그 어떤 칠성급 호텔보다도 집이 가장 편한 것 같다. 아, 물론 칠성급 호텔에 가보지는 않았다.

어쨌든 우리 가족은 서로 성격도 너무나 다르고 의견 차이도 많아서 다투는 일이 잦은 불협화음이지만 나는 불협화음도 그 나름대로의 독특한 매력과 재미가 있다는 생각이 든다. 그리고 나는 그 독특한 매력과 재미가 너무 좋다.

우리 가족 모두가 집에서 각자 맡은 역할을 잘 수행하며 만들어 내는 멋진 불협화음이 나에게는 세상에서 가장 듣기 좋은 소리이다. 그리고 그 불협화음으로 인해 생기는 기분 좋은 시끄러움이 너무나 좋다. 언제까지나 이 불협화음을 들을 수 있었으면 좋겠다.

[후기]

나는 사실 수정 작업이 들어가기 전의 내 글을 보고 너무 많이 부끄러웠다. 이것저것 숨기고 최대한 좋게 좋게 표현하려고 하다 보니 글이 너무 가식적이고 재미도 없었다.

그래서 수정 작업을 할 때 내 글을 대폭 수정했다.

정말 숨기는 것 없이, 있는 그대로, 느꼈던 그대로를 썼다.

과연 우리 가족들이 나의 글을 본다면 뭐라고 할까?

아마 욕을 먹거나 심지어 맞을 수도 있을 것이다.

사실 조금은 두렵지만 후회하지 않는다.

왜냐하면 작가는 비밀이 없어야 하기 때문이다.

일회용 카메라를 들고
너를 만나다

　　2011년 여름, 책지게의 아이들은 너를 만나러 갔습니다. 학교, 교실, 책상에서 '나'만 의식하던 아이들에게 세상 속 '너'와의 만남이 '나'를 더욱 풍요롭게 하리라는 것이 이 프로젝트의 목적이었죠. 여름방학을 앞둔 어느 날, 우선 그룹을 나누었습니다. 그리고 그룹별로 만날 '너'를 선정하게 했죠. 애라와 찬구, 은정이가 속한 팀명 '정구라'는 밴드 활동을 하는 '너', 두 혜진이와 미혜 팀명 '혜3'은 어린 '너', 현준이와 민지 팀명 '홈런볼'은 야구하는 '너', 혜경이와 은경이 현미 팀명 '발자국'은 마당 깊은 집의 '너'를 선택했죠.

　　보충수업과 학원 등 현실적인 어려움 속에서도, 결국 아이들은 '너'를 만났고, 이 글은 그 만남의 기록입니다.

최종문 엮음

너

재즈밴드,
달과 함께 걷다와 만나다

손애라, 이찬구, 이은정

– 손애라

쏟아지는 매미소리 사이로 간간이 콘트라베이스의 선율이 흘렀다. 통통 튀는 음표 속에 깃든 매력적인 소리. 바짝 긴장한 손끝이 느껴졌다. 고개를 들어 입구를 올려다보았다. 여기는 스튜디오 'TEAM' 이다.

처음보다는 부드러워진 분위기 속에서 인사가 오고 갔다. 적당히 앉을 곳을 찾아 의자를 가져오면, 연습실에서 먼저 나온 베이시스트(예재창)가 익숙한 손놀림으로 원두를 갈아 커피를 내렸다. 우리가 찾아간 곳은 스튜디오 'TEAM'. 인터뷰를 위해 섭외했던 5인조 밴드 '달과 함께 걷다'가 연습하고 있는 곳이다. 통유리로 이루어진 입구에는 우리가 벗어놓은 신발과 실내용 슬리퍼가 널려 있다. 전체적으로 화이트와 베이지로 꾸며진 스튜디오에는 3명이 앉기에 딱 좋을 만한 크기의 빨간 소파가 있다.

그 아담한 소파 근처에 자리를 잡고, 카메라를 켜 바닥에 놓았다. 노골적인 메모와 사무적인 말투가 인터뷰에 방해가 된다는 것은 몇 번의 만남을 통해 깨달았다. 간단한 질문거리들을 훑어보고 수첩을 가방에 넣는데 소파 맞은편의 문이 열린다. 도톰한 방음문 너머로 팀 '달과 함께 걷다', 약칭 '달다'의 멤버들이 나왔다. 카메라의 버튼을 눌러 음성메모를 시작했다.

보들보들한 음색의 보컬(조원주)이 가장 먼저 반갑게 우리를 반겼다.

"왔네? 밖에 되게 덥지?"

"진짜 딱 타죽을 것 같아요."

"조금 있으면 시원해질 거야. 그래, 오늘도 학교 빠지고 온 거야?"

방금 드립이 끝난 따끈한 커피를 머금으며 그녀는 꽤나 장난스러운 웃음을 지었다. '달다'와의 만남은 여름방학 보충기간에 이루어지고 있다. 매주 수요일에 정기 연습을 가지는 '달다'를 만나기 위해서는 부득이하게 수요일 수업 중 일부를 빠져야 했다. 그렇지만 '부득이'라는 건 순전히 선생님들의 생각이다. 잠깐이나마 학교에서 나오는 이 몇 시간을, 우리는 정말로 좋아하고 있기 때문에. 친구가 슬며시 웃으며 대답했다.

"네. 오늘 시간표 진짜 별로였는데. 수업 안 듣고 여기 와서 좋아요."

"하하하, 웬일이니."

"하루 종일 잘 뻔했어요. 아, 저번에 다녀오신다던 공연은 어떠셨어요?"

"괜찮았어. 우리 공연은 늘 '괜찮아.' 나쁘지도 엄청나지도 않지. 사람들도 좋고, 음악도 좋고. 음…. 근데, 학교 말이야, 별로 재미가 없나 봐?"

"재미가 없다기보다는…. 학교에서 친구들 만나고 같이 어울리는 건 진짜 좋은데…."

친구의 다음 말을 기다리는 그녀의 눈에 호기심이 어렸다. 그녀를 비롯해 대부분의 사람들은 서글서글하고 말재주가 좋은 편인 친구를 좋아했다. 그런 친구와 어쩐지 요상한 타이밍에 눈이 마주쳤다고 생각하며 내가 말을 이었다.

"…힘들어서요. 학교에서 거의 하루 종일 지내고 있는데, 왜 있는지는 모르니까요. 공부를 하고는 있지만, 뭘 위해서인지는… 글쎄요, 아무도 모르죠."

내 대답을 듣고 그녀는 수긍인지 부정인지 알 수 없는 호응을 하며 잔을 내려놓았다. 그런 그녀의 옆에는 다부져 보이는 눈매를 가진 기타리스트(김학수)가 앉아 있었다. 검은 머리를 하나로 질끈 동여맨 그는 '달다'에서 일렉트로닉 기타를 연주하고 있는 사람이다. 인터뷰 때마다 항상 그녀의 옆에 앉아 있었지만 목소리를 들어 본 적은 드물었다. 가만히 핸드폰을 들여다보던 그가 강단 있는 눈매로 우리에게 질문을 던졌다.

"꿈이 뭔데?"

디디고 있던 바닥이 쑥- 꺼지는 느낌이 들었다.

◆ 왜? ◆

어릴 적 꿈은 피아니스트였다. 여섯 살 때 엄마 손에 이끌려갔던 음악 학원. 처음에는 거의 학원에 떠맡겨졌다. 그래도 하루 이틀 지내면서 그곳이 마음에 들었던 모양이었다. 어느 정도 연습하고 나면, 대회에 나가 상을 받았다. 연습, 대회, 연습, 대회, 연습, 연습, 연습…. 하지만 학년이 올라가고, 피아노 교본을 떼고, 심심찮게 상장을 받으면서 점점 피아노에 대한 흥미를 잃었다. 지루하다고 생각하며 기웃거리다 보면, 연습실 가득 각종 악기들이 있었다. 바이올린, 플루트, 드럼…. 그리고 전혀 고맙지 않게도, 어떤 악기도 별다른 노력 없이 '꽤' 잘 다룬다는 칭찬을 들었다. 그런데 그게 끝이었다. 그냥 '꽤.'

피아노가 취미생활이 되어 있을 때 즈음, 책상 앞에 앉았다. 공부가 그렇게 재밌는 것도 아니었다. 해야 된다고 해서 했고, 잘하면 좋은 소리 들으니까 했다. 돌아보면 그렇게나 단순하게 중학교 3년을 났다. 그동안 나는 한 친구를 만났다. 지금은 우정이지만 시작은 동경이었던 그

감정은 나를 친구와 동일시하게끔 했다. 그래서 친구 따라 강남 갔다던 제비마냥 내 꿈은 친구를 따라갔다. 사람들을 도와주고 싶어. 내가 누군가에게 희망이 될 수 있으면 좋겠어. 그러니까 난 의사가 될게. 의사가 되어서 멋지고 행복하게 살 거야……. 나는 마치 최면처럼 남들에게, 내 스스로에게 그렇게 말했다. 분명 예전엔 다른 꿈을 꾸었던 것도 같은데, 그것도 희미한 느낌뿐이었다.

마인드의 차이는 실로 엄청났다. 열심히 준비하던 나의 친구는 이름만 들어도 알만한 학교로, 나는 중학교와 운동장 하나를 마주보고 있던 고등학교로 진학했다. 입을 삐죽이며 입학한 학교에서, 나는 깜짝깜짝 놀라곤 했다. 기를 쓰고 달려들어도 공부로는 이길 수 없는 아이들. 자기만의 재능으로 길을 준비하는 아이들. 타고난 것처럼, 여유로운 매일을 보내며 즐겁게 지내는 아이들…. 점점 뒤처진다는 열등감이 들었다. 어떻게 해도 따라잡을 수 없을 것 같은 두려움. 나도 꿈이 있었던 것 같은데…. 아니, 근데 그게 진짜 꿈이었나? 아닌가? …점점 힘이 빠졌다. 진짜 하고 싶은 게 있긴 했던 건지.

뾰루지 하나에 세상 끝난 것처럼 굴던 사춘기도 아닌데, 머릿속이 터질 것처럼 복잡한 나날들을 보내고 있었다. 그리고 이 사람들을 만났다. 감히 '죽을 때까지'라며 목숨을 걸어 보이면서, 아무렇지 않게 웃을 수 있는 사람들. 돈이 없어도, 인정받지 못해도, '하고 싶은 것'을 '함께이고픈 사람들'과 할 수 있어서 행복하다며 웃는 사람들을 만났다. 눈으로 믿음을 주고받고, 마음으로 이야기하고, 따뜻한 눈으로 악기와 사람들을 둘러보는 그 눈빛을 나는 마주볼 수 없었다. 잔뜩 기가 죽어 입가에 비틀린 웃음이 걸렸다. 부러워서? 내가 우스워서? 아니면, 맘속 깊이 꽁꽁 감춰둔 열등감을 들킬까 봐?

'달다'를 처음 만났던 날, 집에 있던 피아노 앞에 쭈그려 앉아 한참을 울었다. 내 마음을 나도 알 수 없었다. 서러웠다. 화도 나고, 슬프기

도 했다. 울면서 마음을 추슬러야 했는데, 왜 우는지 알 수 없으니 답답
해서 더 울었다. 왜 울었을까, 난.

 등 없는 의자에 앉아 발끝을 까닥이는 어쿠스틱 기타리스트(우성민)를
원주씨가 가볍게 노려보았다. 척 보기에도 '달다'의 중심인 그녀의 눈길에
도 아랑곳 하지 않고, 그는 여전히 발끝을 흔들었다. 묘하게 재밌는 상황에
'달다'와 만났던 첫날이 떠올랐다.
 제대로 된 인사를 나누기도 전에, 보컬은 대뜸 작은 의자들을 가져다주
며 앉으라고 했다. 그녀는 자세를 가다듬고 연주의 시작을 알리는 사인을
멤버들에게 보냈다. 곧 이어 밴드음악의 중심이 되는 콘트라베이스의 리듬
이 들렸고, 일렉트릭기타와 어쿠스틱기타의 멜로디가 얹혔다. 밝고 경쾌한
연주에 맞춰 노래하는 그녀의 목소리에는 듣는 사람까지 웃게 만드는 힘이
있다. 그렇게 연습이 계속되던 가운데 그녀의 표정이 심심찮게 뾰로통하게
변했다. 그렇게 몇 번인가 그녀의 표정이 구겨졌고, 곡과 곡 사이에 그녀는
어쿠스틱기타, 우성민을 향해 따끔하게 일갈했다. '너 왜 이렇게 연습 안
해왔어.'라며. 그 순간 드러머는 스틱을, 일렉트릭기타리스트는 페달을, 베
이시스트는 현을 만졌다. 세 남자가 하나같이 바삐 움직이며 그녀의 눈을
피하고 있었다. 그 짧은 순간 일종의 서열(!)이 느껴졌다. 하지만 그런 그녀
의 카리스마가 무색하게 우성민은 아무렇지도 않게 히죽 웃으며 받아쳤다.
'그러게~'
 여전히 변함없는 둘의 소리 없는 신경전을 보며 그녀에게 물었다.
 "근데, 밴드라고는 해도 각자 성격이 다르고 그렇잖아요. 싸우거나 하진
않아요?"
 "우리는 매일 싸워. 정말 매일매일 싸운다? 있지, 무대에서 내려왔을 때
말이야. 물론 뮤지션으로 봤을 때는 '공연 정말 멋졌어요~' 이런 얘기 듣
는 게 제일 행복한 일이겠지. 그런데 사실 우리는 그런 얘기를 듣는 것 보

단, '정말 식구 같아요~', '행복하게 사시네요~' 이런 얘기 듣는 걸 좋아해. 처음엔 뮤지션이니까 연주 잘한다는 소리를 듣고 싶었는데, 시간이 흐르고 나니까 가족 같다는 소리가 더 큰 칭찬이라는 걸 알게 됐어. 우리 팀이 '어떻게 그렇게 행복하게 연주해요?' 라는 질문을 들을 수 있는 가장 큰 비결은, 연습량이 아니라 싸우는 양이야. 우리는 정말 많이 싸워. 싸운다는 건 결국 대화의 한 방식이잖아. 이렇게 저렇게 묶여 있는 걸 푸는 거지. 그렇게 해서 각자 살아온 삶들에 대한 교집합을 만들어 가는 거야. 많이 싸울수록, 서로에 대한 이해가 깊어지니까. 그러니까… 우리의 모든 비결은 싸움이지. 그래, 우린 정말 많이 싸워. 그러니까 너네도 많이 싸워~"

CM송의 가사처럼, 말하지 않아도 안다는 그들의 팀워크의 비결이 싸움이라는 그녀의 대답. 곁에 앉아 있던 성민은 물론이고 우리 모두 웃음이 터졌다. 그녀의 진지하면서도 웃긴 이야기에 나는 또 다른 질문을 했다.

"어, 그러면, 무대에서 실수한 적은 없어요?"

"실수? 진짜 많이 하지! 그런데 그 실수에는 기준이 있어. 무대에서 모든 기준은 관객이야. 관객이 얼마나 즐겼느냐, 그렇지 않느냐에 따라 그 실수가 '괜찮아' 혹은 '죽을래?!' 로 이어지는 거지. 그렇지만 근본적으로 실수는 본인이 제일 잘 알지. 나의 실수를 아는 사람은 세 부류야. 관객, 식구, 그리고 본인. 보통 관객들에게 실수를 들켰을 때 가장 창피할 거라 생각하지만 말이야, 사실 무서운 건 자기 자신이지. 두 번째로 무서운 건 같이 연주하는 우리 식구들. 내 식구랑 연주가 안 맞으면, 팀 전체가 욕을 먹게 되니까. 어디에서 뭘 하더라도 남에게 폐를 끼치는 것만큼 나쁜 게 어디 있겠어, 그치? 본인한테 떳떳할 수 없다면, 어디서도 당당해질 수 없는 법이야."

선비처럼, 혹은 학자처럼 그녀는 고고하고 단호한 어조로 말했다. 에어컨 바람에 차게 식은 커피 찌꺼기의 향이 실내를 그윽하게 맴돌았다. 의자 아래로 모아진 발끝에 힘이 들어갔다. '달다' 를 처음 만났던 날, 왜 그렇게 복잡한 마음이 들었는지 그제야 알 것 같았다.

◆ 화분 ◆

한적한 토요일 오후, 방 정리를 말끔하게 하고 싶어졌다. 책장에 책 사이마다 쓸 데 없이 종이를 끼워두는 너저분한 성격 때문에, 한 번씩 모조리 꺼내어 청소를 하고는 했다. 그날도 온갖 잡동사니들을 쓰레기 봉투에 담아내며 치우고 있었다. 그러다 책장 맨 윗줄에 초록색 파일이 눈에 띄었다. 초등학교 때 만든 일종의 장래희망 포트폴리오였다. 청소를 하다 말고 파일을 집어 들고 의자에 앉았다. 연두색 플라스틱 커버에 적힌 내 파일의 이름, '화분'. 밑에는 친절하게 설명까지 해놓았다. '내 꿈을 심어둔 화분'이라고. 열심히 물 주고 사랑 주고 관심 주면 언젠간 꽃이 피고 열매가 열릴 거라고 적혀 있다. 딱 초등학생의 발상이라 생각하며 겉표지를 넘기자마자 보이는 제목, '후회 없는 오늘을 만들자.' 애늙은이 같은 소리 좀 그만하라는 친구들을 목소리가 들리는 것 같았다. 그 뒷장에는 나름 프로필이라고 적어놓은 종이가 끼워져 있었다. 존경하는 위인에 '페스탈로치'라고 자랑스럽게 적혀있는데, 그가 누구였는지 떠올리는 것도 쉬운 일은 아니었다. 내 꿈이 선생님이었다는 것을 보고 나서야, 그가 훌륭한 교육자 중의 한 사람이라는 것을 생각해내었다. 한 장 한 장, 유치하고 단순한 생각들로 꽉꽉 들어찬 종이들을 보느라 시간 가는 줄도 몰랐다. 어쩌다 저런 생각을 하게 된 건지, 저런 글을 쓰고도 선생님께 제출했던 건지. 웃기기도 하고 창피하기도 한 마음에 웃으며 구경을 했다.

마지막 페이지로 넘겼다. 제목은 '친구가 보는 나의 적성과 미래' 반 친구들이 돌아가며 나에 대해 한 마디씩 적어준 것이었다. 선생님을 하라는 친구, 운동선수를 하라는 친구, 연설가를 하라는 친구…. 그 많고 많은, 알록달록한 글씨 중 하늘 색 펜으로 적힌 두 마디가 나를 가라앉

했다.

'너라면 충분히 꿈을 이룰 거야. 다른 애들은 몰라도, 너라면 꿈을 이룰 거 같다.'

파일을 내려놓고 가만히 쳐다봤다. 난처한 기분은 언제나 이렇게 불쑥불쑥 찾아왔다. 글을 써준 친구의 얼굴은 기억나지 않았지만, 그래서 더 미안해졌는지도 모르겠다. 인사치레 같은 수식어 하나 없이, 그저 '너라면'이라는 이유만으로 나를 응원해 준 친구…. 파일을 덮고 다시 정리를 시작했다. 가슴이 쿵쿵 뛰었다. 얼굴이 화끈거려 거울을 찾아보니 볼이 붉게 달아올라 있다. 창피했다. 파일을 깨끗이 닦아 윗줄에 꽂아 넣으며 생각했다.

'지금의 나를 본다고 해도 저렇게 말해 줄까. 나를 믿어줄까.'

삐죽 하니 못생긴 웃음이 튀어나왔다. 답을 스스로가 너무 잘 알고 있어서.

아마 이 화분이 정말 살아 있다면… 슬프지만 지금쯤 말라죽지 않았을까.

무대 위에서 실수했을 때, 자기 자신이 가장 무섭다는 그녀의 대답. 고개를 끄덕이는 친구와는 달리, 경청하고 있던 은정이가 고개를 갸웃거리며 질문했다.

"근데, 예술하는 사람들은 남들한테 보이는 걸 중요하게 여기는 편 아니에요?"

"음, 보통 사람들은 다들 그렇게 생각해. 물론 우리도 그런 고민은 하지. '어떻게 하면 남들에게 좀더 예쁘게, 멋지게 보일까~' 이런 거 말이야. 그런데 있지, 예술에 있어서는, 결국 모든 기준은 자기 자신인 것 같아. 내 음악을 보고 듣는 사람들이 아무리 칭찬 하고, 박수를 쳐주더라도… 내 스스로 내 연주를 못마땅하게 느낀다면 말짱 꽝이잖아? 나쁘게 말하면 자기만

족일 수도 있는데, 내가 부끄럽지
않고 만족할 수 있어야 건강한 음악
이지. 그래서 그런지, 내가 보여주
는 음악을 싫어해. 나뿐만 아니라
우리 멤버들 모두."

"보여주는 음악이요?"

구체적으로 어떤 음악이냐 묻자
그녀는 이렇게 말했다. 영혼이 없는
음악. 잠깐의 강렬하고 중독적인 이
끌림과 돈을 위해 만들어진 음악.

"그렇지만 대중의 인기를 먹고 사
는 게 가수인데, 인기를 끌기 위해
선 어쩔 수 없지 않아요? 진지하기
만 하고 재미없으면 안 되잖아요."

"그것도 참 어려운 문제야. 현실적으로 먹고 사는 게 연결되어 있으니
까."

본인들의 만족을 위해 깊이 있는 음악만을 고집하기에는 세상이 너무 척
박하다고 멤버들은 입을 모아 말했다. 그래서 크게 본인들의 취향이 아닌
유행가라 할지라도, 입맛에 맞춰 본인들의 식대로 연주한다고 했다. 이야
기를 듣다보니 갑자기 궁금해졌다. 멤버들이 말하는 깊이를 가지고 있는
건, 그 음악 자체일까, 연주자일까.

"사실 음악도 중요하고, 사람도 중요해. 트롯을 불러도 눈물 쏙 빼게 하
는 사람이 있는가 하면, 누가 불러도 애절함이 느껴지는 음악도 있잖아. 그
래도 콕 집어 말하자면, 사람이 조금 더 중요하지. 연주와 노래에는, 그 사
람이 살아 온 인생이 묻어나기 마련이거든."

'오, 멋진 말이다!' 하며 열심히 메모하는 우리를 보고 웃으며 그녀는 말

을 이었다.

"우리 같은 경우에는 좋아해 주는 분들은 항상 좋아해 주셔. 우리가 어떤 음악을 만들고, 어떻게 편곡하고, 얼마나 멋들어지게 연주하는가에 상관없이, 그냥 우리라서 좋아하시대. 그런 응원 한 번씩 들으면 천군만마를 얻은 기분이지."

"근데, 너희는 학생이니까 그런 거 잘 알지 않나? 싫어도 해야 하는 거."

달랑달랑 다리를 흔들며 인터뷰용 카메라를 이리저리 만지던 기타리스트, 우성민이 질문해 왔다.

"네. 학교에서 하는 것 치고 재밌어서 하는 게 몇 개 없어요."

"그렇지? 남들 보기 좋으라고 이런 거 저런 거 시키잖아. 너네도 아직 그런 시험 치나? 왜 있잖아, 학교끼리 줄 세우는 시험."

"네, 아직 있어요."

"요샌 진짜 공부해서 남 준다니까? 누구 좋으라고 애들 공부시키는지, 참."

그는 착잡한 표정으로 카메라를 내려놓았다. 그가 멀끔하게 닦아놓은 렌즈가 반짝이며 광을 내었다. 말 그대로 뼈가 빠지게 공부해서 득 보는 건 100명 중에 한둘이 다인데, 그럼 나머지 아흔아홉은 '누구 좋으라고' 그 고생을 하는 걸까.

◆ 다이어리 ◆

끝까지 쓰기. 매년 실패하면서도 새해가 시작되면 어김없이 다이어리를 사곤 했다. 올해 역시 시내에서 몇 시간을 고민한 끝에 연두색 다이어리를 하나 샀다. 가끔 엄청 기분 좋은 날이나, 슬픈 날에 한 페이지 꽉꽉 일기를 쓰긴 하지만, 다이어리를 정성들여 꾸며 쓰는 타입은 아니라 간단한 메모와 약속 정도를 써왔다. 그렇게 반 년 넘게 다이어리를 써왔다.

그러던 어느날, 식탁에서 가계부를 쓰던 엄마가 불렀다. '이거 뭐야?' 하는 엄마의 손에는 연두색 다이어리가 들려 있었다. 읽혀서 곤란한 글은 없어서 별 반응을 보이진 않았다.

"그거 내 다이어리. 읽어도 별 거 없을 건데."

"별 거 없기는? 난 이거 무슨 학교 성적표인 줄 알았다."

"뭐? 뭔 소리야? 웬 성적표?"

마시던 음료수를 내려놓고 식탁 곁으로 다가갔다. 엄마는 '이거 봐, 이거.' 하며 여기저기를 펼쳐 보여주셨다.

"대회, 시험, 수행평가~ 무슨 놈에 시험이 이렇게 많이 적혀 있어?"

"…그래?"

"'그래'는 무슨 그래? 다이어리라면서 왜 정작 일기 같은 건 얼마 없고 전부 시험이야기만 잔뜩이야, 머리 아프게. 요즘 학생들은 다 이렇게 쓰나?"

펄럭펄럭 넘어가는 장마다 온통 선으로 표시된 시험이 가득이었다. 제출, 검사, 숙제, 대회…. 사실 나에게는 학교 일정을 정리해두는 스케줄러가 따로 있었다. 그런데 도대체 언제 이렇게 다이어리마저 온통 시험이야기로 도배된 걸까. 이해할 수 없다는 표정으로 여전히 이리저리 페이지를 뒤적이는 엄마에게서 다이어리를 넘겨받았다.

"아냐, 아냐. 요새 내가 바빠서 그래. 따로 쓰는 수첩이 있긴 한데, 두 개 다 쓰려니까 좀 귀찮아서 그래. 엄마 가계부 쓰고 있었지? 열심히 쓰고 계세요~ 오늘 용돈 줬던 거 까먹지 말고 쓰시고~"

'어쩐지 돈이 비더라니!' 하는 엄마를 두고 방으로 들어와 책상에 앉았다. 스탠드를 켜고 다이어리를 처음부터 다시 넘겼다. 1월에는 '올해도 열심히 하자'나, '안 좋은 버릇 고치기!' 등의 다짐이 적혀 있다. 그런데 새 학기가 시작된 3월 무렵부터 점점 시험 일정이 적히기 시작하더니, 기말고사 기간이었던 7월 달력에는 온갖 수행평가 범위로 도배가 되어 있었다. 월간 일정 페이지를 넘겨 일기를 써오던 쪽으로 넘어 갔다. 기분을 적어오던 일기는 다르지 않을까 싶어서였다.

어쩐지 다급한 손길이 무색하게도 일기 내용 대부분이 오늘 시험을 쳤는데 그래서 내 점수는 어땠고 몇 등정도 하지 않았을까, 뭐 이런 이 야기였다. 그렇게 하고 싶지 않다고, 뭐가 남겠냐며 투덜대놓고 사실은 나도 엄청 신경 쓴 모양이었다. 게다가, 자세히 살펴보니 잘 치른 시험 에 대해서는 말이 많으면서, 망친 시험은 이야기도 안 꺼내고 있었다. 누군가가 이 다이어리를 볼 상황을 가정한 말투가 군데군데 드러나 있 기도 했다.

언젠가 이런 적 있었던 것 같았는데, 떠올려 보니 초등학생 때였다. 사실은 밥도 안 먹고 늦게까지 동네 강아지를 못 살게 괴롭히며 하루를 다 보냈으면서, 선생님이 볼 일기장에는 엄마가 해 준 볶음밥을 먹고 얌전히 숙제를 했다고 썼던 그 일기. 초등학생의 검사용 일기장, 딱 그 꼴이었다.

마지막 인터뷰를 하던 날에는 동아리 담당 선생님께서 동행을 하셨다. 알고 보니 '달다'와 선생님은 몇 다리 건너 아는 사이였다. 연습실 바닥에 시켜놓은 점심을 이리저리 펼쳐놓고 선생님과 멤버들은 여러 이야기를 나 누셨다. 대부분 알아들을 수 없는 이야기여서 젓가락을 나누고 랩을 벗기 기만 했다. 밥을 먹으면서도 여기저기서 터져 나오는 이야기에 간간이 웃 음소리가 들렸다. 밥을 드시다 말고 젓가락을 잠깐 내려놓은 선생님께서 질문하셨다.

"그럼, 언제까지 음악을 할 생각이신지?"

"저희요? 아마 평생이죠?"

그릇을 한 곳으로 모아 둔 보컬, 원주 씨는 언제나처럼 사람 좋은 웃음으로 대답했다.

"사실 밴드라는 게, 결성되고 해체되는 게 일상적인 모임이잖아요. 우리 드러머(석경관) 오빠 같은 경우에도 거쳐 온 밴드가 좀 보태서 백 개 정도 될 거예요. 수십 년 째 음악을 하다 보면, 연주보다 중요한 게 마음 맞는 사람을 찾는 거라는 걸 깨닫게 되요. 그래서 결국 밴드라는 건 같이 음악을 연주할 사람이 아니라, 함께 할 식구를 찾는 거랑 다름없는 거죠. '달다' 같은 경우에는, 좀 시끄러운 가족이라고 보시면 되요."

"사람이 중요한 거네요?"

"그렇죠. 꿈이 같으니까 같은 길을 걸을 수 있는 거죠. 하고 싶은 게 뭔지 알고 있고, 또 그 길을 같이 걸어갈 사람까지 곁에 있으면, 못할 게 뭐가 있겠어요."

'달다' 밴드가 그렇게나 행복해 보이고, 확신에 차 있는 모습을 할 수 있었던 이유가 여기에 있었다. 조금 바쁘게 살아야 한 대도, 하고 싶은 음악을 같이 하고 싶은 사람과 함께할 수 있어서.

"그래서 우리가 너희 셋을 볼 때마다 말해 주고 싶은 게 있었어. 오늘이 마지막 공식 인터뷰라니까 꼭 해줘야 할 것 같네."

어느새 테이블에 놓여 있던 커피를 한 모금 마신 그녀가 우리를 보며 다시 말을 이었다.

"너희 나이는 정말 중요한 때야. 선생님 입장에서는 공부해야 할 나이고, 부모 입장에서는 철이 들어야 할 나이겠지만, 사실 제일 중요한 건 그게 아냐. 너희가 하고 싶은 걸 꼭 찾아야 할 나이지. 숨을 쉬고 말을 하는 그 작은 순간에도 사람에게는 목표라는 원동력이 있기 마련인데, 어른이라는 그 긴 시기를 준비하는 너희한테 꿈이 없다면 어떻게 세상을 살겠어, 그치?"

마지막 순서로 자신의 커피를 내린 베이시스트, 재창 씨가 그녀의 옆에 앉으며 말했다.

"학생들 대다수가 꿈이 없지. 그건 우리도 마찬가지였어. 그렇지만 절대로 그걸 당연하게 받아들이면 안 돼. 너희도 많이 들어서 알겠지만, 세상을 잘 살고 못 살고의 기준은 다 제각각이지만, 행복하기 위해서 반드시 필요한 게 하나 있어. 스스로의 만족이지. 결국 중요한 건 너야. 남들 기준에 맞춰서, 칭찬 받으려고 열심히 하면 그건 진짜 노력한 게 아니야. 남들 흔히 말하는 사춘기 한 번 더 겪는다는 생각으로 너희 스스로를 한 번 더 들여다 볼 필요가 있다. 네가 뭘 하고 살아야 행복할지는 너 말고는 아무도 모르는 일이잖아. 그거 모르고 헛수고해 봐야 출발이 늦는 꼴 밖에 더 되나. 내가 이걸 스물에 반을 훨씬 넘어서야 깨달았다니까. 얼마나 후회되는지 몰라. 남들이 아무리 멋있다고, 잘났다고 추켜세워도 네가 행복하지 않으면 그건 속 빈 땅콩이야. 알지? 시간이 얼마나 걸린다고 하더라도 네가 하고 싶은 걸 찾아. 그게 행복하고 씩씩하게 사는 지름길이야."

앞으로도 종종 놀라오라는 인사에 진짜 놀러오겠다며 으름장을 놓자, 멤버들은 빈 말 아니니까 꼭 다시 놀러오라며 맞장구 쳐주었다. 입구까지 나와 손을 흔들어 주는 '달다'를 뒤로 하고, 그렇게 우리는 그들과의 인터뷰를 마쳤다. 흰 바탕에 알록달록 귀여운 글씨로 적힌 T.E.A.M이 도드라져 보였다.

어느 여름밤에, 모든 게 힘들고 답답해서 내 방 책상에 우는 소리를 적어 놓은 적이 있다.

'내가 뭘 해야 하는지, 잘하고 있는 건지 모르겠다. 나만 뒤처지는 것 같고. 내가 이제까지 뭘 해왔는지도 모르겠다. 어떡하지.'

낙서를 지울 생각도 하지 못하고 잠이 들었다. 그리고 다음 날 학교를 마치고 집으로 돌아왔을 때, 책상 위에 누군가 낙서를 덧붙여 적어놓았다.

'누구나 그 시기에 한 번쯤 겪는 고통이라고 생각한다. 잘하고 있으니까 걱정하지말자. 추신. 낙서 지우시오!'

이렇게 멋들어진 낙서는 엄마밖에 쓸 수 없다고 생각하며 핸드폰을 꺼내 낙서를 찍었다.

나는 아직 꿈을 찾고 있는 중이고, 여전히 무엇을 해야 할지 모른다. 그러나 더 이상 조급해하거나 불안해 하지 않기로 했다. '달다'가 말한 것처럼, 나는 행복으로 가는 지름길 위에 이제 막 발을 들여놓았을 뿐이다.

찬구, 달과 함께 걷다!

이찬구

　우리의 '너' 글쓰기 주제가 밴드 문화에 대해 알아보는 것으로 정해졌다. 밴드 문화에 대해 진정으로 알아보기 위해서는 노래나 들으며 인터넷으로 조사하는 것보다 직접 실제 활동을 하고 있는 밴드들과 만나서 같이 이야기도 나누고 공연도 보며 직접 현장에서 몸으로 느껴 보는 편이 훨씬 나을 것 같다는 생각이 들었다. 그래서 우리가 선택한 활동은 책지게 담당 선생님인 최종문 선생님과 평소 친분이 있는 '달과 함께 걷다' 라는 밴드를 만나는 것이었다.

　'달과 함께 걷다(이하 달다)' 를 만나러 가기 전에 과연 어떤 분들이실까?, 그들이 하는 음악은 어떤 음악일까? 하는 궁금증이 생겨서 달다에 대해 여러 가지 사전 조사를 했다. 달다의 인터넷 카페에 들어가서 무대 영상과 공연 사진을 봤다. 막상 그것들을 보고 나니 내가 평소 생각해왔던 밴드의 이미지와는 너무나 다른 모습이었다. 내가 평소에 생각했던 밴드의 모습은 목에는 쇠사슬을 두르고 여름에도 가죽바지를 입으며 거칠고 긴 머리카락을 가진 무서운 남자들의 무리였다. 그리고 본인들만의 세계에 푹 빠져 있어서 다른 사람들과 섞이는 것을 싫어하는 그런 터프한 짐승의 모습이었는데 달다분들은 그와 정반대로 나에게 너무나 친근하게 느껴졌다. 따로 무대의상이 있는 것도 아니고 편안한 복장으로 공연을 하고 계셨고 여유가 넘치는 모습이었다. 내가 평소 생각하던 이미지의 밴드들을 일 년에 한두 번 가는 레스토랑에 비유한다면 달다밴드는 마음만 먹으면 언제든지 갈 수 있는 편안한 느낌의 집 근처 맛집에 비유 할 수 있었다.

카페에는 공연을 들었던 관객들과 서로 이야기도 주고받으며 소통을 하는 글들이 많았다. 인터넷 카페에서 본 것 중 가장 감명 깊었던 것은 공연 사진이었다. 공연 사진에서 달다밴드는 누구나 그 사진을 딱 보는 순간 '이 사람들 정말 행복해 보인다'라는 생각을 갖게 할 만큼 공연을 할 때 너무나 행복한 모습들이었다. 카페를 한참이나 구경하고 나니 달다밴드의 이미지가 머릿속에 대충 잡힌 것 같았다. 하지만 내가 본 것은 달다의 겉모습뿐이니 그분들의 진짜 모습을 알 수 없어서 걱정이 되었다.

드디어 달다를 만나러 가는 날이 되었다. 우리는 '정구라' 조를 담당하신 현동철 선생님, 최종문 선생님과 함께 수박 한 통을 들고 달다의 연습실로 갔다. 며칠 전부터 곰곰이 몇 가지 질문들을 생각했었는데 자신감을 가지고 그 질문을 직접 할 수 있을지 걱정을 하며 또한 실제 밴드를 처음 만나는 것이기 때문에 기대를 하며 연습실에 도착했다. 연습실 간판이 하얀 바탕에 작은 글씨로 'Team studio'라고 적혀 있어서 눈에 잘 띄지 않았는데 그 간판의 모습도 나에게 너무나 친근하게 다가왔다.

연습실 입구에서 정말 가슴이 뛰었다. 과연 모두 어떤 모습일지, 또 우리를 어떻게 생각할지, 두근거리는 마음을 안고 연습실로 들어갔다. 다행히 달다분들께서는 우리를 매우 반겨주셨다. 하지만 연습실이 조금 분주한 느낌이었고 모두 바쁘신 것 같았다. 그 모습을 보고 절대로 밴드의 활동에 방해가 되지는 말아야겠다는 생각을 했다. 달다분들과 짧은 인사를 나누고 그분들이 바쁘게 무엇인가를 준비하시는 동안 연습실을 잠깐 둘러보았는데 인터넷 카페에서 사진으로 봤던 것보다 훨씬 더 멋졌고 햇살이 들어오는 창가가 마음을 편안하게 해주었다.

이제부터 무엇을 어떻게 해야 할지 몰라서 우물쭈물하고 있는 우리의 모습을 본 달다의 홍일점이신 보컬분께서 일단 밴드 연습하는 모습을 보고 연습이 끝나면 인터뷰를 해드리겠다고 말씀하셨다. 합주실에 들어가니 달다분들께서 너무나 친절하게 각자 자기소개를 해주셨다. 그리고 우리도 우리 '정구라' 를 소개해드렸다.

연습이 시작되고 우리는 합주실 구석에 앉아서 연주에 귀 기울였다. 처음으로 밴드의 합주를 실제로 들었다. 온몸에 소름이 돋았다. 너무 멋있었다. 연주할 수 있는 악기는 없지만 트라이앵글이라도 가져와서 합주에 참여하고 싶었다. '피아노를 고등학교 와서도 계속 다닐걸…' 하는 후회도 했다. 또 합주 도중 달다는 서로서로 눈빛만을 주고받으면서 의견을 교환하였다. 눈빛을 주고받은 후에는 합주가 더 잘 맞아가고 있는 것 같았다. '눈빛만 봐도 서로의 마음을 다 아는 사이가 바로 이것을 두고 하는 말이구나.' 라는 생각이 들었다. 눈빛으로도 의견이 통하는 그런 팀에 속해 있는 달다분들이 너무나 부러웠다. 곡이 끝날 때마다 달다분들께서는 우리가 불편해 할까 봐 장난도 쳐주며 분위기를 많이 풀어주셨다. 덕분에 우리도 더 편하게 합주를 감상 할 수 있었다. 한 곡이 끝날 때마다 서로서로의 생각과 느낀 점들을 교환하고 고쳤으면 하는 곳들을 고쳐감으로써 노래를 점점 더 완성시켜 나가는 모습에서 진정한 프로의 모습을 보았다.

연습이 끝나고 인터뷰를 하기 위해 우리 '정구라'는 달다분들과 소파에 마주보고 앉았다. 처음에는 어색해서 어떻게 말을 꺼내야 할지 망설이고 있었는데 콘트라베이스를 치는 분께서 감사하게도 직접 커피를 내려 주었고 보컬 분께서는 이야기를 먼저 시작해 주셨다.

우선 우리 중 음악적으로 조예가 가장 깊으신 현동철 선생님께서 아까의 합주를 듣고 느낀 점과 음악에 관련된 몇 가지 질문을 하셨다. 그 질문을 들은 달다분들은 친절하게 답변해 주셨다. 답변을 하고 보컬 분께서는 현동철 선생님께 혹시 음악을 제대로 한 적이 있는지 물으셨다. 현동철 선생님께서 대학시절 때 조금 했었다고 말씀하셨다. 그러자 역시 질문에서부터 느낌이 왔다고 하면서 다음에 공연을 할 때 꼭 한번 오라고 초대해 주셨다. 역시 음악을 제대로 하신 분들은 뭔가 달라도 다르다는 생각이 들었다.

다음은 우리가 질문을 했다. 서로가 만나신 지는 얼마나 됐는지 여쭤어 보자 10년이 넘었다고 하셨다. 아까 눈빛으로 의견을 주고 받는 모습을 보고 10년쯤은 당연히 넘었을 것이라고 짐작했었다. 그리고 문득 나와 10년이 넘는 긴 시간을 함께 지낼 수 있는 사람은 가족 말고 누가 있을지 궁금해졌다.

그때였다. 다른 분들과는 뭔가 다른 독특한 포스를 가진 드럼을 치는 분께서 이야기를 시작하셨다. 이때까지 음악을 하면서 수많은 밴드를 했다고 했다. 하지만 이전의 모든 밴드들은 잠깐 스쳐지나가는 밴드들이었지만 지금 완벽한 앙상블을 이루고 있는 '달과 함께 걷다'라는 밴드는 본인에게는 마지막 밴드이며 이 밴드를 죽을 때까지 할 것이라고 말씀하셨다. 죽을 때까지 함께 할 것이라는 말을 듣고 서로가 서로에게 어떤 의미를 갖고 있는지 쉽게 알 수 있었다.

주제를 바꿔 요즘 TV에 방송하는 오디션 서바이벌 프로그램들에 대해서 어떻게 생각하시는지 여쭤어 보았다. 그러자 단호한 대답이 돌아왔다. 그러한 경쟁프로가 너무나 상업적인 음악을 만들어내고 보이기만을 위한 무대를 만든다는 점에서 굉장히 비판적인 생각을 갖고 계셨다. 나는 그런 오디션 서바이벌 프로그램들에 대해서 일반인들에게도 꿈을 이룰 수 있는 기회를 준다는 점에서 긍정적인 생각을 갖고 있었는데 방금 하신 대답을 듣고 나니 음악을 직업으로 하는 사람과 그렇지 않은 사람 사이에는 많은 생각의 차이가 있는 것을 느낄 수 있었다.

그렇게 달다분들과 여러 가지 이야기를 나누고 있는데 갑자기 보컬 분께서 내가 신은 양말에 대해 얘기하였다. 그때 노란색 때밀이 타월을 본떠 만든 양말을 신고 갔었는데 양말을 보고 많이 웃으셨다. 그러자 옆에 계신 다른 분들도 사실 연습할 때도 계속 양말에 눈길이 갔다고 하며 웃으셨다. 이상하게도 그날 아침에 그 양말이 너무 신고 싶어서 신었는데 양말 때문에 이렇게나 주목을 받게 될 줄은 몰랐다. 양말로 인해 달다분들과 한층 더 편한 사이가 된 것 같았다. 양말에게 고마웠다.

이제는 반대로 달다분들께서 우리에게 질문을 하였다. 학교생활은 어떤지 물으셨다. 그래서 우리 학교는 한반에 남자가 3~4명이고 여자가 25명인 그런 학교라고 소개를 드리고 그런 학교에서 지내는 모습들을 남자의 입장과 여자의 입장에서 이야기 해드리자 너무 재미있어 하였다. 기타를 치는 남성분들은 그러한 꽃밭에 있는 내가 정말 부럽다고 하였다.

많은 이야기를 주고받는 사이에 시간이 훌쩍 지났다. 어느덧 학교로 돌아 가야 할 시간이 되었다. 우리가 가려고 하자 달다분들께서는 우리에게 짜장면 한 그릇 먹고 가라고 하였다. 사실 먹고 가고 싶었지만 옆의 다른 '정구라' 친구들과 선생님의 눈치가 보였다. 어쩔 수 없이 짜장면을 포기하고 다음에 우리가 식사를 한번 대접해야겠다는 생각을 하며 아쉽지만 연습실을 나왔다. 연습실에서 나올 때 달다분들께서 다음에 또 오라고 하면서 언제든지 심심할 때면 놀러오라고 하셨다. 위치도 학교에서 정말 가까우니 노래가 듣고 싶거나 많이 지칠 때는 정말 한 번 와야겠다는 생각을 했다.

학교로 돌아오는 길에 달다와의 만남에 대해 생각을 해보니 긴장을 많이 했었는지 우리가 어떤 질문들을 했고 달다분들께 어떤 이야기들을 들었는지 잘 기억이 나지 않았다. 하지만 달다밴드와 많이 친해지고 어떤 분들인지 알 수 있었던 것만으로도 보람 있었던 만남인 것 같았다. 다음에 방문할 때에는 모두 어떻게 모이셨는지, 밴드가 결성되기 전에는 서로 어떤 사이였는지 등등 여러 가지 질문들을 많이 생각해서 자신감을 갖고 모두 다 물어봐야겠다는 생각이 들었다.

그리고 다음 주 우리는 달다 연습실을 한 번 더 방문했다. 이번에는 선생님들이 모두 바쁘셔서 어쩔 수 없이 우리 조원들끼리만 가게 되었다. 두 번째 방문이라서 그런지 큰 걱정이 되지는 않았다. 하지만 연습실에 도착해 보니 이번에는 달다분들이 첫 만남 때보다 더 바쁘신 것 같았다. 너무나 반갑게 맞이해 주셨지만 시간이 쫓기시는 듯한 모습이었다. 보컬 분께서 우리에게 오늘은 좀 바쁘다고 미안해 하며 어떤 것을 해줘야 하는지 물어보셨다. 그래서 우리는 서둘러 의자에 앉아 이야기를 시작했다.

우선 학생 때부터 음악을 하셨냐고 여쭈어 보았다. 그러자 듣는 것은 모두 좋아했지만 어른이 되어서야 모두 음악과 인연을 맺었다고 하셨다. 그 말을 들으니 대학이 미래 직업을 결정하는데 큰 영향을 끼치지 않을 수도 있겠다는 생각이 들었고 나중에 나 또한 전혀 생각하지도 못했던 직업을 갖고 있을 수도 있겠다는 생각이 들었다.

그리고 연습실에 오기 전에 최종문 선생님께서 달다분들께 언제 한번 식사를 대접하고 싶으니 언제 시간이 되시는지 여쭈어 보고 약속을 잡아 오라고 우리에게 말씀 하셨던 것이 기억나 달다분들께 말씀드리니 좋다고 하셨다. 달력을 보시며 날짜를 체크해 보시더니 선생님과 직접 통화하여 맞춰보겠다고 하셨다. 달다분들께서 시간이 많지 않은 관계로 많은 이야기를 나누지 못하고 학교로 돌아왔다.

얼마 후 최종문 선생님의 전화가 왔다. 달다분들과의 식사 약속이 잡혔다고 말씀해 주셨다. 연습실에서 다 같이 음식을 시켜먹을 것이라고 하면서 날짜를 말씀해 주셨다.

　같이 식사를 하기로 한 날이 되었고 질문거리들을 잔뜩 생각해서 연습실로 갔다. 식사 메뉴는 자장면과 탕수육이었다. 그날은 달다분들도 시간이 널널했고 우리 또한 그랬기 때문에 느긋하게 식사를 하면서 여러 가지 많은 이야기들을 나눌 수 있었다.이날 해주신 말씀들 중에 가장 기억에 남고 공감이 되었던 이야기가 있는데 나쁜 점을 고치려고 집착하다가는 결국 좋은 점까지 잃게 된다는 것에 관한 이야기였다. 항상 좋은 점은 보지 못하고 단점만 있다고 생각해서 그 단점들을 고치기 위해 안간힘을 쓰던 나에게 정말 꼭 필요한 이야기였다. 이제는 나의 좋은 점도 찾아내어 잘 가꾸어 나가야겠다는 생각이 들었다.

　또 드럼치는 분께서는 어렸을 때 그냥 드럼이 좋아서 집에서 혼자 그릇 같은 것들을 뒤집어 엎어놓고 드럼치듯이 쳐보면서 드러머의 꿈을 키웠다고 이야기를 해주셨는데 그냥 단지 드럼이 좋았다는 그분의 말씀을 들으면서 아직까지도 그분처럼 무엇인가에 미쳐서 모든 열정을 쏟아 부은 적이 없는 내 자신이 너무 불쌍했다. 지금부터라도 내가 좋아하고 하고 싶은 것을 찾아서 후회 없이 온 열정을 쏟아 붓고 싶다는 생각이 들었다. 한편으로는 그 하고 싶은 것이 공부가 된다면 얼마나 좋을까 하는 생각도 들었다. 식사가 끝나고 커피를 마시며 여러 가지 이야기들을 나누다가 학교로 돌아갈 시간이 되었다. 그렇게 달다와 정구라의 마지막 만남이 끝이 났다.

　'달과 함께 걷다' 라는 밴드를 통해 원래 알고자 했던 밴드의 생활과 음악에 관한 것들은 많이 알지 못했다. 하지만 더욱더 소중한 깨달음을 얻을 수 있었다. 진정한 팀워크라는 것부터 실제 가족이 아닌 사람들끼리도 가족 그 이상의 관계로 지낼 수 있다는 사실 등을 알 수 있었고, 나와 나의 미래에 대해서도 많은 생각을 해 볼 수 있었던 좋은 기회였던 것 같다. 앞으로 살아가면서 정말 큰 도움이 될 좋은 말들을 많이 가져갈 수 있어서 너무 뿌듯하다.

'달과 함께 걷다' 밴드는 나에게 이 세상 어떤 밴드보다도 많은 영향과 울림을 준 최고의 밴드로 평생 나의 기억에 남을 것이다.

그리고, 아름다운 무리의 아름다운 공연을 보다

최종문 선생님께서 2011년 7월 28일 저녁 8시에 수성아트피아에서 자폐아동들을 돕는 순수 아마추어 밴드인 '아름다운 무리' 밴드가 공연을 한다고 글쓰기의 주제가 밴드인 우리 '정구라' 조에게 같이 보러 가자고 하셨다. 아직까지 실제로 공연장에 가서 밴드의 공연을 본 적이 없어서 너무 기대가 되었다.

공연 날짜가 되었고 최종문 선생님의 차를 타고 수성아트피아로 갔다. 일단 수성아트피아 근처에 있는 빵집에 가서 앞으로 글을 어떻게 써 나갈 것인지에 대한 의논을 한 후에 공연장에 들어갔다.

공연을 기다리며 공연장 앞에 있던 팸플릿을 보았다. 팸플릿에는 오늘 공연에서 연주될 노래들 목록이 있었는데 그 중에는 2ne1의 'I don't care, 십센치의 '사랑은 은하수 다방에서'와 같은 최신가요들이 몇 곡 있었다. 공연 전에 내가 들은 바로는 밴드 구성원 분들 모두가 어느 정도 나이가 있으신 중년 분들이라고 알고 있었는데 과연 어떤 무대가 될지 너무너무 기대되었다.

드디어 공연이 시작되고 오프닝 무대에서는 '아름다운 무리'의 남자 보컬 분께서 '아이야'라는 노래를 부르셨다. 노래가 나오는 동안 무대 뒤 스크린에서는 영상이 하나 나왔는데 영상의 내용은 자폐아들이 겪고 있는 어려움과 차별, 편견, 그리고 그 편견들을 없애달라는 부탁을 하는 내용이었다. 그 영상을 보면서 나는 내 자신이 부끄러워졌다. 같은 학교, 같은 학년, 심지어 같은 반에도 자폐아 친구가 있는데 마음속 깊은 곳에 있던 자폐아들에 대한 좋지 않은 편견들 때문에 그런 친구들과 거리를 두고자 했던 내 자신에 대해 반성했다. 앞으로는 절대 그런 편견들을 가지지 않으며 나부터 바꾸어야겠다는 다짐을 했다. '아이야' 라는 노래의 '아이야 같이 가자' 등의 가사들이 너무나 구슬프게 들리고 간절한 부탁처럼 들렸기 때문에 꼭 그 부탁을 들어주고 싶었다.

드디어 공연의 주인공인 '아름다운 모임' 밴드가 무대에 나왔다. 근데 무대에 입장을 할 때 밴드의 모든 분들께서 어디 여행 가는 사람들처럼 여행 가방을 하나씩 들고 나오셨고 복장 또한 무대의상이라고는 볼 수 없는 너무나 편안한 복장들이었다. 그런 모습들이 너무 신선하게 느껴졌다. 그리고 아까 오프닝 무대에서 '아이야' 라는 노래를 불렀던 남자 보컬 분께서 이번 공연은 밴드와 관객이 함께 여행을 가는 것이므로 지금부터 여행을 가보겠다고 하시며 공연을 시작하였다. 정말 여행을 갈 때의 기분처럼 마음이 들떴고 가슴이 두근두근했다.

공연이 시작되었고 많은 노래들을 부르셨다. 부른 노래들 중 대부분이 정말 여행 가서 모닥불을 피워놓고 둥글게 앉아 조개목걸이를 하고 손뼉을

치며 다 같이 부르고 싶은 그런 노래들이었다. 그리고 아까 팸플릿에서 보았던 최신 가요들을 중년층의 입장에서 새롭게 해석하여 부르셨는데 원곡과는 다른 신선한 느낌이었고 기대이상으로 너무나 좋았다. 2ne1이 아닌 4ne1으로 나와도 꽤 많은 인기를 끌 수 있을 것 같다는 생각이 들었다.

그리고 공연 중간에 밴드 구성원들을 소개하는 시간이 있었는데 그 중에는 음악교수도 계셨고 영어선생님, 화가, 농부 부부도 있었으며, 전직 오케스트라 단장, 일반 주부 등 정말 서로서로 연관이 없는 직업들이었다. 어떻게 이렇게나 다양한 사람들이 모여서 밴드 이름처럼 아름다운 무리를 만들어 좋은 일을 하며 공연을 할 수 있는지 너무나 신기했다. 또 행복해 하며 남을 돕는 일을 함께 할 수 있는 사람들이 있다는 것이 너무나 부러웠다.

사실 나에게도 나이가 많아지고 가정이 안정되면 함께 밴드를 이루어 양로원이나 고아원 같은 곳에서 공연하기로 약속한 친구들이 몇 명 있다. 우리의 미래 모습이 '아름다운 무리'와 같았으면 좋겠다는 생각이 들었다.

공연 도중 다른 관객들을 잠시 관찰해 보았는데 무대 위의 분들만큼이나 관객들 모두가 너무나 행복한 표정이었고 노래에 흠뻑 빠져 있었다. 달다 밴드도 그렇고 아름다운 무리도 그렇고 무대 위에서 어쩜 이렇게나 행복한 표정을 지을 수 있는지 신기했다.

어느덧 공연이 끝날 때가 되었다. 공연의 마지막 곡은 '뭉게구름'이라는 곡이었는데 이 노래를 부를 때 관객 모두가 함께 부르며 공연이 끝이 났다. 나도 같이 따라 부르는데 정말 너무나 큰 감동이 느껴졌다. 이러한 감동은 직접 공연장에 가서 공연을 볼 때만 느낄 수 있을 것 같았다.

공연이 끝난 후에도 여운이 쉽게 가시질 않았다. 집으로 돌아오는 길에 많은 생각을 했다. 어렸을 때에는 40대 정도의 나이가 되면 엄청난 부자가 되어 있겠다는 꿈을 가졌었는데 지금 다시 생각해 보니 꼭 부자가 되어 사는 것보다 자신이 하고 싶은 일들을 하고 남을 도우며 세상을 살아가는 인생이 부자가 되는 것보다 좋을 것 같다는 생각이 들었다.

많은 것을 깨닫게 해준 멋진 공연이었다. 이 세상에 아름다운 무리가 많아졌으면 좋겠다.

무관심 증후군

이은정

당신은 자신에게 얼마만큼의 관심을 기울이고 있는가? 자신이 어떤 성격인지 알고 있는가? 좋아하는 것은 무엇인가? 무엇이 되기를 원하는가? 지금 당장 하고 싶은 것은 무엇인가? 자신이 지금 무슨 생각을 하면서 살고 있는지 알고 있는가?

나에게 이러한 질문들이 던져진다면 나는 약간 당황하게 된다. 왜냐하면 그러한 질문들을 한 번도 스스로에게 물어보지 않았기 때문이다. 아니, 사실은 스스로에게 수없이도 많이 질문을 던졌고 진지하게 고민도 해봤다. 하지만 '나'라는 아이의 대답은 늘 묵묵부답이었기 때문에 결국은 물어보지 않은 거나 마찬가지인 것이 된다.

나는 지금 '나'라는 모습으로 살아가고 있다. 밥을 먹고, 잠을 자고, 학교에 가서 공부를 하고, 친구들과 수다를 떨고, 울기도 하고, 웃기도 하는 이 모든 주체가 바로 '나'라는 것이다. 그러면서 왜 아까와 같은 그런 평범한 질문들을 '나'라는 존재는 답하지 못한 것일까? 그것은 바로 '나'에 대한 나 스스로의 '무관심' 때문일지도 모른다.

하지만 지금 나는 이 '무관심'을 인정사정 볼 것 없이 깨부셔버려야 할 대상으로 간주, 나 스스로가 물리쳐 내야 하는 적이라고 생각하고 열심히 싸우는 중이다.

이런 생각을 본격적으로 가지기 전,

달과 함께 걷는 사람들을 봤어.

직접 물어본 건 아니지만 그 사람들이라면 내가 앞에서 말한 그 모든 질문을 자신 있게 할 수 있을 것만 같다.

"우리는 음악 하는 것을 좋아하고 서로의 음악이 하나의 앙상블이 되어 소통되기를 원해. 그것을 위해서 진정 지금도 음악을 하고 싶어."

이건 그 사람들을 대신해 나 혼자 대답해 본 그 사람들의 대답이다. 어찌 보면 '그냥 좀 있어 보이는 대답같아.' 라고 말하는 사람이 있을지도 모르겠지만, 그 사람들이 입가에 함박웃음을 가득 머금으며 대답하는 모습을 본다면 그것이 과연 보이기 위한 대답이었을 거라고 감히 생각할 수 있을까. 어쩌면 난 이 사람들을 통해서 나의 '무관심'을 깰 수 있는 단서를 잡았을지도 모른다.

이 무관심 증후군이 본격적으로 내 몸에 전이되기 시작한 때를 생각해 보자면 고등학생 때였던 것 같다.

중간고사가 내일이다. 아, 망했다. 공부 진짜진짜 안했는데⋯. 아직 봐야 될 양이 이만큼이나 남았네. 이번엔 진짜 진짜 벼락치기 안 하고 공부하려고 했는데. 망했어, 망했어. 아악∼∼∼∼∼∼!! ⋯ 중간고사가 오늘이다. 망했어, 망했어, 완전 두근거리네. 아우∼∼ 언제 끝나냐. 오오, 심장 떨려서 사망할 거 같애! ⋯중간고사가 끝났다. 얏∼∼∼∼∼∼호! 자유다!!

<중학교 시절 나의 중간고사에 임하는 평소보다 심하게 오버하는 나의 마음 번역.>

중간고사가 내일이다. 공부를 해야 한다. 그래서 공부를 했다. 그 다음날, 오늘은 중간고사다. 음, 이게 나의 대학을 결정짓는 중요한 시험이라고? 잘해야 되겠네. 어, 잘 모르겠네. 대충 찍지 뭐. 맞으면 맞고 틀리면 말고. 어, 시험이 끝났네? 끝나도 별로 다를 게 없잖아. 집에나 가자.

<시간이 흘러 고등학교 나의 중간고사에 임하는 정돈되어 있는 나의 마음 번역.>

음, 역시 중학교와 지금을 비교해 보면 시험에 임하는 자세만 보아도 많이 달라졌음을 알 수 있다. 이처럼 나는 시험에서부터 확대되어 점차 모든 것에 무관심한 태도를 보이고 있는데, 무관심 증후군이 상당히 말기에 이른 것 같다. 이제 소풍을 가는 전날도, 친구와 싸워도, 책을 읽어도 두근거리지 않는다. 늘 나의 반응은 '그저 그렇네' 였다.   이거 진짜 고질병인데, 큰일 났다. 하지만 이 덕분에 시험에 긴장을 하지 않고 편안한 마음으로 임할 수 있다는 장점에 난 이 무관심 증후군을 고맙게 생각하고 있었다.

그러다 문득 몇 번이나 이러한 기분으로 시험을 치고 나니 갑자기 예전이 폭풍처럼 그리워졌다. 시험 전 얌전하게 두근두근 뛰지 않고 가슴을 뚫을 정도로 펄떡펄떡 뛰어대던 심장… 그리고 시험이 끝나면 무엇과도 바꿀 수 없는 달콤한 기분. 그래, 난 그때의 '달콤한 기분' 이 그리운 것이다. 저절로 마음이 싸─하면서 웃음이 나오는 그런 기분이 너무나도 그리운 것이다.

조금씩조금씩 나이를 먹어가고 있다. 나도, 당신도…

옛날의 나는 조그만 이 손으로 야무지게 모든 세상을 휘어잡고 있었다. 어느날 나는 대통령이 되어 있었고, 또 어떤 날 나는 큰 공연장에서 멋있게 노래를 부르고 있었다. 혹은 드럼, 베이스, 키보드와 함께 기타를 치며 밴드의 한 일원으로 속이 뻥 뚫리는 음악을 행복하게 웃으면서 연주하고 있었다.

그런데 점점 시간이 지나면서 하나 둘 그 모습이 사라져 가고 있다. 상상 속, 내가 그린 세계 속에서 살고 있던 나를 시간이라는 놈이 점점 실질적이고 객관적인 현실로 밀어내고 있었다. 그러면서 하나 둘씩 알게 되었다.

"대통령이라는 꿈은 어릴 적에 가질 수 있는 터무니없는 꿈이야. 가수를 하려면 그 정도 노래 실력으로 참 잘도 되겠다. 밴드? 기타를 친다고? 나이 먹어 꼬부랑 할머니가 돼서도 기타 잡고 있으려고? 오히려 그런 생각할 시간이 있으면 공부나 한 자 더 하고, 영어 단어나 하나 더 외워라."

현실이 나에게 가르쳐 주는 대답은 그답게 실질적이고 객관적이었다. 마음이 조금 씁쓸했다. 하지만 그 대답은 내가 고등학생으로 살아갈 때 어렵지 않고 적당히 평범하게 지낼 수 있도록 해주는 고마운 조언이었다. 그래서 나는 그 조언을 따르기로 했다.

주변은 늘 이렇게 말했다.

"일단 직업은 안정적인 공무원이 최고야. 음, 선생님도 좋지만 요즘 애들도 별로 없어서 임용 붙기가 하늘에 별 따기라더라. 일단은 지금은 아무 말 없이 공부하고. 공부만 하면 나중에 다 대학도 직업도 선택해서 가는 거야."

이거 정말 괜찮은 조건이다. 그냥 지금 공부만 하면 저절로 내가 나중에 될 직업이 정해진다는 거 아닌가. 그래서 나는 공부를 했다. 차츰차츰 내가 좋아하는 일, 내가 되고 싶은 것, 심지어는 지금 내가 하고 있는 생각까지 모든 것을 무시하고 공부를 했다. 그런 생각을 가질 바에야 영어 단어 하나 더 외우는 게 낫다고 현실이 말하니까.

내가 본 어른들은 나에게 '이렇게 해서 이러한 사람이 되어라.' 라고 늘 말한다. 나는 그것 참 괜찮아 보이는 것 같아서 지금은 이렇게 하고 있다. 이렇게만 하면 언젠가는 이러한 사람이 될 수 있을 테니까. 하지만 어쩌다가 스스로를 돌아보면 허전한 느낌이 채워지지 않는다. 배고파서 그런가 하고 무언가를 먹어도 그 허전한 느낌은 채워지지 않는다. 친구들이랑 재미있게 웃고 떠들어도 채워지지 않는 허전함. 그러다가 문득 달과 함께 걷는 사람들을 보게 되었다.

내가 처음 그 사람들을 봤을 때의 느낌은 '재미있겠다' 였다. 그렇게 열심히 공부하는 것도 아니면서 "아, 공부 너무 지겹고 하기 싫어!"라고 늘 투덜대면서 공부 외의 것을 열심히 하는 사람들을 부러워하는 나의 경향 때문에 그런 건지는 모르겠지만 참 재미있어 보였다.

책지게 두 번째 주제 '너' 쓰기를 위해서 만나게 된 분들이기에 인터뷰를 해야했는데 나는 정말 재미있게 이야기를 듣기만 했다. 이 인터뷰한 것을 중점적으로 글을 쓰기 때문에 적당히 메모도 하면서 들어야 하는 것을 알았지만 내 손은 움직이지 않았다. 그냥 즐겁게 그들의 이야기를 듣고 싶다라는 마음이 간절했기에 그냥 즐겁게 듣기만 했다.

들으면 들을수록 음악을 좋아한다고 즐겁게 자신 있게 말하는 '달다' 가 너무 부러웠다. 나는 다른 누군가에게,

'나는 이런 것을 좋아하고 잘해요.'

라고 말할 수 있나? 이들처럼 자신있게 말할 수 있나? 달다처럼 행복하게 나의 것(내가 좋아하는 것, 잘하는 것, 되고 싶은 것 등)을 알리고 싶어졌다. 하지만 당장 그러고 싶어도 지금의 나는 '나의 것' 이 무엇인지 전혀 모르고 있었다. 이렇게 된 것이 다 이 '무관심 증후군' 때문이다. 아무 생각 없이 그냥 주변에서 시키는 대로 살아온 이때까지의 나의 모습이 나를 더욱 부끄럽게 만들었다.

많은 사람들이 그려냈던 이상향. 공부 잘 해서 좋은 대학에 들어가 안정적인 직업에 취직하고 적당한 월급 받으면서 사는 모습. 이제는 그 미래를 부정하고 싶다. 나는 공장에서 대량으로 찍어내는 똑같은 모양의 무수한 아이스크림 포장지들 중 한 포장지가 되고 싶지 않기 때문이다. 그래서 깨끗하게 지워버렸다. 이제 나의 미래는 아무것도 그려지지 않은 흰 도화지다. 좀더 진지하게 나에 대해서 고민을 하고 새하얀 도화지를 내가 직접 그려나가고 싶다. 괜한 허세라고 나에게 놀려댈 사람이 많겠지만 나는 이게 더 좋다.

그래서 나 공부해

하지만 난 지금도 공부하고 있다. 이번엔 내가 생각한 좀더 특별하고 재미있는 일을 이루기 위해서 공부를 하고 있다. 솔직히 말하면 지금 이렇게 공부를 한다고 해서 내가 생각한 그 멋진 일을 이룰 수 있는지 잘 모르겠다. 하지만 만성 무관심 증후군 환자였던 나의 모습은 영원히 안녕이다.

지금에서야 와서 생각해 보니 자기 스스로에게 무관심 한 전교 1등이 자기 스스로에게 무한한 관심을 쏟는 전교 꼴등보다 못하다는 생각이 든다.

이 말을 듣고 "그게 말이 된다고 생각 하냐?"라고 말하는 사람들. 정말 바보 같은 사람들이래요~

안녕, 많은 것을 깨닫게 해준 '달과함께걷다'!

홈런볼,
야구 소년을 만나다

김현준, 신민지

실밥 터진 야구공처럼

우리가 '야구'로 주제를 정하게 된 이유는 바로 '꿈' 때문이다. 요즈음 친구들과 하는 이야기 중 가장 많이 나오는 소재가 바로 '꿈'이다. 이제 정말 앞으로 내가 무엇을 할 것인가를 결정해야 하는 것이다. 자연스레 그런 이야기를 자주 할 수밖에 없고, 관심이 커질 수밖에 없었다. 하지만 전문적인 지식은커녕, 어떤 직업들이 있는지도 잘 모르는 나이기에 관심이 커질수록 걱정만 쌓여갔다. 그런 와중에 글쓰기를 하게 되었고, 선생님께서 만들어 주신 주제 선택지를 보던 도중에, 문득 이런 생각이 들었다. '내가 이미 장래희망, 꿈을 정했더라면?' 언젠가 누나와 이런 대화를 한 적이 있다.

"야, 너는 꿈이 뭐냐?"

"그게… 아직 잘 모르겠어."

"으이구, 네가 만약에 지금부터 꿈을 가지고 그 꿈을 향해 달려간다면 네가 무얼 하든 간에 그 분야에서는 다른 사람들보다 훨씬 앞에서 달리고 있을 거야. 그러니까 좀 진지하게 생각해 봐."

상당히 미화되었지만 대충 이런 이야기…?? 실제로는…

"또 컴퓨터 하냐, 이 한심한 놈아?"

"응."

……

"야, 하나만 물어보자, 넌 꿈이 뭐냐??"

"없는데?"
"야, 내 친구는…"

그때는 '에휴, 또 잔소리다' 하고 생각하고 그냥 넘어갔었는데, 이제 와서 생각해 보면 '내가 왜 그때 그 말을 귀담아 듣지 않았을까…' 하는 생각이 든다. 그리고 이미 꿈을 정한 친구들에 대해 글을 써 보면 어떨까? 하는 생각이 들었다. 그러던 중 옆에서 같은 조 친구가,

"나는 야구에 대해서 쓰면 좋겠는데…"

야구, 고교 야구, 야구라는 꿈을 가진 고등학생들! 이거다! 라는 생각이 확 들었다.

'콜!!!!!'

마음이 나에게 외치기 시작하자, 나는 적극적으로 동조하며 말하기 시작했다. 지금은 잘 기억나지 않지만 우리 조에 야구를 좋아하는 친구도 있고, 꿈에 대한 관심이 많은 우리에겐 꽤나 좋은 주제가 될 것이라는 식으로 말했었던 것 같다. 주제가 결정되니 일은 일사천리였다. 어떤 활동을 할지 계획하기 시작하였는데, 일단 빠져서는 안 되는 것이 바로, 내가 이 주제를 선택하게 된 야구부 친구들의 인터뷰였다. 하여튼, 그렇게 경북고등학교 야구부 인터뷰가 계획되었다.

경북고등학교 야구부와 인터뷰하는 날이 가까워 왔다. 방학 때 보충수업을 빼먹는다는 1차적인 기쁨과 내 미래를 향해 한 발짝 더 나가는 것 같아서 참으로 즐거운 마음으로 인터뷰 설문지를 작성했다. 당장 생각나는 것만 열 가지가 넘었다. 언제부터 꿈을 야구로 정했느냐, 그렇다면 꿈을 향해 어떤 노력을 하고 있느냐, 불편한 점은 어떤 것이 있느냐, 야구 연습하는 것이 힘들지 않느냐, 부모님께서 반대하지 않으시는가, 주변의 시선이 불편하지 않은가 등등으로 인터뷰할 종이를 작성하였다.

그렇게 하루하루 흘러 드디어, 고대하던 인터뷰 날이다. 보충 1교시가

끝나고, 짐을 챙긴 후 다른 아이들의 원성을 들으며, 원망하는 아이들을 긿리며 학교 주차장으로 힘차게 걸어갔다. 동아리 선생님, 같은 조원과 함께 선생님의 자그마한 티코에 올라탔다. 그리고 경북고등학교를 향해 출발했다. 창문을 열어 기분 좋은 바람을 맞으면서(사실, 바람이 너무 세서 도저히 눈을 뜰 수 없었다.) 기대감을 잔뜩 안고 조원과 작성한 인터뷰 종이를 바꿔 보고, 서로 야구에 대한 이야기도 하면서 그렇게 작은 티코는 경북고로 향해 갔다.

경북고에 들어서면서 처음 느꼈던 감정은 놀라움이었다. 무엇을 보고 놀랐는가 하면, 작은 운동장 하나와 강당이 전부인 우리 학교와는 달리, 야구장, 농구장, 양궁장, 우리 학교보다 2~3배 정도는 큰 운동장이 있었기 때문이다. 운동을 좋아하기에, 정말 부러웠다. 하지만! 공학이 아니라 남고라는 사실이 그 부러움을 떨치게 했다.

그렇게 학교 안으로 들어가 야구장으로 향하는데… 벌써부터 척 보기에도 10명이 넘는 내 또래로 보이는 아이들이 야구 연습을 하고 있었다. 쨍쨍한 햇볕과 그 아래서 유니폼을 갖춰 입고 방망이를 휘두르고 공을 던진다. 일단, 막연히 멋있다는 생각이 들었다. 그것은 TV나 컴퓨터로 보던 프로 야구 선수들을 봤을 때 느꼈던 '멋있다' 와는 다른 '멋있다' 라는 감정이었다. 일단 프로 야구 선수들을 보았을 때는, '공을 어떻게 저렇게 던지지?' 한마디로, 나랑은 차원이 다른, 나로서는 따라 갈 수 없는 존재인 것 같은 그런 감정이 들었었다. 하지만 여기 이 야구부 학생들은, 같은 또래이거나, 나이차가 많아봤자 1살 차이였다. 그래서 프로 야구 선수들을 볼 때처럼 '나와 다른 세계에 사는 사람이구나' 하는 생각보다 나와 별다를 게 없는 아이들인데, 왜 공부를 하는지, 목표도 없이 공부를 하는 우리들에 비해 저기 땡볕에서 연습하는 저 아이들이 한없이 커 보였다.

그러자 계획할 때의 자신감은 어디론가 사라졌다. 잠시 부끄러운 마음을 가졌다가, '나도 아직 늦지 않았다' 하는 생각에 다시 발걸음을 옮겼다.

동아리 선생님께서 사오신 수박 두 덩이를 손에 들고 감독님이 앉아 계시는 천막에 도착했다. 구릿빛으로 물든 얼굴과 까만 선글라스, 그리고 단단하게 껴진 팔짱이 바로 저분이 감독님이구나. 하는 생각이 들게 했다. 한편, 감독님의 옆에는 기자 한 분과 선수 한 명이 인터뷰를 하고 있었다. 감독님과 선생님께서 반가운 인사를 나누시고, 우리는 그저 뻘줌하게 서 있었다. 어쩔 줄 몰라 우왕좌왕 하던 차에, 수박을 보고서 감독님이

"야, 이거 냉장고에 좀 갖다 놔라."

"예."

선생님들께 냉커피를 가져다 드리러 온 체구가 좋은 야구부 부원이 수박 두 개를 양팔에 들고 거친 발걸음(?)으로 사라졌다.(물론, 학생들에겐 얼음이 동동 띄워진 유자차를!!) 동시에, 선생님께서 감독님과의 인터뷰를 하는 게 어떻겠냐고 운을 떼어 주셔서, 자연스럽게 우리는 감독님과 인터뷰를 할 수 있었다.

잔뜩 긴장한 탓에 유자차를 한 모금 들이키니, 얼어붙었던 입이 조금씩 떼어지기 시작했다. 감독님께서는 옛날 한화의 4번 타자로 활동하였고 현재 경북고등학교 야구부 감독을 맡고 있다고 하였다. 본론으로 들어가서,

"감독님께서 가장 보람을 느끼실 때는 언제인가요?"

"뭐… 이길 때 제일 보람을 느끼지… 그래도, 선수 적에 홈런 칠 때의 감각이 잊혀지지 않아."

"그럼 감독님께서 가르치시는 학생들의 진로는 어떻게 되나요?"

"프로구단에게 스카웃 받아 2군으로 가기도 하고, 그냥 대학에 가기도 하고, 프로구단의 연습선수로 가기도 하지. 그래도, 성실하기만 하면 뭐든지 하고 산다. 내가 감독하면서 학생들한테 가르치는 것은 성실하라는 것이다. 성실하기만 하면 야구 선수가 되든 말든, 어떻든 간에 먹고 사는 데 지장이 없거든."

그렇구나. 여기서 야구연습을 이렇게 열심히 한다고 해도, 전부 성공할

수는 없는 거구나. 하는 생각이 들었다. 하지만 연습선수로 가더라도 자신의 꿈이 있다면 생활이 힘들더라도 그 생활을 버틸 수 있는 꿈이 있고, 충분히 행복할 수 있을 것이다. 그리고 그 꿈을 좇지 않는다고 해도, 오직 자신의 꿈을 향해 뛰어갔었던 자신이 있기에 그때를 회상하며 버틸 수 있지 않을까? 내 생각에 불과할지 모르겠지만 나는 이렇게 생각한다. 그렇게 계속 인터뷰하는데, 감독님께서

"너희 내 인터뷰하러 온 거 아니지 않나?"

라고 하셨다. 질문거리가 떨어져가고 조원과 '어떻게 하지?' 하던 눈빛을 교환하던 차에, 정곡을 찌르는 말씀이었다. 그렇게 있다가, 동아리 선생님께서 주변에 돌아다니면서 사진도 찍고 연습하는 것도 구경하라고 하셔서 마음속으로 '선생님, 감사합니다. 이 상황을 면하게 해주셔서…' 라고 생각하며 사진기를 들고(물론, 유자차는 남기지 않고 전부 꿀꺽했다.) 돌아다니기 시작했다. 가장 처음 가본 곳은, 학생들이 연습하고 있는 운동장이었다. 차마 연습망 안으로 들어가지 못하고 밖에서 지켜보며 사진만 찍었다.(나중에야 들었는데, 우리가 와서 잘하려고 오버하다가 선수들이 많이 혼났다고 한다. 물론, 남자인 나 때문이 아니라 여자인 조원 때문이겠지.)

학교에서 친구들과 야구를 할 때는, 배트를 휘둘러 공을 맞추는 게 진짜 6번 중에 1~2번 밖에 아니, 그조차도 되지 못했는데 여기 학생들은 코치님들이 공을 던져주는 대로 척척 쳐내는 게 너무 신기했고, 대단하다고 느꼈다. 또, 연습하는 시설들도 신기했다. 기본적으로 망이 쳐져 있는 것도 신기했고, 투수가 연습하는 곳, 타자가 연습하는 곳 모두 신기했다. 매일 경기나 보다가 연습하는 과정을 보니, 이런 노력이 있기에 실력 있는 야구 선수가 될 수 있구나 하는 생각이 들었다. 그렇게 돌아다니다가 야구공이 담겨진 상자 같은 것(?)을 발견했다. 자세히 들여다보니 실밥 터신 공들이 한두 개가 아니었다. 이 단단한 공으로 얼마나 연습했으면 실밥이 이렇게 다 터져 있을까? 하는 생각이 들었다. 그리고 그 노력들이 정말 존경스러웠다.

그리고 또 한 번 부끄러움을 느껴야 했다. 여기 야구부 학생들은 이렇게 사소한 실밥 정도로도 자신들이 얼마나 노력했는지를 알 수 있는데, 나는 너무 오래 켜놓아서 뜨겁게 달구어진 컴퓨터 말고, 다른 어떠한 일을 해서 이

실밥 터진 공만큼의 결과를 내 본 적이 있는가?

후회가 살짝 스치고 지나가지만 이렇게 느끼더라도 내가 조만간 바로 어떠한 일을 열심히 하지 않을 것이라는 것을 나도 안다. 알기에 더욱 답답하고 부끄러웠다. 이 실밥 터진 공들은 내가 내 길을 찾고, 그 일에 내 전력을 다 할 때까지 나의 뇌리에 각인되어 있을 것이다. 그러다가,

"어이, 학생! 이리 와봐. 다른 애는 벌써 선수랑 인터뷰하러 갔어."

'이크, 얼른 가봐야겠다.'

생각하고 뛰어갔더니 인터뷰할 거면 식당에 가서 의자를 가지고 오라고 하셨다. 그래서 식당에 가서 의자 두 개를 가지고 가서, 한편에 임기영 선수(팀의 에이스)가 앉고, 건너편에 우리가 앉아 인터뷰를 하기 시작했다. 인터뷰를 하는데, 아까 기자 분과 인터뷰할 때와 다르게, 많이 쑥스러워 하시는 것 같았다. 계속 말을 편하게 하라고 하면서 말을 높이셨다. 속으로 킥킥 웃으면서 계속 인터뷰를 했다. 연습하는데 시설이 갖추어져 있지 않아 불편했던 점이 없는지(그런 점은 딱히 없었다고 한다.) 또 야구를 함으로써 힘든 일은 무엇인지(부모님께서 계속 챙겨주셔야 하니 동생한테 신경을 많이 못 쓰시기 때문에 동생에게 가장 미안하다) 등 인터뷰를 했다. 그리고 그중에서 가장 인상 깊었던 질문은,

Q. 꿈으로 고민하는 또래 친구들을 보면 어떤 생각이 드나요?

A. 고민하고 하는 것 보면, 안쓰럽다고 해야 하나? 나는 내가 지금 해야 되고 할 수 있는 걸 열심히 하면 좋은 결과가 나올 테니까, 그저 열심히 할 뿐인데 또래의 다른 애들은 그게 아니니까 음, 조금 안쓰럽지.

안쓰럽다기보다는 지금 해야 할 일이 있고 그 일을 열심히 하면 좋은 결과를 끌어낼 수 있다고 말하는 임기영 선수가 그저 부러웠다. 또, '야구' 라는 것이 아니더라도 목표를 정하고 그 목표를 향해서 해야 할 일을 열심히 한다는 것이 얼마나 어렵고 힘든 일인가 하는 생각도 들었다. 목표가 있고 하고 싶은 일이 있다면 가능한 일이지만, 그 하고 싶은 일을 찾는 것이 정말 힘든 것 같다.

그렇게 인터뷰를 마치고 또 이리저리 돌아다니다가,(결국 다른 선수들은 인터뷰를 하지 못했다. 기에 눌려서…) 점심 때가 되었고, 동아리 선생님께서는

"일단 여기 있으면 밥은 조금 있다가 먹자."

(그렇게 말하고 선생님께서는 감독님과, 그리고 기자분과 함께 야구 연습장 안에 있는 식당으로 향하였다.) 그렇게 남겨져 있던 우리에게 밥 먹으러 가던 야구 부원들이,

"너희, 강동고에서 왔다고?"

"네…네에;;"

(분명 우리 또래일 텐데 무작정 존댓말이 나오고 말았다.)

"와서 밥무라."

"아, 선생님께서 여기 있으라고 하셔서…."

"밥 먹으러 오라니까"

거리가 있었기에 분명히 안 들리는 것이 틀림없었다. 그렇게 가야 할지, 말아야 할지 조원과 '어떻게 하지?' 하는 눈빛을 여러 번 교환하던 중

"아 몰라, 니들 알아서 해라"

라는 말을 들었을 때 우리의 발길은 식당으로…

식당을 들어서니 동아리 선생님께서 '아, 여기 왔네!' 라고 하셨다. 우리를 그렇게 고민하게 하시더니 결국 여기 오는 게 맞았군요... 약간의 배신감(?)과 함께 코치분들과 합석을 했다. 부원들이 이것저것 막 나르던 중, 코치님께서 이리저리 움직이던 야구부원에게,

"야, 밥 좀더 가지고 와라."

뭔가, 나도 거들어야 하는 느낌? 그 부원에게 미안함을 느끼며, 밥을 먹기 시작했다. 사실, 운동부니까 강한 남자상(?)을 생각했던 지라 거칠게 밥을 우걱우걱 먹을 거라고 생각했었는데, 절대 아니었다. 밥, 국, 그리고 여러 가지 반찬들. 생선도 있고, 육류도 있고 역시! 잘 먹어야 열심히 연습을 하는구나 하는 생각도 들고 푸짐한 식단에 놀라기도 했다. 여튼, 밥은 정말 맛있었다.(반찬 하나하나가…) 그렇게 밥을 먹고, 이제 갈 시간인가 하던 차에 식당에 계시던 아저씨께서,

"이렇게 왔는데 감독님 사인볼은 하나 받아가야 안되겠나? 우리 감독님 그런 거 좋아하신다."

하셔서, 우리는 옳다거니!! 싶어서

"그럼 감사하죠."

하고 빠른 걸음으로 재빨리 이동했다. 야구부 건물로 가서, 아저씨께서는 감독님과 코치분들께서 쉬고 계시는 방에 고개를 내밀고, 얘네 사인볼 좀

하고 말해 주셨다.(아저씨 감사합니다.) 그렇게 한화 4번 타자였던 감독님의 싸인볼을 받고 신나는 걸음으로 선생님의 티코로 향했다. 그렇게 티코는 다시 학교로 향했고 인터뷰는 끝이 났다.

이번 인터뷰로 인해서 내가 지금 어떻게 행동해야 하는지 깨달았다. 그저 야구가 좋아서, 재미있어서 시작한 소년들은 이제는 프로선수를 목표로 삼고 그 꿈을 이루기 위해서 열심히 연습한다. 하지만 그들의 '야구'와 같은 꿈이 없는 나는, 일단 내가 진심으로 좋아하고, 잘할 수 있는 일을 찾아야 한다. 아니, 잘하지 않아도 그저 좋아하고 즐길 수 있는 일을 찾아야 한다. 하지만 갑자기 지금에 와서 생각을 해본다고 해서, 내가 바라는 것이 바로 떠오를 순 없다. 그렇기에, 나는 내가 원하는 일을 찾았을 때 그 일을 할 수 있는 준비를 해야겠다는 생각을 했다. 그러려면 일단, 현실에 충실해야 한다. 소년들의 실밥 터진 야구공처럼, 빽빽이 채워진 연습장을 만들어 나갈 것이라는 다짐을 했다.

치고 달려라

하늘을 날려 버릴 듯한 함성소리, 그 소리를 들으며 기쁨을 만끽하는 그라운드 안 선수들, 그리고 그런 선수의 모습을 바라는 사람들.

4월부터 10월까지 야구팬들의 즐거움을 책임지는 프로야구가 2011년 올해로 30년을 맞이했다. 1982년 이후로 크고 작은 사건들이 있었다. 하지만 그 사건까지도 추억으로 만드는 팬들의 사랑, 그리고 야구의 즐거움을 느끼고 싶어 하는 사람들이 있다. 아직은 청소년이지만 그들은 꿈을 펼쳐 나간다.

가만히 있어도 땀이 흐르는 더운 여름날, 부채처럼 생긴 '경북고등학교' 운동장 한 구석에서는 학생들의 훈련이 한창이었다. 그들은 각자의 포지션에 맞게 배트를 쥐고, 글러브를 끼고 열심히 뛰어다녔다.
"집중해! 공 끝까지 보고!"
우리 또래쯤 되어 보이는 고등학생이 배트를 들고 타격연습 중이었다. 그들은 하나하나 공에 집중하면서 코치님의 말씀에 귀를 기울였다. 모자를 눌러쓰고 입술을 꽉 깨문 얼굴에서는 야구 선수의 꿈을 이루겠다는 의지가 보였다. 나도 고등학생인지라 그 얼굴을 보며 나와 닮았다는 생각이 들었다.
오전 9시 30분부터 시작되는 훈련은 오후 9시 30분까지 계속된다. 요즘은 여름이라서 한창 더울 12시부터 4시까지는 선수들을 쉬게 하고 있지만 미래를 생각하면 그때 쉬는 것도 마음이 편하지 않다. (이 모습은 모든 고등학생이 다 똑같은 것 같다.) 러닝과 헬스로 체력을 키우고, 시합이 없거나 시즌이 끝난 후에도 그들은 열심히 훈련한다.

3학년 임기영 선수는 경북고등학교의 믿음직한 투수이다. 부모님께서 야구용품을 사주시면서 초등학교 2학년 때 본격적으로 야구를 시작했다. 사이드암 투수로 구속은 130km대. 구속이 그리 빠르지는 않지만 자신감을 갖고 던져 제구가 잘 된다고 평가 받고 있다. 고교 2년 때 이미 전국구 투수로 활약했다. 에이스라는 이름에 맞게 우리가 갔을 때도 그는 한 기자와 인터뷰 중이었다. 인터뷰가 끝나자 바로 운동장 안으로 뛰어가는 모습을 보였다. 훈련 중인 그를 잠시 불러 조금 부족한 인터뷰를 시작했다. 훈련 하는 모습을 볼 때에는 우리와 많은 거리가 있을 거라고 생각했다. 하지만 인터뷰를 하다 보니 그도 똑같은 고등학생이라는 것이 느껴졌다.
"말 편하게 놓고 할게."
우리의 나이를 말하자마자 웃으면서 말했다. 아까 전 기자와 인터뷰 할 때와는 다르게 편한 모습이 보였다. 처음 만나는 야구 선수고, 또 그 선수를 인터뷰해야 한다는 부담감 때문에 긴장이 되었다. 하지만 그 말 덕에 인터뷰어(interviewer)와 인터뷰이(interviewee)의 관계가 아닌 평범한 고등학생간의 대화 같은 친근한 느낌이었다.
부모님과 고등학교 1학년의 동생, 그의 뒤엔 든든한 가족이 있었다. 처음 야구를 시작한다고 했을 때, 또 그 길을 계속 가겠다고 했을 때, 가족들은 반대하지 않았다. 오히려 그를 더 독려했다.
"부모님께도 죄송하지만 동생한테 제일 미안하지."
야구 선수라는 직업이 가족이 감당하기에 힘든 직업이다. 돈도 많이 들고, 뒷바라지도 해야 하고, 무엇보다도 자식이 힘들어하는 모습을 그저 바라만 보고 있어야만 한다. 아무래도 부모님의 입장에서는 선수에게 신경이 더 많이 쓰일 것이다. 하지만 동생의 입장을 이해하고 신경 써주는 그의 모습에서 의젓함이 보인다. 가족을 볼 때마다 더 열심히 해야겠다는 의지가 생긴다고 말했다. 야구 선수라 생각해서 가족 간의 관계도 특별하고 부모님께서 뒷바라지 해주시는 것도 특별할 거라 생각했다. 하지만 우리의 모습과 크게 다르지 않았다. 우리의 고3 수험생활과 비슷한 것 같다.

대부분의 운동선수들이 다 그렇듯이, 그도 슬럼프가 있었다. 전반기에 심하지는 않지만 조그만 슬럼프를 겪었다. (성적을 보면 슬럼프가 아닌 것 같다.) 그의 말을 들어보면 체력운동도 하고, 진 경기는 빠르게 잊고 다음 경기를 생각하며 이겨내려고 노력했다고 한다. 완벽하게 극복하지는 않았지만 그는 거의 슬럼프라는 다리의 끝에 와 있다. 한 발만 더 내딛는다면 극복할 만한 거리. 이 속에는 그의 꿈을 향한 노력이 담겨져 있다.

내 목표는 수능을 향해 달려가고 있다. 그리고 대한민국 고등학생의 대부분이 수능을 향해 달려가고 있다. 다들 꿈은 다르지만 수업시간에 공부하고, 방학 때 학교에 나와 보충 수업을 받고. 그 입장에서 볼 때, 야구 선

수는 소수이다. 남들과는 다른 조금 다른 길을 걸어가고 있다고 생각한다. 대다수의 눈으로 그에게 물었다. 조금 다른 길을 걸어가는 것에 대해서 어떻게 생각하냐고.

"우리가 하고 싶기 때문에 참고 걸어간다."

반대로 생각해 보자. 그들의 입장에서는 우리가 다른 길을 걷는 것이다. 그들이 우리에게 물었을 때도 우리는 이렇게 대답했을 것이다. 단지 다른 것이 있다면 대다수의 고등학생이 구체적인 꿈이 없다는 정도. 이런 점에서는 그들이 정말 부럽다.

우리가 그들이 부럽듯이, 그들도 우리가 부러울 때가 있을 것이다. 방학 때, 우리는 학교에서 보충수업을 받지만, 학기 중보다는 쉬엄쉬엄 수업을 받는다. 그것도 에어컨을 틀고, 듣기 싫은 수업이 있으면 몰래 잠까지 자면서. 하지만 그들은 방학 중에는 더욱 살벌해 진다. 8월에 프로야구 신인 드래프트가 있기 때문에, 그것이 이유가 될지도 모르지만 그것은 3학년에게만 해당되는 얘기. 학기 중에는 학업과 운동을 병행해야 한다. 특히 고교야구가 주말리그제로 바뀐 지금은 운동에 시간을 쏟기가 힘들다. 그래서 방학 동안 실력을 더 쌓기 위해 살벌해 지는 것이다.

공부도 그렇지만, 운동도 똑같다. 남들을 밟고 올라서야만 한다. 공부는 그 상대가 드러나지 않는다. 전국에 있는 고등학생 중 한 명이라는 것만 안다. 누군가 나를 따라 붙고, 나를 이기기 위해 노력한다는 것이 눈에 잘 보이지 않는다. 자신의 점수에만 신경 쓰기 급급하다. 하지만 운동은 조금 다르다. 비슷한 수준의 학교가 있고, 비슷한 수준의 선수가 있다. 이런 모든 것을 이겨야만 성공에 가까워질 수 있다. 밟고 올라서야 한다. 거기에 대한 조급함 또는 미안함은 없을까.

"조급함은 없어. 그냥 나보다 더 잘하는 사람과 승부해서 이겨야 한다는 생각밖에는."

모든 야구 선수들의 생각이 이렇지는 않겠지만 비슷할 것이라 생각된다.

(인터뷰 중간 중간에도 선수들의 훈련은 계속 되었다. 배트로 공을 치는 소리와 글러브로 공을 받는 소리, 그리고 힘을 내기 위해 지르는 소리, 우리가 선수들을 방해하고 있지는 않은가 생각이 들었다.)

"야구 선수가 되기 위해서 다들 노력하잖아요. 거기서 혹시 자신만의 특별한 노력이 있지는 않아요?"

내가 물었다. 에이스라고 불리는 선수는 뭔가 특별한 것이 있을 것 같았다.

"그냥 할 때 확실하게 하는 거지, 딱히 다른 노력은 없어."

사실 이 대답을 들었을 때 조금 당황스러웠다. 우리가 전교 1등은 뭔가 다른 게 있을 거라고 생각하는 것처럼 나도 그가 에이스로 불리는 것에 대해 뭔가 다를 게 있을 거라고 생각했다. 하지만 그도 다른 선수와 같았다.

시간이 지나면 지날수록 인터뷰가 편해졌다. 처음부터 말을 놓고 시작한 덕분이기도 하지만 자세한 것을 알아 간다는 것이 원래부터 알고 있던 사람인 것처럼 느껴졌다. 그래서 이제는 질문도 내가 알고 싶었던 질문을 했다.

"자신이 이 팀에 있어야 하는 이유가 뭐예요?"

나도 질문을 하고 웃겼다. 왜 이런 질문을 했을까. 집에 와서 조금 후회했다. 선수도 웃고, 나도 웃고, 같은 조원도 웃었다. 비웃지 않은 게 다행이었다. 그래도 진지하게 대답해 주었다.

"이 학교에 입학했고, 결과가 좋고, 내가 에이스라서?"

대답을 하고 세 명 다 웃음이 터졌다. 인터뷰가 더 재미있고 편한 분위기가 되었다.

우리나라에서 프로야구는 정말 인기가 많다. 주위에서 야구를 보지 않는 사람은 찾아보기 힘들 정도로. 며칠 전
600만 관객을 돌파했다는 기사가 떴다.
이 기사 제목만 봐도 프로야구에 대한 열
기는 대단한 것 같다.

하지만 고교야구는 어떨까. 고등학교에
야구부가 있다는 것, 그리고 그 고등학교
끼리 서로 경기를 한다는 것, 그것들 외에
는 별로 아는 것이 없을 것이다. 야구를 아무리 좋아하는 사람이라도 고교
야구에 관심을 가지는 사람들은 얼마 없다. 이런 관심이 열악한 환경을 만
들어 고등학생이 야구를 하는 데 많은 어려움이 생긴다. 그에게 물었다. 이
것에 대해 어떻게 생각하는지.

"일본에 있는 고등학교 야구부보다 환경이 많이 안 좋지. 그리고 한국 프
로야구보다 관심도 많이 없고."

"어떻게 바뀌었으면 좋겠어요?"

"그냥 관심만 많이 가져 줬으면 좋겠어."

관심만 조금 가져도 환경은 많이 변할 것이다. 조금만 더 편하게 경기하
고, 편하게 훈련할 수 있을 텐데. 이런 사실이 너무 안타깝기만 하다.

지금 고교야구는 뭔가 바뀐 게 있다. 관심이 부족해서 잘 모르는 사람이

많을 테지만.(정말 안타깝다.) 고교야구가 주말리그제로 바뀌었다. 학생들이기 때문에 공부를 해야 한다는 뜻에 따라 평일에는 공부를 하고 주말에만 경기를 하는 것으로. 처음에 들었을 때는 좋은 제도라고 생각했다. 혹시나 야구를 나중에 그만 둘 학생들을 위해 조금이라도 공부를 해 둔다면 미래를 위해 편할 것 같았다.

하지만 그의 말을 들어보니 생각이 달라졌다. 처음에 그는 장점을 말해주었다. 경기 하나를 하고 휴식시간이 많아져 선수들의 컨디션 조절이 쉽다고 했다. 하지만 단점도 있었다. 야구는 선발 투수가 던지면 거의 일주일 뒤의 경기에 다시 등판한다. 물론 매일매일 던지면 좋을 것 같지만 그렇게 하면 선수들의 어깨가 남아나지 않을 것이다. 주말리그제로 바뀌고 나서는 일주일에 한두 번 경기 밖에 없다. 이렇게 되면 학교에서 좋은 성적을 내기 위해 공을 잘 던지는 선수들을 경기에 내보낸다. 잘하는 선수들만 계속 내보낸다면 다른 선수들은 경기 감각이 떨어지고, 훈련할 때 의욕도 떨어질 것이다. 이런 단점을 보완하기 위해 학교에서는 훈련도 전보다 더 많이 시키고, 격려도 자주 해주지만, 실전 감각이 떨어지는 데 있어서는 그들에게 많이 힘들 것이다. 또, 공부에 신경을 쓰다보면 야구 성적은 떨어질 것이고, 공부에 손을 놓는다고 해도 다른 학생들과 같이 학교에 있어야 하기 때문에 훈련 할 시간이 적을 것이다.

이렇게 두 가지를 다 잡도록 하는 것보다 한 가지에 집중해 그 성적을 더 높이는 것이 어떨까? 그들이 야구에 집중하기도 편할 것이고, 실력도 더 늘어날 것이란 생각이 든다.

그가 닮고 싶은 선수는 누구일까. 사이드암 선수이기 때문에 최근 좋은 성적을 내고 있는 엘지 트윈스의 사이드암 투수, 박현준 선수일 것이라 생각을 했다. 내 예상이 맞았다. 그는 박현준 선수를 본받고 싶다고 했다. 앞으로의 목표는 프로지명을 받아 1군에서 오래오래 있고 싶다고 했다. 그의 목표가 이뤄지길 바란다.

마지막으로 물었다. 꿈을 찾지 못한 청소년들에게 하고 싶은 말이 무엇이냐고. 자신에게 맞는 것, 그리고 잘하는 것을 빨리 찾으면 좋겠다고 말했다. 그리고 긍정적인 마인드를 가지고 있으면 잘 될 것이라고 했다. 나도 그의 얘기를 듣고 꼭 이 말을 기억하고 있어야겠다고 생각했다.

"긍정적으로 생각해. 다 잘 될 거야."

인터뷰가 끝나고 운동장으로 나왔다. 모두 식당에 밥을 먹으러 가는 중이었다. 최종문 선생님도 같이 들어가셨다. 우리는 어떻게 해야 할지 몰라서 그냥 벤치에 앉아 있었다. 갑자기 선수들이 우르르 몰려왔다. 우리에게 말을 걸었다.

"너희 몇 학년인데?"

질문한 사람이 몇 살인지 몰라서 그냥 존댓말을 했다.

"2학년인데요!"

"너희는 밥 안 먹나? 같이 먹자! 빨리 들어 온나!"

조금 당황스러웠다. 그래서 그냥 가만히 있었다. 누군가가 와서 우리를 식당으로 데리고 갔다. 아, 할 짓 없이 가만히 있는 것보다 경북고 밥이나 먹어보자 라는 생각이 들어서 걸음을 옮겼다.

식당에 들어가자 선수들이 반찬, 밥을 나르고 있었다. 우리도 같이 해야 하나? 가만히 있어도 되는 건가? 하는 순간에 반찬은 순식간에 상에 차려 졌다. 우리에게는 컵에 물을 주고 그들은 사발에 물을 먹는 걸 보고 감독님 이 말씀하신 대로 인성이 참 좋구나 했다. 나도 남들에게 저런 생각이 들도 록 행동해야겠다는 생각이 들었다. 밥은 참 맛있었다. 내가 반 공기를 먹는 동안 그들은 이미 밥 한 공기를 다 해치우고 있는 중이었다. 왠지 속도를 맞춰야 한다는 생각이 들어 빨리빨리 먹었다. 솔직히 체할 것 같았다. 근데 아무렇지 않은 척했다.

밥을 다 먹고 선수들은 숙소로 돌아가 쉬고 있었다. 우리는 감독님과 그 리고 아까 선수와 인터뷰한 기자분과 그리고 선생님, 나, 조원 이렇게 5명 이서 사진을 찍었다. 기분이 정말 좋았다. 야구에 관련된 분이랑 사진을 찍 다니. 감독님이 우리를 조금 불편해 하셨을지도 모르겠지만 난 정말 기분 이 좋았다. 그리고 감독님께 사인볼도 받았다. 그 공은 지금 집에서 잘 보 관되고 있다.

경북고등학교를 떠나면서 '조금만 더 있었으면 좋겠다'라는 생각이 들 었다. 선수들과 친해지고 싶은 마음도 있었고 궁금한 것도 있었다. 하지만 우리가 와서 훈련에 방해가 됐을 선수들을 생각하니 빨리 떠나야 편하게 연습할 수 있을 것 같았다. 그래서 우리는 처음에 타고 왔던 최종문 선생님 의 티코를 타고 달렸다.

7월 25일

우리는 영남대학교 야구장으로 출발했다. 경북고등학교와 상원고등학교 의 경기가 있는 날이었다. 꼭 한 팀을 응원하기보다는 고교야구를 보고 싶 은 마음에 바쁘게 달려갔다.

경기장에 도착했다. 사람들이 많이 있을 줄 알았다. 하지만 응원석에는 선수들의 부모님들 밖에 없었다. 가끔 야구를 보러 온 사람들도 있었지만. 우리는 햇빛이 비치지 않는 의자에 앉았다.

우리 앞에는 상원고 선수 두 명이 앉아 있었다. 스피드 건을 들고 투수들의 속력을 기록하고 있었다. 놀랐다. 뭔가 전문적인 사람이 기록할 것이라고 생각했다. 프로야구가 그렇듯이. 하지만 선수들이었다. 선수들이 직접 자신들의 기록을 재고 있었다. 환경이 열악해서 그런지, 고등학생이라서 그런지 신기했다.

경기 도중 부모님들께서 응원하는 소리가 들려왔다. 평일 낮인데도 불구하고 많이 오셨다. 야구는 뒷바라지가 많이 필요한 운동이라 들었는데 정말 그런 것 같았다. 아들을 위한 부모님들의 사랑이 보였다. 아들이 아니더라도 다른 선수들을 챙겨주셨다. 만약 내 아들이 나중에 야구를 한다면 내가 과연 저렇게 할 수 있을까 하는 생각이 들었다. 투수가 공을 하나하나 던질 때마다 조마조마 하시는 부모님들의 모습이 보였다. 안타깝기도 하고 부럽기도 했다.

경기는 경북고등학교의 승리였다. 우리가 인터뷰 했던 임기영 선수의 완봉승이었다. 한 번 더 인터뷰를 할까, 인사라도 해볼까 하다가 임기영 선수를 놓쳤다. 이미 버스 안으로 들어간 후였다. 다른 선수들이 기분 좋게 나오는 모습을 보며 오늘 야구 보러 오길 잘했구나 하는 생각이 들었다.

내가 야구에 관심을 가진 지는 얼마 되지 않았다. 처음에는 프로야구를 먼저 접했다. 보면서 이 사람들은 어떻게 해서 야구라는 꿈을 꾸게 되었을까 매일 궁금해 했다. 나중에 내가 크면 꼭 야구 선수를 만나 물어보고 싶었다.

동아리 활동으로 야구 선수를 꿈꾸는 또래들을 만났다. 언젠가 유명해질 사람들이라 생각해서 우리와 거리가 있을 것이라 생각했다. 하지만 꿈이 단지 다를 뿐, 우리와 똑같았다. 똑같다는 것이 신기하기도 했고 한편으로는 내가 너무 멀게 느낀 것 같았다.

　야구 선수라는 꿈을 위해 노력하는 선수들을 보면서 내 꿈이 무엇인지 다시 한 번 생각해 보게 되었다. 무작정 머릿속에만 담겨져 있고 노력은 전혀 하지 않았다. 지금도 그들은 열심히 훈련하고, 땀 흘리고 있을 것이다. 하지만 나는 지금 무엇을 하고 있는가. 이번을 계기로 야구 선수에 대해 더 자세히 알 수 있었을 뿐만 아니라 나에 대해 한 번 더 생각하게 되었다.

　넓은 운동장, 탁 트인 하늘, 그리고 곧고, 푸르게 뻗은 나무들. 야구 소년들은 저곳을 벗어나 더 큰 운동장에 있기를 바란다. 우리도 그들과 같다. 우리가 있기엔 한참 넓은 곳이지만, 언제까지 저 안에 갇혀 있을 순 없다. 저 푸른 나무를 벗어나면 어떤 세상이 있을까? 저 하늘을 벗어나면 어떤 즐거움이 있을까? 우리는 궁금해야 한다. 친구들이여, 1루로 치고 달리자! 더 큰 운동장을 찾을 때까지!

아이가 생겼다

우혜진, 채혜진, 손미혜, 좌충우돌 한사랑 체험기

청풍이, 그리고 멋쟁이 신사들!

우혜진

8월1일 월요일 어린이집

여덟시 이십분까지 롯데마트 정류장 앞으로 나오라는 최 선생님. 하루 전날 알람을 일곱시로 분명히 해놨는데 벨이 자꾸 울리니까 신경이 거슬려서 무의식적으로 꺼버렸다. 그러곤 정확히 오십오분이 지났고 약속한 것이 떠올라서 번쩍 눈을 떠 보니 일곱시 오십오분이었다. 심장이 쿵쾅거리는 소리가 귓가를 계속 맴돌았다. 전부 다 곤히 자고 있는 가족들을 깨우기가 미안해서 조용조용히 움직였는데 거실에서 주무시고 계시던 귀 밝은 엄마가 먼저 눈을 떴다. 세수하러 가는 도중 엄마가 아직 잠에서 덜 깬 듯한 목소리로 나에게 묻기를

"니, 몇 시까지 가는데?"

"여, 여덟시, 이, 이십분 까, 지……."

"알람 안 하고 그냥 잤나?"

"아, 아니 그건 아닌데, 약속한 걸 깜빡하는 바람에……. 아! 모르겠어."

그냥 본능적으로 끄고 말았다.

"알람이 시끄러워서?"

"아, 암튼 나 씻고 나올게!"

"참내, 저렇게 정신을 빼고 다니노?"

화장실 문을 닫을 때까지 엄마의 잔소리는 끊이지 않았고, 닫고 나서야

잔소리가 들리지 않았다.

급하게 씻고 나와서 스킨을 우리 아빠처럼 바르듯이 얼굴을 문대면서 막 발랐다.

교통카드와 휴대폰을 급하게 챙기고 있는데 엄마가 자동차 열쇠를 들고 서는

"가자, 어디까지 가야 돼?"

"어!? 바래다주는 거야? 고마워~! 율하역 롯데마트 앞 정류장에 세워주면 되는데. 엄마, 빨리 가자!"

벌써 여덟시 십오분이다.

"자, 빨리 뛰어가라! 저기 뒤에 선생님 차 있던데."

"네~! 오후에 집에서 봐요."

"그래, 잘 하고 와. 힘들 텐데 열심히 하고, 도움 많이 되길 싶다."

"응, 엄마. 조심해서 가요."

비가 올 것 같아서 우산을 들고 급하게 내렸는데 카메라도 가지고 오려고 했건만 늦잠을 자는 바람에 침착하게 챙기지 못했다. 그래서 내 휴대폰으로 아이들을 찍어서 글을 쓸 때 사용하려고 했는데 엄마 차에 내릴 때 바지 주머니에서 빠졌나보다. 이럴 수가. 지금 가진 게 아무것도 없다.

선생님 차로 갈아탔고, 미혜와 혜진이도 같이 합류했다. 최 선생님이랑 미혜랑 혜진이랑 같이 어린이집 원장실 바닥에 앉아서 아이들이 오기를 기다리고 있었다. 우리를 안내해 주실 어린이집 담당 선생님께서 오시자 최 선생님께서는 먼저 가셨다. 뭔가 느낌이 낙동강 오리알 신세? ……. 처량했다.

여덟시 반이 넘어서 어린이집 선생님들이 들어오시는데 한 분, 두 분, 세 분, 네 분, 다섯 분……. 어째 선생님이 아이들 수랑 맞먹을 것 같은 이 기분. 거의 열다섯여 명쯤 됐을까?

아홉시가 넘자 한 남자아이가 등장했다. 원장실 문을 과감히 열고 들어

와서는 문고리만 잡고 가다가 아무 일 없는 듯 쌩하고 어린이집 복도로 달려 나갔다. 그리고 한 열시 가까이 되자 아이들이 우르르르 몰려왔다. 솔직히 무서웠다. 내가 맡게 될 아이들은 누구이며 내가 그 아이들과 4일 동안 잘 지낼 수 있을지 점점 그 수준은 공포에 이르렀다(솔직히 그때 그냥 집으로 가고 싶었다.)

아이들과 아주 반갑게 인사를 나누고 원장실로 한 여자 선생님께서 들어오셨다.

"안녕하세요."

"아, 안녕하세요."

"많이 기다렸죠? 준비하느라고 좀 늦었어요. 어린이집이 저번 주까지 방학이었거든요. 그래서 애들이랑 오늘 오랜만에 보고 이래저래 할 일이 좀 있었어요. 여러분들은 오늘 내일까지 쉰다고 들었는데 이렇게 동아리 활동 오고, 쉴 시간이 많지 않겠어요."

"하하하."

선생님께서 안내 책자를 주시면서 우리들 보고 꼼꼼하게 읽어보라고 했다.

"여기서 여러분들이 맡고 싶은 반 하나를 고르세요. 그 반에 대한 특징들이나 간단한 소개 글들이 있거든요. 활동시간들을 좀 중요하게 봐 주시구요. 저는 잠시만 또 나갔다가 올게요."

"네에."

야…….이거 참, 한 반에 다 들어가는 거 아니었나? 세 명 다 따로 들어가야 하는 거야?! 진심이야?!

한참을 고민하면서 책자를 보고 있다가 드디어 결심을 하게 되었다. 그리고 혜진이와 미혜도 어느 정도 생각하고 결정한 듯한 표정들이었다.

절묘한 타이밍에 담당 선생님께서 들어오셨다. 우리들은 각자 하고자 하는 반을 이미 생각해 두었고 이제 선생님께 반에 대해서 소개만 들으면 된다.

먼저 미혜가 '나비잠자리' 반을 선택했는데 이유는

"저는 어린 애기들을 보는 게 제일 좋아요. 정말 귀엽고 순수하잖아요. 그리고 처음에 계획 세울 때 어린 애기들 보려고 했었거든요. 물론 다른 애기들도 좋지만 아주 어린 애기들을 한 번 돌봐주고 싶어서요."

다음은 나.

"저는 남자 아이들만 있는 '청풍이' 반을 맡고 싶어요. 왜냐면 제 사촌동생들이 다 남자이다 보니까 어렸을 때 걔들이랑 잘 놀아 줬거든요. 저도 편할 것 같아서 그래요. 제가 보기보다 활발하게 노는 걸 좋아하거든요. 다른 반보다 장애아동들이 많은 걸 감안해서 선택한 거니까 '청풍이'로 갈게요."

마지막으로 혜진이는

"저는 '꽃무지' 반이요. 남자 아이들이 많은데 그렇다고 여자 아이들이 없는 건 아니니까, 저도 남자아이들이 좀 편할 것 같네요. 제 동생이 남동생이라서 남자애들 대하기가 쉬울 것 같아서요."

"그러면 이제 최종적으로 다 확정된 거네요?"

"네에."

"바꾸고 싶으면 바꿔도 돼요. 눈치 안 살펴셔도 되는데. 아, 참고로 저는 '나비잠자리' 반을 담당하고 있습니다. 이쪽 반으로 오게 되면 저랑 같이 지낼 거니까 제일 편할 거예요. 아마."

"네."

"다들 그럼 확정된 거죠? 그러면 맡은 반으로 이동할게요. 저 따라 오시면 돼요. 그럼, 나오세요. 청풍이반부터 먼저 갈게요."

꺄! 어떡해! 아이들이 있는 곳으로 간다간다간다간다간다간다간다간다간다간다간다!

완전 떨려 죽겠다. 이때 기분은 내 몸이 내 몸이 아닌 그런 기분이랄까?

정말 어디론가 도망치고 싶었다.

　도망치고 싶다.
　도망치고 싶다.
　도망치고 싶다.
　도망치고 싶다.

　'내 발이 안 움직여졌으면 좋겠다. 계단에서 꽝 하고 넘어졌으면 좋겠다.' 하고 말도 안 되게 빌어봤다.
　2층 왼쪽 복도 끝에 있는 청풍이반. 이 반에는 남자 아이들만 있는 반이었고, 총 아홉 명 중 여섯 명이 장애아이며, 세 명이 비장애아였다. 내가 정말로 겁이 났었던 건 진짜로 장애아들을 잘 돌볼 수 있을지였고(장애 아이들을 실제로는 처음 봐서), 그 아이들이 내게 마음을 조금이라도 열 수 있을지.
　청풍이반에 문을 여는 순간 한 아이가 앉아서 나를 물끄러미 쳐다보았다.(그 아이를 본 순간 그저 말을 잃었을 뿐이고, 아무런 생각이 나지 않았다. 오늘 하루가 빨리 지나가기를 바랄 뿐이었다.) 그 아이의 이름은 하정우였다. 처음에 딱 첫인상이 작년 같은 반이었던 '정진현'이라는 또래 장애급우가 있었는데 그 아이와 뭔가 느낌(?)이 상당히 비슷했다. 그래서 이름과 얼굴을 쉽게 잘 외우게 되었고, 그 아이에게 조금의 관심을 보여 봤다. 하지만 그게 말처럼 쉽지는 않았다. 나 말고 거기에서 담당하시는 선생님이 세 분이나 계셨고, 방학을 계기로 봉사를 하시는 대학교 2학년생 언니도 있었기 때문이다. 이 언니는 언어치료과 전공인데 아이들의 언어치료를 돕기 위해 왔다고 한다. 나 말고도 총 네 분의 선생님이 계셨다.
　갑자기 이 아홉 명의 아이들과 친하게 지낼 자신이 없어졌다.

반 분위기는 너무너무 어색했고, 머리가 멍했다. 머리가 멍해지고 나서는 할 말도 잃었고, 일 분 일 초가 힘들었다. 진짜로 내가 지금 여기서 뭘하고 있는지 내 목적을 잃은 기분이랄까. 그때 그 기분은 안 겪어 보면 아무도 모른다.

청풍이반은 남자아이들만 구성되서 그런지 서로 잘 노는 그런 아이들이 있는 반면에 장애 아이들은 선생님들이 일일이 옆에 붙어 다니면서 떨어질 생각을 하지 않았다. 그래서 나와 아이들 사이에 들어갈 공간이 없었고, 아이들은 내가 옆에 있건 말건 전혀 신경조차 써 주지도 않았다.

'아, 힘들다. 내가 생각했었던 어린이집과는 전혀 딴판이라서 더욱. 앞이 캄캄해지는 듯. 이제 겨우 어린이집에 온 지 네 시간이 지났는데 일 분 일 초가 이렇게 가슴을 조여 올 줄이야.'

그렇게 시간을 보내고, 점심시간 때가 다 되어 갈 때쯤 나비잠자리 반에서 올라온 미혜는 반 여자아이(장애아)를 안은 채 우리 반까지 왔다. 미혜는 벌써 반 아이들과 신나게 노는가보다. 조금 부러웠다. 그 아이는 참 동글동글해서 귀여웠고, 눈이 초롱초롱해서 나까지 맑아지는 기분이었다. 그러고 나서는 미혜가,

"혜진이, 너희 반 애기들은 다 어디 갔어?" 하니까

"아, 모르겠어. 자기네들끼리 놀러갔겠지 뭐. 힝, 나 혼자서 쓸쓸하게 뭐 하면서 네 시까지 있지?"

"혜진이, 힘내. 나도 처음에는 완전 어색해서 죽을 뻔했는데 지금은 좀 나아졌어. 아, 나한테 맨 처음으로 말 걸어준 애 있잖아. 완전 착하고 귀여운 거 있지?! 아, 귀여워 죽겠어~!"

'우와. 진짜 좋겠다.'

"헤에~ 진짜? 좋았겠네. 나는 애들이랑 말 건네는 그 자체가 좀 힘든 것 같아. 큰일이다."

"아니다! 조금만 더 있으면 금방 괜찮아진다! 나 이제 내려가 볼게! 자리

를 오랫동안 비울 수가 없어서. 빠이!"

"응. 안녀엉!"

휴…….이건 뭐, 나 완전 왕따(?) 된 기분이다. 반에 아이들 2명 정도 있긴 있었는데 전부 다 혼자서 잘 노는 것 같다. (내 생각인지 몰라도)

아직 밥을 먹기 전, 물 먹으러 1층에 내려왔는데, 우리 반 담당선생님께서 2층으로 올라가려는 나를 불렀다.

"선생님~! 우리 기범이 좀 데리고 올라가 주세요!"

'응? 나?'

"네? 선생님!"

"네!"

"우리 기범이 좀 같이 데리고 위로 올라가 주세요. 점심시간에는 각자 반에서 밥을 먹거든요. 부탁 좀 할게요. 저는 주방에서 정리하고 올라가야 해서요."

"네."

'뭘 부탁까지야.'

하지만 이것 또한 쉽지만은 않았다.

오늘 이 아이와는 처음 대화해 보는 거다. 그래서 말을 잘 알아듣는 아인 줄 알았다. 하지만, 뒤늦게 들은 얘기인데, 기범이는 아예 말을 할 줄 모르고, 말을 잘 못 알아듣는다고 했다. 간혹 쉬운 말은 알아듣지만. 완전 갓난아이라고 생각하면 얘기가 쉬우려나?

이 아이를 본 게 오늘 처음인지라 기범이가 내 말을 알아듣는다고 생각했다. 그래서

"기범아, 맛있는 점심 먹는대요. 우리 2층으로 올라갈까요?"

했다. 진작 잘 못 알아듣는다고 말을 해 줬으면 내가 고생을 덜 했을 텐데. 난 끝까지 애를 타일러서 같이 손잡고 올라갈 생각이었다.

기범이는 1층에서 물리치료실을 드나들었다가 친구들이 없는 관계로 다

른 쪽 복도를 향해 거침없이 뛰었고, 미혜가 있는 나비잠자리 반에 들어갔다가 재미가 없는지 재빨리 나와 버렸다. 또 그 옆반에 들어가서 한참 동안 나오지 않았다. 그 반에 피해가 많이 간 걸 알았지만 나도 어떻게 해야 할지 몰라서 그냥 기범이가 하는 행동을 서서 그대로 보고만 있다가 하다못해 손을 잡고 억지로 끌어당겼더니 거칠게 반항을 했다. 순간 당황스러웠다.

내 행동이 답답한 모양이신지 거기서 점심식사를 하려고 앉은 그 반 담당선생님께서

"기범아, 우리 점심 맛있게 다 먹고 나서 놀아요. 위에 가서 점심 먹고 내려와. 착하지?"

'그, 그렇게 하면 되는 거였나? 이거 너무 쉬운 거 아니야? 나를 첫날부터 고생시켰던 기범이. 널 잊지 않겠다!'

기범이는 순순히 말을 듣고 나와 같이 2층으로 올라가려는 순간 주방에서 나오려는 우리 반 담당선생님과 내가 눈이 마주쳤다. 부끄러웠다. 거의 십분 가까이 애 하나를 통제 못해서 말려들었으니. 선생님은 나를 어떻게 보실까? 선생님은 그저 말없이 웃으셨다. 그렇게 힘들게 같이 올라갔고 반에서 급식하는 것을 도와드렸다.

오늘 점심 메뉴는 콩나물국과 안 매운 김치와 노오란 카레였다. 카레 향기가 코를 자극하고 혀를 벌써 자극했는지 입안에는 군침이 고였다.

배부르게 카레를 다 먹고 난 후에는 또 어색함이 흘렀다. 그러고 나서는 혜진이와 미혜랑 같이 아침에 최 선생님께서 주신 용돈으로 아이스크림을 사 먹었다. 한여름이라 어린이집 안에도 더웠고 또 그렇다고 나무그늘 많은 바깥도 그리 시원하지는 않았다. 그래도 안보다는 밖이 훨씬 시원했으리라 믿었다.

우리는 아이스크림을 먹으면서 이래저래 점심시간 이전의 이야기들을 서로 나누었다. 우리가 어린이집을 쉽게 나올 수 있었던 이유는 아이들이

점심을 먹고 간단하게 놀고 나서 소화를 시킨 후에 두시까지 낮잠을 잔다는 것이다. 나도 누워서 자고 싶었는데 머리가 너무 아파서 잠은 잘 안 올 것 같다.

거의 두 시간 동안 우리들의 이야기는 진행이 되었고 끝날 기미가 보이지 않았다.

아쉽게 쉬는 시간을 뒤로 하고, 그렇게 또 어색한 두 시간여를 더 보낸 후에 집에 가는 아이들이 하나둘씩 등장했다. 네 시가 다 돼서 나오는 아이들부터 해서 거의 네시 삼십분에 가는 아이들이 대다수였다. 아직 가지 않은 우리 반 아이들과 놀려고 물리치료실에 한 번 내려가 봤다. 우연히 거기서 미혜랑 마주쳤다. 우리 반에 '박진호(비장애아)' 라는 씩씩한 남자아이가 있었는데 걔가 참 똘망똘망하게 모범생처럼 생겼다.

걔가 처음에 우리 반 아이인 것을 알게 된 때는 점심시간에 밥을 먹을 때 처음 알게 되었다. 왜냐하면 진호는 친구들이랑 밖에서 뛰어 논다고 어린이집에 계속 들어와 있지 않았기 때문이었다.

그런데 진호랑 진호 친구 '김도현(비장애아)' 과 '최시혁(비장애아)' 은 셋이 삼총사인지 몰라도 항상 꼭 붙어 다녔다. 삼총사들이랑 혜진이반 친구들이랑 같이 노는데 나는 옆에서 가만히 지켜보고 있기만 했다. 물리치료실에 서서 거울(물리치료실에는 한 벽면이 모두 거울로 되어 있다.)을 보며 머리정리를 하고 있는데 진호가 갑자기 나보고 귀를 대 보라는 거였다.

"선생님, 귀 좀 잠깐만 대봐봐."

"왜, 갑자기? 소리 지르는 거 아니야?!"

"아니야! 잠깐만 귀 좀 대봐!"

"자."

"바~보~"

"……."

뭐라고 대답을 해줘야 할지 이것 참 난감하도다. 이렇게 같은 짓을 미혜

에게도 했고, 미혜도,

"아, 혜진이 좀 당황스럽다 아니야?"

"그러게. 근데 처음으로 나한테 직접 말 걸어줘서 눈물 나게 고마워."

"아, 진짜!? 너희 반 아이들이야?"

"응, 아까 점심시간에 잠깐 봤는데 아직 이름을 모르겠어."

"잘 생겼다. 파마한 아이는 진짜 귀여워."

"그치? 우리 반 남자아이들은 다들 다 잘생긴 듯."

그렇게 오늘 어린이집에서의 일정이 모두 끝이 났다. 네시 삼십분에 우리 반 아이들도 거의 다 보냈고, 올라가서 짐을 가지고 오려고 했는데 벌써 청소는 다 끝나갔고 속으로 아차 싶었다. 청소를 도와 드린다는 걸 깜빡했기 때문이다. 다음날부터는 꼭 도와드려야지!

그리고 나서 율하 롯데마트에서 기다리고 계셨던 최 선생님과 미혜와 혜진이랑 햄버거를 입에 물며 오늘 하루의 느낀 점을 각자 짧게 말했고 간단하게 회의(?)를 하고 집으로 돌아갔다.

진짜 거짓말 안 하고 어린이 집에서 쓰러졌으면 쓰러졌지 너무 피곤해서 집에 와서는 다리에 힘이 풀려서 침대에 쓰러졌다.

8월 1일 월요일 어린이집 끝

8월2일 화요일 어린이집

아침에 일어나자마자 씻으려고 곧장 화장실로 향했어야 하는데 전신 거울 앞에서 멈춰 섰다. 이유는 눈이 좀 이상해서였다. 거실에 불을 켜고 눈을 자세히 들여다 봤다. 아니, 아니, 아니, 아니! 이게 뭐야. 오른쪽 눈이 퉁퉁 부었고, 눈가에 눈곱이 심하게 껴 있었다. 그래서 눈도 좀 충혈이 되었고 혹시나 눈병이 아닌가 싶어서 흐르는 물에 눈을 조심스럽게 씻었다. 눈을 씻고 나서 거울을 보니 확연히 드러났다. 아! 눈병이구나.

이런, 이래가지고 오늘 아이들이랑 수영장에 같이 따라갈 수나 있을까? 걱정이 되었다. 오늘 만약 못 가게 되면 사진도 못 찍고 이야기 쓸 내용도 사라지는데. 난 이제 어떻게 해야 하는 거지?

거울을 보니 눈은 아주 가관이었다. 눈은 정말 심하게 퉁퉁 부었고, 오른쪽 눈 흰자가 심하게 충혈되어 벌겋게 되었다. 이런 적이 처음이 아니라서 그렇게 당황스럽지는 않았지만 그래도 눈에 이상이 생긴다는 그 자체가 나한테는 좀 겁이 났다. 큰일 났구나! 나 이제 어린이집에 못 가는 건가…….

좀 불안하고 혹시나 못 갈 수도 있으니까 두 명의 친구들에게 문자를 동시에 보냈다.

"얘들아, 나 못 갈 수도 있어."

"왜?"

"일어나 보니까 눈병인지 아닌지는 잘 모르겠는데 눈이 되게 많이 퉁퉁 부었고, 눈이 벌겋다. 나 어떡하지?"

"어떡해? 그럼 오늘 수영장 못 가는 거야?"

"그럴지도 몰라. 혹시나 눈병이면 내가 갔다가 애들한테 옮겨갈 수 있잖아. 일단 안 가는 편이 낫겠지?"

"그럼, 그러는 편이 좋겠다. 미혜도 알아?"

"아까 문자 보냈는데 아직 답장이 안 왔어."

라고 말하는 순간 미혜로부터 답장이 왔다.

"혜진아, 왜?"

"아, 눈이 많이 부었고, 벌겋게 돼서 혹시나 눈병 아닌가 하고 의심하고 있어."

"아 진짜?! 어떡해. 그럼 오늘 어린이집은?"

"어, 못 갈 수도 있겠지. 혹시나 눈병이면 애들한테 옮길 수 있잖아. 혹시나 해서 못 가겠어."

"아, 그래. 혜진이 눈 조심히 하고, 아쉽다. 그럼 수영장은 못 가는 거네?"

"응. 나도 이럴 줄 진짜 꿈에도 생각 못했어."

"그렇긴 하다. 몸조리 잘 하고. 내일은 나올 수 있어?"

"내일은 무조건 나가야지. 사진도 아직 안 찍었고. 아이들 이랑도 아직 어색한데. 내일 못 가면 책에 쓸 얘기가 없잖아. 내일은 무슨 일이 있어도 꼭 나가야 돼."

"어, 알겠어. 쉬어!"

"응. 오늘 잘 갔다 와!!"

"응!"

그래도 이 무거운 아침 공기는 어쩌지? 눈병을 의심했던 나는 최 선생님께 문자를 보냈다. 일어나고 한 이십여 분 뒤였을 거다.

"선생님, 저 눈병인지 아닌지는 모르겠는데 일어나 보니까 눈이 좀 많이 퉁퉁 부었어요, 저 어떡해요? 오늘 못 갈 것 같아요. 눈병이면 옮길 수 있을 것 같아서 불안해요."

"그래? 그럼 어린이집 전화번호거든. ○○○-○○○○ 여기에다가 오늘은 못 간다고 전화해라."

전화번호를 받자마자 나는 어린이집으로 곧장 전화를 했고 아직까지도 잠이 덜 깬 듯 그런 정신 상태였다. 전화신호가 간다.

"안녕히세요? 저, 어제 봉사활동 온 학생인데요."

"아, 네네. 안녕하세요?"

"저, 오늘 제 눈이 이상한 것 같아서요. 눈병인지는 잘 모르겠는데요, 일어나 보니까 눈이 심하게 충혈되고 부어 있어서 아직까지 상태가 좀 안 좋아요. 그래서 오늘은 어린이집에 못 갈 것 같아요. 죄송합니다."

"아, 그래요. 알겠습니다. 제가 다른 선생님들께도 안부 말씀드릴게요. 쉬세요, 그럼."

"아, 그래요? 감사합니다. 그럼, 안녕히 계세요."

"네. 안녕히 계세요."

뚜뚜뚜뚜뚜뚜뚜뚜…….

뭔가 미안해서 내가 빨리 끊었다.

그렇게 해서 친구들에게는 다시 동시에 나는 오늘 어린이집에 못 간다고 문자를 했다. 그러나 마음은 편하지 않았다. 난 아직 사진 한 장도 찍지 못했고, 아이들 하고 사이도 서먹한데다 어색하기까지 한데…….

난 이제 큰일 났다!

8월 2일 화요일 어린이집에 못 간 날 끝

8월 3일 수요일 어린이집

어제를 마지막으로 여름방학의 진짜 쉬는 방학은 끝이 났다. 조금 아쉬웠다. 하지만 일정이 끝이 나려면 아직 하루가 더 남아 있다.

어제 일을 뒤로하고 난 오늘 학교에 보충수업을 하러 나왔다. 아침에 세수할 때 눈을 봤는데 정말 정상으로 돌아와서 참 다행이었다. 어젯밤에 내 눈이 안 돌아오면 이거 참 눈병으로 도질 것 같아서 솔직히 겁이 났긴 했다. 거울을 보니 아주 깨끗했다. 말끔했고, 참 새하얗다.

학교에서 친구들이랑 점심을 다 먹은 후에 혜진이랑 같이 버스를 타고 어린이집으로 향했다. 우리 둘은 버스타고 어린이집 근처까지 걸어왔는데 미혜랑 같이 들어가려고 미혜한테 연락을 했다. 그런데 쉽게 연락이 되지 않았다. 그래서 근처에서 한 이십여 분 정도 기다린 뒤에 뒤늦게 미혜와 연락이 닿았다.

"미혜, 어디야? 우리 어린이집 근처까지 왔는데 너랑 같이 가려고 기다리고 있어."

"아 정말? 나 지금 친구랑 같이 그쪽으로 가고 있어. 그러니까 기다리지 말고 먼저 들어가 있어. 미안해. 빨리 들어갈게!"

"응. 알겠어. 먼저 가고 있을게. 천천히 와!"

"응! 좀 있다 봐!"

하, 좀 힘들었다. 들어가기가⋯⋯.

그래도 어떡한다, 들어가야지. 아! 그리고 오늘은 준비물을 잊지 않고 다 들고 왔다. 아이들의 이름을 적을 종이와 필기도구. 제일 중요한 일회용카메라! 히히히. 그리고 내 휴대폰도 배터리를 꽉 충전해서 가지고 왔다. 혹시나 배터리가 빨리 없어질까 봐 학교에서는 거의 쓰지도 않았다. 아끼고 아껴서 가지고 온 것이다!

드디어 아이들과 마주쳤다. 맞다. 이 시간엔 아이들이 다 낮잠 자고 있지?

그러나 우리 반은 제외였다. 낮잠을 자는 아이들도 나이 제한이 있었다. 다섯 살 아동 이하부터였던가. 우리 반은 여섯 살부터 아홉 살 이하 아동까지 있어서 낮잠 자는 아이들은 없었다.

나는 청풍이반에서 짐을 풀고 아이들을 하나 둘씩 관찰했다. 첫날에 최 선생님께서 가르쳐 주신 방법으로 한 아이만 선택해서 그 아이랑 놀기로 했다. 그 아이는 바로 첫날에 나를 생각지도 못하게 힘들게 고생시켰던 양 기범! 우리 기범이, 나랑 열심히 놀자!

그런데 짐을 풀자마자 아이들은 아이들끼리 혼자서 놀고 있었고

'역시나. 아직 나랑은 놀 생각이 없나?'

근데 오늘은 기범이를 언어 치료하는 대학생 언니가 개인적으로 맡아서 나랑 놀았던 시간은 별로 없었다. 순간 기운이 쫙 빠졌다.

계속 기운이 없어서 혼자 빌빌거리고 돌아다녔었는데 갑자기 기범이가 내 팔을 끌어당기면서 나랑 눈을 맞추었다. 기범이는 갑자기 내 팔을 더 잡아당기면서 청풍이반 문을 열고 나갔다. 갑자기 후다다닥 뛰어내려 가더니

1층을 이리저리 돌아다니면서 애교 섞인 콧소리(?)를 막 내는 거였다. 입도 금붕어처럼 벌렸다, 닫았다를 반복했고 좀 귀여웠다. 그런데 그 콧소리 속에서도 뭐라고 말하고 싶어서 웅얼웅얼거리는 것 같아 보였는데 말을 할 수가 없으니 뭐라고 하는지 도통 모르겠다. 말이라도 할 수 있었다면 이해라도 해 줄 텐데 말도 못 하고 계속 입안에서만 맴도니까....... 가슴이 답답해졌다.

1층 원장실로 들어갔는데 선생님 한 분이 계셨다. 이 선생님께서는 기범이가 들어왔는데도 여전히 앉아만 계셨고 나를 본체만체 하셨다. 그래서 좀 다행이었다. 별 신경을 쓰시지 않으니까. 그제서야 드는 생각이었지만 내 팔을 세게 이끌고 내려온 곳이 원장실인 이유는 뭐지? 그냥 심심해서 내려왔나? 원장실에서 커다란 계산기를 가지고 입에 물려고 해서 내가

"지지해~!"

하니까 입에서 바로 계산기를 떼버리고 내가 계산기를 뺏으려고 하자 강하게 끌어당기면서 손을 계산기에서 떼지 않으려고 안간힘을 주었다. 그러자 갑자기 옆에서

"그러지 말고 그냥 하고 싶은 대로 하게 놔둬요."

"계산기 그냥 줘도 돼요?"

"네. 그냥 기범이가 하고 싶은 대로만 하게 해 주세요."

"네."

놀랐지만 내가 손에 힘을 풀자 계산기를 차지했고 그 자리에서 가만히 앉아서 계산기를 툭, 툭 치며 또 나를 올려다 보았다. 그러자 내 손가락을 잡고 나보고 앉으라고 하는 것처럼 자기 옆으로 끌어당겼다. 하는 수 없이 기범이 말을 다 들어주겠다고 결심한 나는 옆에 앉았다. 그냥 계산기를 톡톡 치면서 기범이랑 숫자공부를 했다. 알아듣는지는 몰라도 꿋꿋하게,

"이거는 1! 한 개! 하나! 기범이 한 명, 나 한 명."

"자, 봐봐. 이거는 2! 두 개! 둘! 기범이랑 나랑 두 명이지?"

"이건 3! 세 개! 셋! 여기 기범이랑 나랑 선생님이랑 세 명!"

'왜 자꾸 나를 이상하게 쳐다보는 거야, 기범아…….'

(왠지 오늘 따라 기범이랑 나 사이에서 갈등이 많았던 것 같다. 원래 친해지기 전에는 이렇게 갈등이 일어나는 게 당연한 것같이.)

숫자놀이를 하고 있는데, 우리 반 담당선생님 한 분께서 오셨다.

"기범이, 여기 있었네요? 제가 기범이 데리고 갈 테니까 선생님은 올라가 계세요. 제가 데리고 있을게요."

"아, 네. 그럼, 먼저 올라가 있을게요. 죄송해요."

뭔가 모르게 드는 이런 죄송한 마음은 뭐지. 내가 크게 잘 못한 것 같고, 뭔가 나한테 책임을 다 묻는 듯 이 답답한 기분.

뒤돌아서 정말 무거운 두 발을 하나씩 떼었고, 뒤를 돌아봤는데 기범이가 나를 계속 보고 있었다.

올라와 위층에서 아이들이랑 놀아주다가 간혹 귀여운 포즈(?)를 취한 아이들을 휴대폰으로 동영상도 찍고, 일회용 카메라로도 막 찍어댔다.

그렇게 시간은 네 시를 향해 갔고, 네시 일분 이후부터는 시간이 정말로 빨리 지나갔다. 그렇게 부모님들께서 아이들을 데리러 오셨고, 아이들과 작별인사를 하였다. 그런데 갑자기 하늘에서 천둥소리가 들리더니 바깥 놀이터에서 놀던 아이들이 급하게 들어왔고, 현관에서 선생님들이랑 아이들이랑 소나기 오는 것을 지켜봤다.

올 여름 유난히 비가 많이 왔고, 그만큼 비오는 풍경을 많이 봤지만 이렇게 많은 아이들과 비오는 것을 본 적은 처음이다. 흠흠흠. 뭐랄까, 좀 색달랐다고 해야 하나? 아이들이 비 오는 것을 참 신기하게 쳐다보니까 나도 덩달아 비 오는 모습을 신기하게 봤던 모양이다.

그렇게 몇몇 다른 반 아이들을 배웅하고 나서 다시 2층으로 올라갔다.

청소시간

그저께는 선생님들만 대청소를 하셨는데 오늘은 나도 대청소를 거들었다. 다행이도 맨 첫날보다는 덜 지저분했다. 나는 구석구석 먼지랑 눈에 잘 띄는 큰 쓰레기들을 쓸어 담았고 선생님들은 내가 다 쓴 후에 반을 닦으셨다. 선생님들은 나보고

"선생님 갈 시간 다 되신 것 같은데요?"

"아, 진짜네요?! 그래도 뒷정리는 깔끔하게 하고 갈게요."

"저희가 뒷정리 하고 갈게요. 괜찮으니까 먼저 가세요."

"그래도 괜찮아요?"

"하하하. 괜찮으니까 먼저 내려가 보세요. 그럼, 내일 뵐게요!"

"아……. 그럼, 내일 뵙겠습니다. 안녕히 계세요!"

"네, 조심해서 가세요!"

"네!"

마칠 때는 기분 좋게 마무리를 했다. 뒤늦게 미혜에게 들은 소식이지만 어린이집 옆에서 우리를 기다리고 계셨던 최 선생님. 정말, 정말 반가웠다. 말이 통하는 사람을 만나서 반가웠고, 최 선생님의 안락한 차 시트가 보여서 참 반가웠다.

미혜는 약속이 있어서 먼저 갔고, 나와 혜진이는 선생님의 차를 타고 출발했다.

이미 녹초가 되어버린 내 온몸은 쇳덩이처럼 무거웠지만 오늘 따라 왠지 마음은 가벼웠다. 불과 한 시간 전 기범이에 대한 나의 무책임함은 삼십 분 전 대청소를 하면서 싹 다 쓸어 내려버렸고, 그후로는 마음이 계속 가벼워진 듯하다. 차 안에서는 정말 편안한 자세로 앉아서 선생님 휴대폰으로 게임을 하며 잠깐의 여유를 가졌다.

8월 3일 수요일 어린이집 끝

8월 4일 목요일 어린이집

마지막이다.

오늘을 끝으로 아이들과의 작은 생활은 마지막이라는 아쉬움과 모든 일정이 끝난다는 기쁨이 서로 교차한다. 내가 어디에 맞춰서 장단은 쳐야 하지?

오늘은 오자마자 복도가 조용했다. 입구 복도 끝에는 우리 반 시혁이와 시혁이 친구 도현이도 있었고, 도현이 친구들이 여럿이 있었다.

위층에서 선생님들께 인사드리고 급히 내려와서 시혁이랑 도현이한테 물어봤다.

"시혁아, 우리 반에는 왜 친구들이 많이 없어?"

"몰라, 다 어디로 놀러갔겠지."

"······."

애들이 뭘 집중해서 열심히 만들고 있었다. 궁금해서 또 시혁이한테 물어봤는데,

"아, 그럼 지금 뭐 만들고 있어?"

"아, 이거 칼 만들고 있어. 근데 다 만들었다. 내거 멋있지?"

"오, 시혁이 게 제일 멋있네! 너희들 것도 다 개성 있게 잘 만들었어. 멋있다!"

'후. 이거 가지고 놀면서 막 나 때리면서 장난치진 않겠지? 너무 단단해 좀 위험스럽게 보이는데, 괜찮을런지.'

일단 오늘이 마지막 날이니까 모든 것을 각오하고 왔다. 어쩌다가 한 대 얻어맞으면 맞는 거고 오늘 하루만큼은 내 몸을 버리겠다! 라고 각오한 지 십 분도 채 되지 않아서 시혁이에게 당했다. 1층에서 물을 마시고 올라왔는데 반에서 시혁이가 혼자 놀고 있었다.

"왜 혼자 놀고 있어?"

"오늘은 애들이 많이 안 와서. 나랑 놀아줘."

시혁이의 첫인상은 정말 고집 세고 장난끼가 많은 아이일 것 같았었는데 그건 내 예상이 맞았었고, 또 다른 점이 있다면 자존심이 세서 나처럼 몸을 배배꼬면서 뭐 해줘 뭐 해줘 이런 식으로는 말을 잘 하지 않는 거였다. 그래서 시혁이는 작은 목소리로 아주 무표정하게 나한테 같이 놀아달라고 했던 거였다.

"그래! 뭐하고 노는 거 좋아해? 칼싸움? 아니면 블록 쌓기?"

"나는, 아무거나!"

"히히히. 선생님 이제 나한테 꼼짝도 못해! 잡혔다!"

'당했다.'

이상한 막대기 같은 걸로 내 목을 걸어두고는 뒤로 잡아당기질 않나, 내가 앉아 있었는데 뒤에서 달려와서 back hug 비슷하게 안기는데 목을 너무 세게 잡질 않나, 어부바를 하는데 계속 내 등만 타고 오르지……. 한 순간에 내 몸이 만신창이가 되어버렸다. 머리는 길다고 자꾸 잡아 당겨보고.

그렇게 수 없이 반복을 했다. 정말 잘 놀아줄 자신 있었는데. 걔보다 체력이 덜 했던지 못 이기겠다. 순간적으로 체력은 급 저하했고, 아이들 의자에 앉아서 숨을 돌리고 있었다.

"아, 선생님 왜 쉬고 있어?! 나랑 이번에는 칼싸움하고 놀자!"

"뭐? 칼싸움?!"

'으…부처님, 하느님, 알라신님 이 세상에 모든 신이시여 제발! 시혁이랑은 좀 그만 놀 수 있게 해 주세요.'

"그래, 하자. 근데 나한테는 왜 칼 안 줘?"

"선생님은 악당이니까 칼 없어도 돼. 내가 공격할 거야!"

이런 어이없는 공격자를 봤나! 내가 아무리 악당 역할이라도 뭐 무기 하나쯤은 있어야 될 거 아닌가. 악당이 뭐 이러냐? 오늘 악당 자존심 다 구겼다.

"내 칼을 받아라! 이야압! 퍼어억!(시혁이가 소리를 냄.)"

"으아아아아아악! 아얏! 야, 진짜로 세게 때리면 어떡해? 아프잖아."

"흥! 악당은 원래 나쁜 짓 많이 하잖아. 그러니까 세게 맞는 게 당연하지. 엄살 피우지 마! 퍼억!"

"앗! 봐주려고 했는데 안 되겠다! 이야아아아아! 거기 서랏!"

그렇게 시혁이는 우리 반에서 1층으로 내려가는데 여기저기 자기 친구들을 불러 모았고, 나는 혼자 돌아다니면서 숨어 있다가 시혁이 무리들을 만나면 또 당하니까 마음대로 못 돌아다니는 안타까운 악당 처지가 되어가고 있었다.

혼자서 숨어 있다가 슬쩍 기어 나와서 복도에 서 있었는데 이젠 진짜 나혼자가 되어 있었다. 시혁이는 어느새 친구들이랑 재미있게 놀고 있었고, 악당인 나는 필요가 없게 되었다.

'에이, 친구들 불러 모으니까 자기들끼리 잘만 노네 뭐. 나는 우리 반에서 좀 쉬어야겠다.'

우리 반에서 기범이가 위험하게 창문 난간을 걸어 다니고 있길래 안아서 내려 줬더니 내 팔을 잡으면서 내 눈을 간절하게 쳐다보는 거였다.

'아, 진짜 귀엽다. 당신이 진정 우리 반의 귀염둥이입니다.'

갑자기 기범이가 내 팔을 좀 세게 당겼다.

'앉으란 말인가?'

앉으니까 나한테 어부바를 했다. 순간 너무 당황해서 심장이 작게 두근두근거렸다. 이 조그마한 아이가 내 등에 업힌다는 것은 드디어 내게 조금이라도 마음을 열었다는 것인가? 그렇겠지? 라고 내 마음대로 받아들였다.

기분이 좋았다. 히히히.

기범이가 어부바를 해줘서 기분이 좋았고, 믿고 의지해 주어서 기분이 좋았고, 어눌하게나마 '엄마'라고 비슷하게 말을 해줘서 기분이, 기분이……. 묘했다.

갑자기 내려달라고 발버둥을 쳐서 급하게 내려 줬었는데 또 내 얼굴을 봤다. 이번에는 기범이랑 눈을 바라보면서 있어 보려고 시선을 내려 봤다. 눈은 참 사슴같이 맑고, 티 없이 순수한 얼굴과 아직도 걸음마 못 뗀 간난 아기마냥 오물오물 거리는 입술이 뭘 자꾸 말하고 싶어보였다. 기범이를 본 지는 고작 3일밖에 되지 않았지만 이렇게 얼굴만 바라보고 있어도 그 아이가 뭘 원하는지 짐작할 수 있게 되었다. 이 세상에 정말 이처럼 맑은 영혼이 또 어디에 있을까?

감정이 북받쳐서 눈물이 나오려고 했었던 걸 기범이를 안으므로 해서 좀 수그러졌다. 청풍이 반에 있는 친구들과 헤어지기 싫었지만 유독 기범이랑 만은 더더욱 헤어지기가 싫었다. 왜냐하면 어린이집에 처음 온 이후부터 기범이란 아이가 내 눈에 들어 왔고, 그 아이를 내가 자세히 알아봐 갔으면 좋겠다는 생각이 제대로 꽂혔기 때문이다.

나는 기범이를 평생 잊지 못하겠지만 기범이의 머릿속에는 내가 기억되고 있을까?

잘 놀고 있는데 기범이가 선생님이랑 1층에 내려갔다. 난 무슨 일인지 여쭤보고 싶었는데 워낙 순식간에 후다닥 가 버려서 아무 말도 못했다.

잠시 후에 기범이가 울면서 올라 온 것이었다. 선생님은 또 급히 기범이 가방을 싸서 1층으로 내려갔다. 도대체 무슨 일이 있었던 건지는 모르겠지만 기범이에게 제대로 된 인사 한마디도 못하고 떠나와서 마음이 찜찜했다. 기범이를 말없이 보내고 힘이 다 풀렸다.

몇 분 후 뒤에서 앉아 있던 재민이가

"선생님 나랑 딱지치기 한 판 하자."

"어, 응. 그래 하자. 근데 선생님 딱지치기 되게 못하는데."

"괜찮아, 내가 다 이길 거니까. 선생님부터 시작해."

아, 딱지치기 예전엔 내가 다 땄는데 막상 하니까 팔이 힘이 다 빠지네. 이래서는 재미가 없어지겠다. 그럴 시간에 벌써 내 딱지는 단 한 개도 남아 있지 않았다. 이건 완패. 참 재미없게 끝났다.

"에이, 이게 뭐야. 내가 다 이겼는데도 재미없어. 다른 게임 해. 우리."

"다른 게임 뭐 할까?"

"블록 쌓아서 넘어뜨리기 하자."

"저기 있는 블록? 선생님이 다 세울 테니까 재민이는 넘어뜨려야 돼."

"알았어. 걱정하지 마. 내가 다 넘어뜨릴 거야."

작은 종이상자들을 두 개씩 세 개씩 세우고 재민이가 넘어뜨리기를 반복, 또 반복. 쓰러진 상자를 세우는 것도 힘들지만 손이 벌게지도록 때려 넘어뜨리는 것도 힘들겠다.

"재민아, 안 힘들어?"

"응, 난 하나도 힘들지 않아."

'그, 그렇냐? 난 힘들다. 무릎이 네 손만큼 빨갛게 변했어, 애.'

"그래? 그럼 더 해야지. 어쩌니."

이럴 때 보면 부모님들은 어떻게 아이들이랑 같이 놀았는지 모르겠다. 지칠 줄 모르는 아이들의 폭풍 같은 체력과 비틀비틀 힘없이 쓰러질듯 말 듯 한 체력이 같이 어울려 놀아야 한다니 말이다. 참 대단하시다.

정말 무한반복을 거듭하고 나서 시간을 보니 네 시. 선생님이 올라 오셔서,

"재민, 이제 집에 가야지. 가자."

그래도 애한테는 인사 해 줘야지.

"재민아, 재밌게 잘 놀았어? 조심해서 집에 가. 안녕."

"선생님도 안녕."

마지막까지 우리 반 아이들의 배웅을 다 마쳤다. 그리고는 총 담당하셨 던 선생님께 우리 셋이 정식으로 인사를 드리러 갔다.

(난 삼일 동안 활동했지만 미혜랑 혜진이는 사일 동안이었다.)

"사일 동안 힘들었지만 아이들이랑 좋은 추억 만들고 가요. 진짜 재미있

었어요!"

"많이 힘들었죠? 아이들이 워낙 활발해서요. 언제 또 놀러오세요. 몸조리 잘 하구요. 정말 수고했어요. 조심해서 가요~!"

"네! 그럼 나중에 또 뵐게요. 안녕히 계세요!"

언제 또 다시 오게 될지는 모르지만 정말 좋은 추억이었다. 아직도 기범이랑 마지막 인사를 못한 게 아쉽기만 하다. 그렇지만 또 놀러오라고 하셨기 때문에 그 때 다시 만나서 헤어질 때는 이 아쉬운 마음이 사라질 거라 믿는다.

"청풍이들 커다란 나무 아래에서 시원한 여름방학을 보내게 해줘서 정말 고마워. 너희들 못 잊을 거야."

8월 4일 목요일 어린이집 끝

특별한 경험

채혜진

8월 1일 – 한사랑 어린이집에 처음 간 날

최종문 선생님, 미혜, 혜진이와 율하역에서 만나 한사랑 어린이집으로 향하면서 TV에서 보았던 어린이집을 상상했다. 옹기종기 모여 앉아 선생님의 구연동화를 듣고, 동요를 부르면서 율동을 하고, 조그만 식판에 밥을 먹는, 체계가 잡혀있는 어린이집. 과연 잘 해낼 수 있을까 생각하니 입이 바짝 마르면서도 왠지 설레었다. 모르는 사람을 만나 새로운 경험을 해야 한다는 것은 두려운 일이지만 때 묻지 않은, 편견 없는 아이들을 만나는 일은 너무 즐거운 일이니까.

했던 상상들이 의미 없어질 정도로, 한사랑 어린이집은 자유로웠다. 부모님들의 사정에 따라 마음대로 하는 등교, 장애아동과 비장애아동이 함께 하는 생활, 구연동화도 없고, 동요를 부르지도 않는 곳. 그 중에서도 나를 가장 당혹스럽게 했던 것은 선생님들이 너무 많다는 사실이었다. 내가 맡은 꽃무지반의 아이들은 9명 정도였는데 선생님이 3명이었다. 게다가 몇몇 아이들은 그 아이를 잘 돌봐주시는 선생님들이 다른 반에 계셔서 실제적으로 내가 돌봐줄 수 있는 아이들은 그리 많지 않았다. 또 선생님들께서 어색해 하시는 모습이 쌀쌀맞다고 느껴져서 힘들기도 했다. 아이들과 정을 쌓고 보다 많은 경험을 해서 엄마의 사랑을 체험하고자 했었는데, 아이들에 대한 고민이 아니라 선생님들의 쌀쌀맞은 행동에 대해 고민해야 한다는 사실에 실망할 수밖에 없었다.

하지만 그 와중에도 작은 행복을 선사해 준 아이들이 있었다. 내게 제일 먼저 웃음을 보인 것은 몸을 마음대로 움직이지 못하는 선우였다. "선우는 예쁜 누나한테만 웃어주는데."라는 선생님의 말에 그냥 기분 좋으라고 한 말임을 알면서도 진짜 기분이 좋아졌다. 어린이집에서 맞는 첫날에 대한 두려움과 지루함, 당황이 조금 수그러드는 느낌이었다. 그 뒤 꽃무지반 아이들은 어린이 도서관에 가서 책을 읽는 시간을 가졌다. 나는 다리가 불편한 희정이의 손을 잡고 도서관으로 향했다. 희정이가 손을 너무 꽉 잡아서 손가락이 아파왔다. 선생님은 "희정아 손 좀 살살 잡아줄래?"라고 말씀하셨지만 나는 살짝 아파오는 그 느낌이 좋았다. 희정이가 나에게 기대고 있다는 생각이 들었기 때문이다. 처음으로 서툴게 걷기를 시도하는 아이의 손을 잡고 온 마음으로 힘내라고 응원하는 엄마가 된 기분이었다. 왠지 두근거리면서도 걱정되고 알 수 없는 이유로 찾아오는 짙은 행복감. 도서관에 도착해서 희정이가 책을 읽게 만들려고 노력했지만 결국 희정이는 책장에서 책을 빼고 나는 그 책을 정리하는 것의 반복이었다. 자꾸만 돌아다니고 온갖 책에 다 관심을 보이는 희정이 때문에 좀 힘들었지만 그래도 즐거웠다. 희정이가 울지도 않았고 나를 점점 편안하게 느낀다는 것을 알 수 있었기 때문이다.

다른 선생님이 맡으실 시간이라고 해서 희정이를 먼저 보내야 했다. 그리고 나는 나중에 선생님 한 분과 훈이, 민환이, 해찬이의 뒤를 따라 어린이집으로 왔다. 세 아이가 선생님과 너무 친밀해서 끼어들 틈이 없어 보이기도 하고, 아직은 어색해서 돌아오는 길에 말도 한마디 못했다. 그렇게 혼자 오면서 더 힘들고 자신감을 잃는 느낌을 받았다.

우리들은 바로 점심을 먹었다. 점심 메뉴는 평소에 내가 잘 먹지 않던 카레였다. 하지만 아이들 앞에서 편식하는 모습을 보여줄 수는 없다는 생각에 모두 먹어치웠다. 아무리 몸에 좋은 음식이라고 해도 입맛에 맞지 않으면 절대 먹지 않던 내가 아이들의 좋은 식습관을 생각해서 싫은 음식도 먹었다는 것이 놀라웠다. 엄마라는 존재는 아이를 위해 아무리 싫은 것이라도 할 수 있고 견딜 수 있다는 것을 알게 되었다. 그리고 나의 엄마를 생각했다. 가족들에게 복숭아를 깎아주면서도 씨 주변의 맛없는 부분을 먹던 엄마를. 고깃집에 가서 우리들이 식사를 모두 마치면 남은 고기를 먹던 엄마를. 너무나 당연하게 일주일에 한번 있는 자신의 여가시간을 집안일에 투자해 오신 엄마를. "쉬는 게 쉬는 게 아니다."라며 한숨 쉬시던 나의 엄마를. 지금의 나로서는 도저히 이해할 수 없는 일이다. 어떻게 그렇게 자신을 없애며 살아올 수가 있을까. 자신이 가진 욕심들을 모두 내려놓고 가족들만 바라보며 살아가는 엄마의 모습은 안타까우면서도 닮고 싶어지는 숭고함을 담고 있다.

점심을 먹고 약 한 시간의 자유놀이 시간을 가진 뒤 낮잠을 잤다. 자고 있는 아이들의 얼굴은 언제 그렇게 까불거렸냐는 듯 고요하고 평화로웠다. 아무것도 안하고 그 얼굴들을 들여다보기만 해도 마음이 흐뭇해졌다. 그렇게 잠든 아이들을 보고 있는데 누군가 나를 톡톡 건드렸다. 선우, 희정이가 아닌 다른 아이가 나를 찾는다는 것이 너무 기뻐서 얼른 뒤를 돌아봤다. 윤형이었다. 윤형이가 볼링 핀을 세우고 공을 굴렸다. 아무것도 쓰러뜨리지 못하자 내게도 무어라고 말을 걸었는데 그 말을 알아들을 수가 없었다. 점점 당황스러워지던 와중에 윤형이가 볼링공을 건넸다. 그제서야 윤형이의 뜻을 알아차린 내가 공을 굴렸고, 볼링 핀 네 개가 쓰러졌다. 볼링 핀이 쓰러졌다는 것이 신기한지 계속 멍하게 그것을 보던 윤형이는 어느새 볼링에 흥미를 잃고 집을 만드는 놀이를 계속했다. 나도 그런 윤형이 옆에서 평소 윤형이가 선생님과 하는 것처럼 함께 "옆집, 윗집, 아랫집, 건너집, 이웃집"이라고 말하며 계속 대화를 하려고 했다. 하지만 윤형이는 내 말에 전혀 반응하지 않았다. 왠지 윤형이가 나를 안타까워해서 같이 놀아주려 한 것일지도 모른다는 생각이 들었다. 어린이집 식구들과 모두 어색하고 아이들과도 그렇게 많이 친해지지 못한 채로 당황하고 좌절해 있었던 마음이 윤형이로 인해 조금 위로받았다. 나는 이제까지 엄마가 된다는 것이 엄마가, 엄마만이 아이를 자라게 하는 것이라고 생각해 왔는데 어쩌면 그 생각이 조금은 잘못된 생각일지도 모른다는 것을 느꼈다. 엄마도 아이로부터 얻을 수 있는 것들이 의외로 많을지도 모른다는 것을. 아이의 존재만으로 살아갈 이유를 얻게 되기도 하고, 도저히 견뎌낼 수 없을 것 같은 일을 견디기도 하고, 아이에게서 위로받고, 아이로 인해 마음이 자라날 수도 있다는 것을.

어느새 아이들이 집으로 돌아갈 시간이 되었고 문 앞에서 어린이집 차가 도착하기를 기다리던 중에 꽃무지반의 한 선생님께서 "선생님 희정이 시소 타는 것 좋아하는데 같이 시소 좀 타줘요."라고 하셨다. 시소를 태워주는 것은 간단할 거라고 생각하고 시소에 올랐다. 하지만 희정이는 거의 움직이지 않는 상태에서 나의 팔의 힘, 다리의 힘만으로 시소를 움직인다는 것은 꽤나 힘든 일이었다. 게다가 아이들이 다칠까 봐 두꺼운 스프링으로 안전장치까지 해놓은 탓에 더 힘들었다. 점점 팔이 아파왔고 마침 비까지 내리기 시작했다. 희정이가 비를 맞게 할 수는 없는 일이었기에 "비 온다. 희정아, 우리 이제 그만 탈까?"라고 말했지만 희정이는 그만 둘 생각이 없어 보였다. 달래보기도 하고 억지로 손잡이를 잡고 있는 손을 떼어내 보려고 하기도 했지만 꿈쩍도 하지 않았다. 그러다가 비가 점점 많이 왔고 선생님이 다가와 희정이를 번쩍 안아 올렸다. 희정이가 시소를 그만 타서 다행이다 싶은 생각이 들면서도 '역시나 선생님은 선생님이구나.' 라는 생각이 들어서 좀 씁쓸해졌다. 혹시나 내가 안아서 아이가 다칠지도 모른다는 생각과 아이가 우는 것이 두렵다는 생각 때문에 우물쭈물했던 내 모습이 창피했다. 아이가 울더라도 혼낼 것은 혼내고 안 되는 일은 안 된다고 알려주는 것이 엄마의 중요한 역할 중 하나라는 것을 다시 한 번 배울 수 있었다.

8월 2일

　어린이집의 아이들이 수영장으로 놀러가는 날이어서 분위기가 좀 들떠 있었다. 우리 반의 아이들도 도착해서 옷을 갈아입고 튜브를 챙기는 등 수영장에 놀러갈 준비를 하느라 정신이 없었다. 나 역시 수영장에 가게 될 줄 알고 옷을 갈아입고 준비를 하고 있었는데 우리 반에서는 민환이, 훈이, 해찬이만 수영장에 갈 수 있었기 때문에 선생님 두 분만 수영장으로 향하셨다. 나를 제외한 두 명의 선생님, 여섯 명의 아이들과 함께 하루를 보내게 되었다.

　바닥에 누워서 고개를 이쪽저쪽 돌리며 호기심을 표출하는 선우와 놀아주기 위해 고무줄 놀이를 했다. 내가 바닥에 고무줄을 놓으면 선우가 그 고무줄을 집어서 돌려주는 놀이였다. 다음으로는 휴지로 바닥을 닦는 놀이를 했다. 휴지로 바닥을 닦으면서 "샤샤샥" 소리를 내면 선우는 더 좋아했다. 한참을 그렇게 놀다가 흥미가 없어진 선우가 바퀴달린 장난감을 가리키며 가져다 달라고 떼를 쓰기 시작했다. 그런 선우가 당황스럽기도 하면서 귀엽고 신기했다. 아무리 관심을 다른 곳으로 돌리려 해도 절대 흔들리지 않는 선우에게서 아직 어린 아이라도 주관이 뚜렷할 수 있다는 사실을 발견했기 때문이었다. 선우의 고집에 결국 바퀴달린 장난감을 가져다주었고 선우는 그 장난감을 먼 곳으로 굴리고 던지면서 놀았다. 처음에는 선우가 굴린 장난감을 다시 가져다주었지만 선생님께서 "선우 니가 가지러 가."라고 말하셔서 나도 선우가 직접 가져오도록 내버려두었다. 선우는 열심히 기고 구르면서 장난감이 있는 곳으로 갔다. 그리고는 다시 그 장난감을 집어 던지며 놀았는데 그 장난감에 알타가 맞는 바람에 장난감을 높은 곳에 치워둘 수밖에 없었다. 하지만 그마저도 우는 선우 때문에 여의치가 않았고 결국 나는 선우가 장난감을 던져도 다른 아이들이 맞지 않도록 온 신경을 선우에게 쏟아 부을 수밖에 없었다. 그러다가 다른 반의 선생님이 오셔서 선우를 데리고 가셨다.

나는 혼자 컵을 쌓으며 놀고 있는 희정이에게 다가갔다. 희정이는 날 보며 씩 웃더니 같이 하자는 듯이 컵을 내밀었다. 희정이가 옹알옹알 말을 하는데 알아들을 수가 없어서 그냥 "그랬어요?"라고 해주었다. 첫날에 쑥스럽고 어색하고 왠지 창피하기도 해서 "그랬어요?"하는 말투를 못 썼는데 오늘은 할 수 있는 내가 대견했다. 엄마들은 어째서 약간은 귀여운, 아이들에게나 어울릴법한 말투를 다 잘만 쓰는 건지 이상하고 신기했는데 어린이집에서 아이들과 시간을 같이 보내고 나니까 자연스럽게 그렇게 된다는 것을 알 수 있었다. '그렇게 해야지' 라고 생각해서 하는 것도 물론 있지만 아이들과 눈높이를 맞춰서 대화를 나누고, 아이와 같은 마음을 갖기 위해 노력하다보니 그렇게 되었던 것 같다.

첫날에는 할 일이 없어서 심심하기까지 했는데 오늘은 같이 놀아줘야 하는 아이들이 너무 많아서 힘이 들었다. 결국 낮잠시간에 아이들 틈에서 잠이 들고 말았다. 마음 가는 대로 행동하는 아이들을 돌본다는 게 생각보다 그리 쉽지만은 않다는 것을 다시 한 번 느꼈고, 아이들을 돌보는 것으로도 모자라 집안일까지 해야만 하는 엄마들의 고충을 좀더 이해하게 되었다.

내가 일어나고 조금 지나니 아이들도 하나 둘 일어나기 시작했다. 제일 먼저 잠에서 깬 선우가 나를 보고 웃었다. 나도 선우를 마주보고 웃으니 선우가 나에게 굴러 왔고 그 바람에 잘 자던 희정이까지 깨고 말았다. 누워서 눈만 깜빡거리며 나를 보던 희정이를 일으켜 세워서 간식으로 나온 수박을 먹었다. 수박을 오물오물 먹으면서도 잠이 덜 깬 멍한 표정을 감추지 못하는 희정이가 너무 귀여웠다. 그렇게 낮잠시간도 지나고 윤형이와 벽돌로 집을 만드는 놀이를 하고 희재와 테이프를 손등에 붙였다 떼고, 또 테이프로 반지를 만들기도 하는 놀이를 하고나니 아이들이 집에 갈 시간이 되었다. 다른 아이들은 모두 집에 갈 준비를 하는데 지호는 혼자 반에 남아 있었다. 그래서 "지호야 뭐해?"라고 내가 먼저 말을 걸었다. 지호는 "이거 뭐야?"라며 선풍기 버튼을 눌렀다. 나는 지호와 선풍기를 켰다 껐다 실랑이를 했다. 지호가 집에 갈 때까지 남아 있고 싶었지만 시간상 그럴 수가 없었고 결국 지호를 선생님께 맡기고 집으로 돌아왔다. 오늘은 보다 더 많은 아이들과 얘기를 나눠볼 수 있어서 좋았고, 몸은 힘들었지만 내가 뭔가 할 일이 있었다는 게 너무 보람 있었다.

8월 3일

오늘은 학교를 마치고 갔기 때문에 낮잠 시간이 되어서야 어린이집에 도착할 수 있었다. 꽃무지 반으로 들어서자마자 잠을 안자고 칭얼대고 있는 알타가 보였다. 가방을 내려놓으면서 칭얼대는 아이를 달래면 진땀이 다 날 것 같은데 너무나 익숙하게 알타를 달래며 놀아주는 선생님을 보고 감탄했다. 엄마는 아니지만 아이를 너무나 잘 아는 그 모습이 엄마 같아 보였다. 그런데 갑자기 선생님께서 엄마의 마음을 느껴보려면 아기를 한번 안아봐야 한다고 해서 알타를 안게 되었다. 아이를 안고 있다는 것이 힘들 것이라는 생각은 했지만 채 5분도 안돼서 팔이 그렇게 아파올 줄은 몰랐다. 아기를 안으니 따뜻하고 말랑말랑해서 좋은 기분도 있었지만, 그것보다는 팔이 아파서 힘든 것이 더 강했다. 게다가 알타가 나를 어색해 해서인지 자꾸 울음을 터트려서 끝까지 안아 줄 수가 없었다. 도대체 팔에 힘이 별로 없는 엄마들은 어떻게 아이를 안고 있을 수 있는 걸까. 게다가 아이를 업거나 안고서 시장에 가거나 볼일을 보는 엄마들을 많이 봐왔기 때문에 이렇게 힘들다는 사실이 당황스럽기까지 했다. '엄마니까'라고 단순하게만 생각했던 내가 부끄러웠다. 그렇게 알타가 선생님에게로 돌아간 뒤 팔에 알이 배긴 것을 알게 되었다. 단 5분 만에 팔에 알이 배긴 것은 나의 18

년 인생 중에서 처음 있는 일이었다.

그러다가 자던 희정이가 깼다. 잘 때 꼼지락거리던 손가락이 멈추고 대신 눈을 깜빡거렸다. 너무 귀여워서 웃었더니 희정이도 나를 따라 웃어서, 힘든 기분은 잊고 금세 행복해졌다. 그리고 그 뒤에는 지호가 깼고 선생님이 지호에게 훈이를 깨우라고 하셨다. 지호는 곤히 자는 훈이를 흔들어 깨우지 못하고 살짝 살짝 건드리기만 했다. 지호의 따뜻한 마음씨를 엿볼 수 있었다.

결국 내가 훈이를 깨우고 셋이서 놀이터에 갔다. 훈이는 미끄럼틀을 거꾸로 올라가는데 지호는 못했다. 훈이가 도와주겠다며 지호를 밀어 올리는 것을 말리며 관심을 다른 곳으로 돌렸다. 아이들의 세계에서도 무엇인가를 잘하는 아이와 못하는 아이가 존재한다는 것이 마음 아팠다. 혹시나 지호가 마음 상했을까봐 "괜찮아. 연습하면 잘할 수 있어."라고 말해주었다. 그 뒤로 두 아이가 나란히 미끄럼틀을 탔는데 갑자기 훈이가 계단을 오르면서 나에게 "안녕하세요." 하고 인사를 했다. "안녕하세요." 대답하니까 지호도 인사를 했다. 아이들은 인사하는 것에 재미를 붙였는지 미끄럼틀을 탈 때마다 계속 했다. 안녕하세요라는 말을 20번은 한 것 같다. 땀을 뻘뻘 흘리면서도 계속 미끄럼틀을 타는 두 아이의 기세와 기승을 부리는 더위에 지쳐버렸다. 아이들에게 어린이집으로 돌아가자고 어떻게 말할까 고민하고 있는데 빗방울이 떨어지기 시작했고 얼른 아이들을 이끌고 어린이집으로 갔다.

꽃무지 반으로 가는 2층 계단에서 지호가 엉덩이춤을 추었다. 너무 귀여워서 지호의 엉덩이를 토닥토닥했더니 훈이도 같이 췄다. 웃으며 반으로 가서 아이들에게 물을 먹이고 잠깐 앉아서 쉬고 있었는데 지호가 다시 엉덩이춤을 추었고 선생님들은 모두 웃으며 사진을 찍었다. 선생님들도 그런 지호를 처음 보는 것 같았다. 나는 지호가 다른 선생님들이 아니라 나에게 제일 먼저 엉덩이춤을 보여줬다는 게 너무 기뻤다. 양육이라는 게 엄마가 아이를 돌보기만 하는 것이 아니라 아이 역시 엄마에게 그만큼의 애정과 사랑을 보여 주는 것이라는 걸 깨달았다.

갑자기 바깥에서 우르르 쾅쾅하는 천둥소리가 들렸다. "지" 지호가 외쳤다. 처음에는 무슨 말인지 못 알아들었는데 내 손을 잡고 직접 창가로 달려가서 비를 가리켜서 지호가 비라고 말했다는 것을 알 수 있었다. 지호는 비를 싫어하는 것 같았다. 주변의 모든 사람에게 "비"라고 외치며 비가 온다는 것을 알렸다. 어느새 또 창가로 간 지호는 멍하게 창 밖을 보며 "비, 비"라고 계속 되풀이 했다. 내 얼굴 한번 봤다 창 밖을 봤다가 하는 동시에 "비"라고 말하는 것을 반복하면서 "우산 있어?"라는 내 물음에 "어"라고 착실히 대답하는 지호가 귀여웠다.

훈이가 집으로 가고 지호와 나는 1층의 놀이방으로 갔다. 장난감 집안으로 들어간 지호와 가짜 전화기로 통화를 하기도 하고 딩동 벨을 누르고 "지호 있어요? 들어가도 되요?"라고 말하며 그 집안에 같이 들어가 있기도 했다. 또 장난감 기둥을 집안에 넣었다가 다시 꺼내서 세워두는 놀이를 계속 반복적으로 하니 등이 땀으로 젖어버렸다. 지호도 땀을 흘리고 있길래 "올라갈까?"라고 물었더니 "싫어"라는 대답이 돌아왔다. 아이들은 도대체 어디서 그런 체력이 나오는 건지 도무지 지호를 따라갈 수가 없었다. 아이라면 누구나 그렇지 않을까. 그런데도 아이와 계속 집에서는 놀아주고 밖에 나가서는 여기저기 궁금증 많은 아이를 챙기면서 볼일도 보는 엄마들은 역시 대단했다.

방을 나오다가 지호가 사진기를 든 혜진이를 발견했다. 지호는 사진기에 마음이 뺏겨서 갖고 놀고 싶어 했다. 더 이상 사진을 찍을 수 없다고 지호를 달래고 겨우 2층으로 올라왔는데 서랍장 위에 내가 놓아둔 사진기가 있었다. "물 마실래? 볼링 할까? 밖에 나가보자. 놀이터 갈래?"라고 억지로 관심을 돌리려 했지만 지호는 계속 사진을 찍고 싶어 했다. 어쩔 수 없이 플래시를 터트리는 버튼을 찍는 버튼이라고 속였고, 지호는 "선생님 찰칵"

이라면서 플래시 버튼을 계속 누르고 다녔다. 선생님이 당황하는 나를 보고 이제 그만하라고 소리를 높인 다음에야 지호는 사진기를 손에서 놓았다. 필름이 정해져 있는 필름 카메라만 아니었어도 지호에게서 사진기를 빼앗지 않아도 되었을 텐데. 왠지 미안해 졌지만 지호는 금세 또 다른 곳에 관심을 돌렸다. 아무것도 아닌 물건에 엄청난 흥미를 느껴서 "오!"라고 감탄하고, 열심히 들여다보며 집중하는 모습이 때 묻지 않은 동심을 잘 보여주고 있어서 피곤한 와중에도 흐뭇했다.

　그렇게 이 방 저 방, 1층 2층 계속 돌아다니는 지호와 같이 놀다보니 어느새 아이들이 모두 돌아갈 시간이 되었다. 지호에게 갈 시간이라고 말했지만 지호는 들은 체도 안하고 다른 방으로 갔다. 소꿉놀이 세트(냄비, 밥그릇, 포크, 도넛)를 챙긴 지호는 우리 방으로 돌아와서 냄비에 도넛을 넣고 조금 기다린 뒤 밥그릇에 담고 나에게 포크를 건넸다. 나는 냠냠 맛있게 먹는 시늉을 하며 좀 놀다가 소꿉놀이 세트를 원래 있던 방에 돌려놨다. 하지만 소꿉놀이는 거기서 멈추지 않았고 5번 정도 더 반복한 후에야 그만둘 수 있었다. 너무 지쳐버려서 '드디어 집에 가서 쉴 수 있는 건가.' 생각하고 있는데 지호가 다른 방으로 가서 몸이 불편한 아이들이 타는, 바퀴 달린 의자를 꺼냈다. 그 의자를 가리키며 태워달라는 몸짓을 하는 지호를 그 의자에 태워서 끌어 주었다. 그러다가 안되겠다는 생각이 들어서 주차하는 시늉을 하며 "와 주차 다 했다."라고 말하자 지호가 이번에는 미끄럼틀로 달려갔다. 그렇게 미끄럼틀을 계속 타다가 물총을 발견했고 갖고 놀자고 하는 것을 "다음에 친구들이랑 다 같이 하자."라고 설득하니까 "응"이라고 금방 수긍했다. '친구들이랑 같이 놀자고 하니까 고집을 꺾는구나' 신기하고 기특했다. 그렇게 놀고 있는데 선생님이 올라오셨고 선생님께서는 "지호는 내가 볼 테니까 얼른 집에 가요."라고 말해 주셨다. 다른 아이들보다 늦게 집에 가는 지호를 두고 가는 것이 마음에 걸렸는데 지호가 활짝 웃으며 손을 흔들어줘서 고마웠다. 생각지도 못했는데 아이들이 의외로 어른스

아이가 생겼다

럽게 느껴질 때가 있어서 대견했고 그런 이유로 아이들이 더 사랑스러웠다. 왜 엄마들이 아이를 위해 헌신하고 아이를 위해 항상 기도하며 아이가 다치기라도 하면 그렇게 슬퍼하는 건지 알 것 같기도 했다. 아이는 정말 신기한 존재다. 화를 내기도 하고 삐치고 질투하고 울고 어리광 부리지만 예쁘고 사랑스럽고 사람을 기분 좋게 만들고 때로는 어른스럽다. 아무 생각 없는 듯, 나름의 생각을 분명히 가지고 있는 존재이다. 영화에서 아이를 잃은 엄마들이 왜 그렇게 울고 화를 내고 절망하는지 이해할 수 없었는데 이렇게 아이들의 곁에서 좀 오랜 시간을 보내고 나니 이해할 수 있었다. 3일 정도 봤을 뿐인 이 아이들이 이렇게 예쁜데 내가 고생해서 낳고 기른 내 아이라면 얼마나 예쁜 걸까. 엄마가 된다는 것을 가만히 생각하면 뭔가 두려운 기분이 들기도 하지만 그래도 내 아이를 낳아 기르고 싶다. 아이와 함께 살아간다는 느낌을 가져보고 싶다.

8월 4일

　꽃무지반에 들어가서 약 5분이 지나고 낮잠 시간이면 항상 자지 않고 칭얼거리던 알타가 잠이 들었다. 선생님은 행여 소리가 나서 알타가 깰까 봐 자지 않던 윤형이를 데리고 나가 놀라고 하셨다. 윤형이는 다른 친구들과 어울리는 활발한 아이가 아니라 혼자 조용히 노는 아이다. 하지만 제일 먼저 내게 말을 건 아이고 혼자 멍하게 앉아 있던 나에게 같이 놀자고 공을 내민 아이이기도 하다. 그래서 윤형이와 같이 놀 수 있다는 게 기뻤고 한편으로는 윤형이가 나를 싫어하거나 둘이서만 같이 나가는 것을 꺼릴까봐 두려웠다. 걱정과는 달리 윤형이는 내가 내민 손을 잡고 따라 나왔고 나는 기쁜 마음을 숨길 수가 없었다. 나와 윤형이는 모래 놀이터로 가서 소꿉놀이를 했다. 윤형이는 한참 모래를 뒤적거리더니 모래 속에 파묻혀 있던 프라

이팬, 그릇 모양의 장난감을 꺼냈고, "엄마가 빵 만들어 줄게요. 45분만 기다려요."라고 말하며 모래를 그릇에 담았다. 윤형이가 그렇게 길게 말하는 모습을 처음 봐서 너무 신기했다. 말을 더 시켜 보고 싶어서 "네. 맛있게 만들어 주세요. 그런데 무슨 빵 만들어요?"라고 말을 걸었지만 여전히 대답은 없었다. 그런데 갑자기 윤형이가 나를 구석으로 이끌더니 내 앞에 서서 "6층이요."라고 말했다. 처음에는 무슨 말인지 못 알아들어서 멍하게 있었는데 윤형이가 곧 "올라갑니다."라고 해서 엘리베이터 놀이를 하자는 것인지 알아들을 수 있었다. "문이 열렸습니다. 올라갑니다."하며 윤형이를 들어 올렸다가 내려주자 표정은 계속 무표정이었지만 그래도 속으로는 재미있었는지 계속 "4층이요." "1층이요."라고 했다. 그렇게 놀다가 갑자기 윤형이가 "조심하세요. 주의."라고 해서 또 의아해졌는데 어린이집의 2층 계단을 올라가다가 그게 무슨 말인지 알게 되었다. 계단에 "조심하세요. 넘어짐 주의."라고 쓰여 있는 것을 본 것이다. 그 뒤로도 윤형이와 놀이방에 가서 놀고, 장난감 벽돌집에 들어가 놀기도 했다. 방으로 돌아가서 윤형이는 칠판에 숫자를 쓰며 놀기 시작했고 나는 종이 벽돌을 만지고 싶어 하는 희정이와 벽돌 옮기기 놀이를 했다. 여러 서랍장에 제멋대로 놓여 있던 벽돌을 정리하고 싶었는지 희정이가 벽돌을 한쪽 서랍장으로 정리하려 했다. 그러다가 선생님이 나에게 희정이 머리를 다시 묶어주라고 하셨다. 머리를 묶을 때 계속 고개를 흔드는 희정이 때문에 당황스럽기도 했고 혹시나 세게 당겨서 아플까 봐 조심조심하느라 긴장이 되기도 했지만 처음 해보는 경험이었기에 너무 설레고 즐거웠다. 진짜 엄마가 돼서 내 아이의 머리를 처음 묶어줄 때도 이렇겠지 싶었다. 나는 처음을 그리 좋아하는 편이 아닌데 아이를 키우는 것만큼은 처음의 서투름이 익숙함보다 더 설레고 즐거울 것 같다는 확신이 들었다.

아이들이 집에 갈 시간이 되어서 선생님들이 모두 1층에 내려가셨는데 한 선생님께서 내려가시면서 희재를 좀 봐달라고 하셨다. 아무렇지도 않게 그러겠다고 대답했지만 곧 왜 선생님이 걱정하며 가셨는지를 알 수 있었다. 희재는 끊임없이 움직이며 자꾸만 밖으로 나가려고 했다. 그런 희재를 말리고, 밖으로 뛰어나가는 희재를 쫓아가고, 어르고 달래는데 정말 진땀이 났다. 무슨 기운이 그렇게나 센지 잡고 있는 게 힘들기도 했지만 그것보다는 혹시나 희재가 다치기라도 할까 걱정이었다. 제멋대로 생각하고 마음 가는 대로 행동하는 아이의 천진난만함을 확실히 볼 수 있었다. 왜 아이에게서 한시라도 눈을 떼면 안 된다고 하는지 알 것 같았다. 집에 가려고 가방을 챙겨 1층으로 가서 희재의 팔을 꼭 붙잡고 있는데 갑자기 윤형이가 내 등을 안았다. 처음에 누군지 몰랐을 때는 다른 반의 아이가 아무의 등이나 안았겠지 싶었는데 윤형이라는 것을 알고 나자 정말 기뻤다. 어린이집에서의 마지막 날에 드디어 나에게 애정을 표시하는 아이가 생기다니. 그리고 그 아이가 첫날 말을 걸어서 나에게 위로받는 기분을 느끼게 해주었던 윤형이여서 더 기분이 좋았다. 엄마는 열 달 동안 배에 품고 있으니 아이를 알지만 아이는 눈도 뜨지 못하고 깜깜하기만 한 자궁에서 엄마의 목소리만을 듣다 세상 밖으로 나오게 되니 엄마를 모르지 않을까 하고 생각했었다. 하지만 아이 역시 자신을 사랑하는 엄마를 알고 엄마와 떨어지면 울음을 터뜨린다. 윤형이가 날 안던 순간이 지금의 내게는 마치 내 아이가 엄마인 나를 처음으로 인식하고 애정을 갖는 순간인 듯 느껴져서 깊은 충족감을 느낄 수 있었다. 경험해야지만 그 깊은 행복을 진정으로 알 수 있게 된다는 점에서 그 두 가지 상황은 같다.

집에 갈 시간이 되어서 가방을 갖고 내려왔다. 선생님들께 인사를 하고 문을 열어주는 윤형이에게 인사를 했다. 내가 집에 가야 한다는 것을 모르는 윤형이가 같이 햇님 놀이터에 가자고 내 손을 끌어 당겨서 나는 난감하면서도 행복했다. 그런 윤형이를 말리며 "난 가야 돼. 안녕히 계세요." 배꼽 인사를 하자 윤형이도 "안녕히 가세요."라고 배꼽 인사를 했다. 마지막 날에 이렇게 보람을 느끼고 끝낼 수 있어서 정말 다행이었고 더 이상 어린이집에 올 필요가 없다는 것이 진심으로 서운해졌다.

   돌아오는 버스 안에서 윤형이, 희재, 지호, 선우, 희정이의 얼굴이 계속해서 떠올랐다. 내게 특별한 경험을 선물해 주었던 아이들. 이 활동을 시작할 때는 이게 엄마들의 마음을 이해하는데 무슨 도움이 될까 싶었지만 막상 해 보고 나니 조금이나마 엄마들을 이해할 수 있게 되었다.

그 아이들은 나를 기억할까

손미혜

나는 항상 어린이집에 가보고 싶었다. 조카들이 올 때면 너무 좋아서 보내고 싶지 않을 만큼 아이들을 좋아한다. 고등학생이다 보니 시간도 없고, 우리가 직접 아이들을 돌볼 수 있는 어린이집을 구하기란 쉽지 않았다. 내가 즐거워하면서 할 수 있는 봉사를 꼭 해보고 싶었다. 하지만 기회가 없어서 포기하고 교내봉사를 하면서 시간을 채웠다.

그런데 동아리에서 꼭 해보고 싶은 활동을 정해 조별로 활동을 해보자는 의견이 나왔고 나는 당연히 어린아이들이랑 지내는 일을 해보고 싶었다. 선생님께서 마침 아는 어린이집이 있다며 소개해 주셔서 우리는 한사랑 어린이집에 일주일 선생님으로 들어가게 되었다.

처음 어린이집에 들어갔을 때는 너무 낯설어서 당황했었다. 내가 아는 모습이 아니라 되게 자유분방한 느낌이었기 때문이다. 우리가 조금 일찍 도착했는지 선생님께서는 오시지 않은 상태였고 선생님을 기다리는 동안 설렘 반, 걱정 반 많은 기대를 많이 했던 것 같다. 그 어린이집에 있던 선생님들께서는 우리를 '학생'이라고 부르지 않으셨다. '선생님'이라고 부르셔서 뭔가 더 책임감이 느껴졌다.

지훈

지훈이를 처음 봤을 때에는 적기 어려울 정도로 여러 가지 생각이 들어서 당황스러웠다. 눈을 똥그랗게 뜨고 고개를 꺾어서 쳐다보는데 '아! 작구나!' 라는 생각을 했다. 같은 반 아이들 중에서 제일 나이가 많음에도 불구하고 작은 몸집 때문에 동생이라고 생각했다. 또래 아이들은 아직 어리기 때문에 얼굴보단 몸이 조금 작아 보이기 마련인데 지훈이는 얼굴도 작고 몸도 작고 손도 작고 발도 작았다. 너무 귀여워서 다가갔지만 계속 피했기 때문에 민망하고 당황해서 어쩔 줄 몰라 하는데 다른 아이가 "선생님! 오늘 처음 왔어요?" 나한테 먼저 말 걸어 준 거에 너무 고맙고 감동받아서 "응! 나랑 놀자!" 하고 비행기놀이, 대포놀이 하며 놀았다.

그런데 그때 지훈이가 책을 들고 와서 "꽃게! 벌레!" 하며 내 앞에 앉았다. 책 안에는 꽃게랑 벌레가 있었는데 그걸 보고 읽었던 것이었다. 나는 깜짝 놀랐다. 목소리가 그렇게 예쁜 아이는 처음 봤기 때문이다. 내가 봤던 모든 아기들은 목소리가 다 예뻤다. 하지만 지훈이 목소리가 옥구슬이 굴러가는 소리라고 해도 과언이 아니었다. 너무 신기할 정도로 목소리가 예뻐서 책을 읽어주면서 지훈이한테 시켜보고 또 시켜보고 했던 것 같다.

또 지훈이는 스티치를 닮았다. 스티치는 디즈니사에서 유명한 캐릭터인데 사실 내가 많이 좋아하는 캐릭터는 아니었다. 하지만 지훈이를 보고 나서 인터넷에 들어가서 곧장 스티치라고 치는 내 모습을 보니 지훈이한테 많이 정들었나보다.

지훈이는 내가 책을 읽어줄 때면 되게 좋아했다. 책을 좋아하는 모습을 보니 더 귀여워 보여서 볼을 부비부비 해주고 책을 들자 갑자기 내 무릎을 베고 눕는 지훈이 모습에 깜짝 놀랐다. 나만 친해졌다고 느끼는 게 아니었구나 싶어서 책을 읽는 내 목소리 톤도 높아진 것 같다. 지훈이는 내가 책을 읽는 동안 책을 바라보고 내 목소리도 듣고 노래도 불러가며 아주 바빠 보였다. 지훈이가 많이 부른 노래는 뽀로로 주제가인데 목소리가 너무 예뻐서 책을 덮으면 책을 읽어달라고 칭얼대고 책을 읽어주면 노래를 부르는 지훈이가 밉지도 않고 귀엽기만 했다.

건우

선생님들께선 건이는 어른스럽고 믿을 만한 아이라고 하셨다. 건이는 나한테 먼저 다가와준 너무 고마운 아이다. 5살인 어린 나이에 낯선 나에게 말을 걸어 준 게 너무 고마웠다. 건우는 나와 만난 시간동안 가장 이야기를 많이 하고 나에게 친하게 대해 왔던 아주 멋진 아이이다. 그래도 고등학생인 내가 먼저 다가갔어야 하는데 어린 아이들 앞에서 까지 낯을 가려버린 나 때문에 그런 건우의 행동은 나를 다시 생각해보게 한 계기이기도 하다.

건우는 자신보다 나이 많은 지훈이를 이끌어 갈 줄 알고 챙길 줄 아는 생각이 깊은 아이이다. 어린이집 안에 있는 놀이방을 갈 때에도 나를 데리고 가서 놀아줬던 아이이다. 내가 잘 적응하지 못하고 있는 걸 알았는지… 또 그후에 수영장에 갔을 때에도 내가 무얼 할지 말하고, 뻘쭘히 있는 동안 와서 이쁜 척도 해주고 애교도 부려준 귀여운 아이이기도 하다. 그래서 건우는 오히려 어린이집에 있었을 때보다 평소에 자주 생각나는 아이이다. 왠지 건우는 어른이 되어서도 정말 멋지고 인기 많은 아이가 될 것이다. 나한테 그랬던 것처럼 배려심 많고 남을 먼저 해주는 멋진 아이이다.

현정

현정이는 몸이 조금 불편하다. 하지만 뭐든지 스스로 해결하려는 기특한 아이이다. 밥을 먹을 때에도 조금 힘들어 하지만 끝까지 자기 손으로 해결하려고 한다. 뛰다가 넘어져도 혼자 일어나고 내가 옆에서 도와주려고 하면 오히려 내 손을 뿌리치고 먼저 일어나는 아이이다. 현정이에게는 특별한 행동이 있다. 엎드려 뻗쳐한 상태에서 양다리를 꼬는 행동이 있는데 선생님들께서도 뭘까? 하며 많이 얘기하신다. 가만히 있다가 자세를 취하기도 하고 뛰어놀다가도 자세를 취하기도 한다. 현정이만의 생각이 있나보다. 현정이는 나에게 많이 다가오지 않았다. 오히려 서운할 만큼 내가 다가

가면 피했었다. 선생님들께서도 현정이는 조그만 것까지 혼자 하려고 하고, 낯을 가린다고 해서 이해는 됐지만 서운한 건 어쩔 수 없나보다. 그래도 나는 현정이에겐 끈질기게 다가갔다.

다른 아이들은 자신에게 관심을 보이도록 유도하지만 현정이는 꽤나 도도한 여자였다. 현정이랑 제일 많이 시간을 가졌던 날은 우리 나비잠자리 반이 밖에서 노는 날이었다. 어린이집 앞에는 놀이터가 있다. 자유로운 분위기의 어린이집이라서 아이들이 나가고 싶다고 하자 나비잠자리 선생님들과 아이들이 모두 나섰다. 나는 현정이의 손을 잡고 우산을 들려주고 신발을 신겨 주었다. 현정이도 나가고 싶어 하는 눈치였기 때문에 내 손을 뿌리치지 않았다. 현정이는 자꾸 높이 위치한 미끄럼틀에 올라가고 싶어 했다. 그런데 자꾸 미끄럼틀이 아닌 경사진 위험한 곳에 올라가려는 현정이가 위태로워 보여서 얼마나 걱정했는지 모른다. 그런 현정이를 안아들고 나무 정자로 가서 신발을 신겨 줬다. 가만히 있는 현정이가 의외였지만 너무 기분이 좋아서 현정이랑 손잡고 계속 돌아다녔던 것 같다.

하늘

하늘은 몸이 조금 불편하다. 말도 잘하진 못한다. 하지만 누구보다 사랑스러운 아이다. 처음 간 날 하늘은 가족끼리 물놀이를 간다고 오지 못해서 다른 아이들보다 시간이 얼굴을 맞댈 시간이 적었다. 그 시간이 아까울 만큼 너무 사랑스러운 아이이다.

처음 하늘을 봤을 때에는 몸을 움직이지 못해서 의자에 선생님이 옮겨주시는 것만 봤다. 과연 내가 하늘이랑 놀 수 있을까, 또 하늘이 날 경계하지 않고 날 봐줄까 많이 걱정했다. 그래서 5일이라는 얼마 없는 시간 동안 하늘을 돌봐주는 선생님들 옆에서 쳐다보기만 했던 것 같다.

그렇게 옆에서 봐온 하늘은 항상 높이 묶은 양갈래 머리에 앞머리를 딱

핀으로 고정하고 있었다. 앞니가 살짝 나온 귀여운 입으로 뭔가 말하려고 옹알이는 모습은 정말 귀여웠고 코 끝이 동글동글 했지만 전혀 낮은 코가 아닌 예쁜 콧대가 부러웠다. 또 한쪽은 옅은 쌍커풀과 다른 한쪽은 짙은 쌍커풀을 가지고 있는 두 눈은 커다랬고 속눈썹이 정말 길었다. 하늘의 눈은 꼭 누군가와 눈을 맞추고 있다. 하늘의 눈에 내가 없다는 게 아쉬울 만큼 눈이 너무 예뻤다. 하지만 나도 그런 하늘과 눈을 마주칠 수 있었다.

원래 그랬던 것처럼 선생님들이 하늘이랑 노는 동안 나는 건우나 민주가 물놀이 할 때 옆에서 같이 놀아주고 있었고 상민이랑 지훈이에게 책을 읽어 주고 있었다. 틈 나는 동안 왠지 모를 호감이 가는 하늘의 얼굴을 계속 보고 있으니 한 선생님께서,

"미혜 쌤! 우리 하늘이랑 같이 놀아 줄 수 있죠?"

라는 말에 당황했지만 네! 하고 달려가서 하늘 앞에 앉았다. 하늘은 발가락에 물집이 잡혀서 상처가 생겨 있었다. 물놀이를 하다가 여린 발이 견디지 못했나보다. 선생님들께서 치료해 주셨지만 아플 법도 한데 생글생글 웃는 모습이 너무 예뻤다. 그런 하늘의 발목을 잡고 살짝살짝 움직여주니깐 또 입을 옹알거리며 웃었다. 휴대폰으로 게임을 하는 것보다 텔레비전을 보는 것보다 하늘을 보고 손가락을 만져주고 쓰다듬어 주는 시간이 훨씬 시간이 빨리 갔다. 나를 경계하지 않고 쳐다봐 주는 게 너무 고마웠다. 눈을 찡긋 찡긋 하면서 깜빡이는 것도 너무 신기했다. 하늘이랑 같이 논 시간이 별로 없어서 너무 안타깝다는 생각만 들었다. 남은 시간 동안이라도 하늘이랑 추억을 많이 쌓고 싶다는 생각도 했다. 너무 사랑스러운 아이이다.

민주

새침떼기 스타일의 정이 많은 공주 같은 민주는 뽀얀 피부랑 항상 예쁘고 깨끗하게 차려입은 여자아이였다.

자기 의사가 분명했고 똑부러지는 똑똑한 아이다. 민주랑 처음 만났을 때 언니~언니~하며 날 따르는 모습에 감동받을 만하면 또 새침하게 돌아가는 모습에 아이들은 알 수 없다고 생각했지만, 또 언니~하고 오는 모습에 다시 약해진다.

내가 학교를 마치고 어린이집에 간 날 건우랑 민주는 빨간 통 안에서 물놀이를 하고 있었다. 나도 어릴 때 내 동생이랑 저렇게 논 적 있는데! 하고 다가갔다. 같이 놀자고 건우가 또 나한테 먼저 말을 걸어줬었다. 민주가,

"언니~나 저기 있는 장난감 좀 가져다 주면은 안 돼?"

하는 말에 후다닥 달려가서 가져온 장난감은 소꿉놀이 장난감이었다. 그 장난감은 요리를 만드는 재료로 여자아이들에게 인기많은 장난감이었다. 그런 장난감을 만지면서 민주는 또 나에게 말을 건다.

"언니, 나는 옥수수가 좋아!" 하면 나도

"나도 옥수수가 좋아! 맛있지?" 해준다.

"언니, 난 고기도 좋아~"

"나도 고기가 좋아~"

또 민주가,

"근데 언니 나는 초록색 야채가 싫어~"

나는 뻔한 이야기지만 어른들처럼 이야기한다. 초록야채들이 건강하게 해준다는 둥 고기만 먹으면 살이 많이 찐다는 둥, 과일을 먹어야 피부가 지금의 민주처럼 곱게 유지할 수 있다는 둥. 그러자 민주는 나에게 굉장히 말을 많이 걸어 왔다.

예뻐지는 방법, 피부에 좋은 음식, 살이 안 찌는 방법, 인기 있는 방법 등 저런 분야에 관심이 많은 민주를 보면서 어릴 적 내 생각이 나기도 했다. 엄마 몰래 립스틱을 바르기도 했고 파우더를 바르기도 했다. 사춘기가 되면서 얼굴을 가꾸는 데에 관심이 많아질 때 나를 꾸미려고 한 화장들이 얼마나 해가 됐는지도 설명해 줬다. 민주가 집중해서 듣는 모습에,

"민주는 예쁘니깐 이대로 크면 진짜 이쁘겠다. 그치 ?"라고 하자, 민주의 밝은 목소리가 들려왔다.

"응!"

그날 하루는 민주 덕분에 시간을 즐겁게 보냈다. 내가 민주 눈높이를 맞춰 준 게 아니라 민주가 나에게 눈높이를 맞춰 준 것 같아 민주랑 더 친해진 게 뿌듯해지는 하루였다.

상민

상민이는 개구쟁이에 딱 알맞은 귀염둥이이다. 상민이는 유독 뽀로로에게 약한 아이이다. 장난 많은 전형적인 남자아이지만 뽀로로만 틀면 한없이 약해지는 모습에 웃음이 나기도 한다. 상민이도 책을 좋아해서 지훈이가 책을 들고 오면 자기도 옆에 와서 '나도!' 하며 털썩 앉아 버린다. 그리고 자기가 책을 읽어주겠다며 책을 읽어준 적도 있다. 상민이가 낮잠을 잘 때는 꼭 책을 읽어 주어야 한다. 어려서 낮잠을 자야 하는 데 활발한 성격의 상민이가 유일하게 자는 때는 조용히 옆에서 책을 읽어줄 때라고 선생님들께서 귀띔해주셔서 난 도전해보고자 책을 들고,

"상민아, 선생님이 책 읽어 줄게~" 하고 상민이를 눕혔다.

그러다 어느 순간, 나는 내가 잠에서 깨고 있는 데에 놀랐다. 난 분명히 잔 적이 없는데 내 옆에는 상민이가 있고 나는 읽어주던 책을 베개 삼아 누워 있었다. 이불이 덮여 있는 걸 보고 선생님들께서 나에게 한숨 자라고 배려해 주셨다는 것에 감동 받았다. 또 괜히 선생님 역할은 못하고 방해만 된 것 같아서 너무 죄송했다.

상민이는 잠에 빠져서 나를 안고 자고 있었다. 너무너무 예쁘고 왜 애기들이 자고 있을 때 날개 없는 천사라고 하는지 이해가 됐다.

상민이는 마지막으로 어린이집을 가는 날에도 내가 재웠다. 상민이한테

"상민아 선생님 인제 내일부터 안와~" 하자 상민이는 아무 대답이 없었다.

　"상민이 인제 나 못보는데 안 속상해?"

라고 묻자

　상민이는 "응 괜찮아."하고 대답했다.

　너무 속상했지만 솔직한 모습이 어린아이답다고 생각햇다.

　이 아이들이 나중에 커서 나를 기억해 줄까 하고 생각해 본다. 물론 어린 나이에 일 년을 본 것도 아니고 고작 5일이라 내가 기대가 큰 것일 수도 있지만 나에겐 너무 좋은 기억을 만들어준 아이들이다. 그런 아이들한테 나도 큰 부분이 되고 싶은 욕심이 자꾸 생긴다. 나한테는 아직도 소중한 아이들인데 아이들이 기억 못 하면 서운할 것 같다. 그렇지만 내가 어릴 적 사진을 보면 기억 못 하는 많은 사람들이 있듯 그 아이들도 나를 기억하지 못할 것이다.

　난 여전히 한사랑 어린이집 골목을 지나가면 친구들에게 신나게 아이들 얘기를 해주고 홈페이지도 들어가서 아이들 사진이 있나 없나 보기도 한다. 나 혼자 아이들을 보고 싶어 하는 것도 나쁘진 않다. 예쁜 아이들과 같이 있었는 것만으로도 감사하고 기분이 상쾌해진다.

　그리고 나에게 소중한 사람이 되어 준 것에 너무 고맙다. 내가 커서 이 아이들을 기억한다면 언젠가 만나게 될 거라고 믿고 있다.

마당 깊은 집

길남이의 **발자국**을 따라
골목을 걷다

김현미, 변혜경, 손은경

　오늘은 길남이를 따라서 '마당 깊은 집'을 찾으러 가는 날이다. 가장 중요한 준비물인 일회용 카메라를 가방 속에 넣은 후 중앙로 역 1번 출구에 우리는 모였다. 조금씩 지각을 하였지만 지각쟁이 현미는 한 시간이나 늦게 왔다. 그래서 우리는 카페에서 현미를 기다리며 시간을 보내기로 했다. 피곤에 절어 있던 우리지만 달달한 케이크와 딸기 빙수로 기분을 녹였다. 잠시 뒤 현미가 멋쩍은 웃음을 지은 채 들어왔다. 그리고 우리는 뜨거운 햇살 아래에 2011년 현재는 담아둔 채, 1950년의 길남이를 만나러 갔다. 더워도 너무 덥다. 그 순간 책 속의 길남이가 신문 배달을 하던 모습이 머릿속을 스쳐 지나갔다.

　■"길남아 그 팔십 환으로 신문을 받아서 팔아봐라 신문 팔아 돈을 얼마만큼 벌는 기 문제가 아이라, 니 힘으로 돈벌이 해보모 돈이 얼매나 귀한 줄 알 수 있

을 끼다. 이세상의 쓴맛을 알라카모 그런 갱험이 좋은 약
이 될 테이께. 초년 고생은 돈 주고도 몬 산다는 속담도
있느니라 …."

거역할 수 없는 어머니의 말에 길남이는 곧장 신문
배달을 하러 갔다. 신문을 팔지 못하면 다시 내려가라
던 어머니의 아귀찬 말에 길남이는 용기를 낸 것이다.
그렇게 신문팔이의 요령이 생기면서 길남이는 열심히
신문팔이를 하러 갔다.
  이 동상은 분명 신문팔이를 하러 갔다가 쉬고 있는
길남이의 모습일 것이다. '마당깊은 집'을 보지 못했
다면 옆에 있는 것이 신문일 것이라고는 생각지도 못
할 것이다.
  우리는 함께 길남이와 '마당 깊은 집'을 찾으러 가기 전, 편의점에 들러
생수를 한 통씩 챙겼다. 온갖 가게들이 즐비하게 늘어서 있고 항상 사람들
로 번잡한 동성로의 가까이에 이런 골목들이 있다니 놀랍고도 신기했다.
  모두 한 손에 생수병을 들고 좀더 들어가자 특이한 간판이 눈에 띄었다.
무엇인가 모르게 옛 느낌이 물씬 풍기는 건물 이였다.
  '따라지학교'라는 술집이다. 자전거와 그것을 타고 있는 사람의 모형으
로 가게의 간판을 디자인하다니 신기했다. 눈에 익은 깃발도 보였다. 특이
한 간판만큼이나 내부의 풍경 또한 궁금해졌다. 굳게 닫힌 문 사이로 언뜻
보이는 듯도 하다. 미래에 친구들과 함께 입장해 보리라!

  ■삶이 우울하기는 내 경우도 마찬가지였으니, 4월 하순에서야 나는 겨우 중
학교에 입학할 수 있어 늘 선망하던 교모와 교복을 처음으로 입어보게 되었기
때문이었다. 신문 배달을 하다 우연히 전봇대에 붙어 있는 신설 공립 중학교 학

생 모집 광고를 보고 입학하게 된 학교였다. 방천에 걸린 수성교에서 따온 이름
으로, 수성중학교는 교사조차 없었으므로 삼덕동에 있던 경북대학교 사범대
부속고등학교 가교사 교실 두 칸을 빌려 쓰게 되었다. 선생은 교장까지 다섯 명
이었고, 입학 시기를 놓치고 빈둥거리는 아이들을 긁어모아 보니 마흔 명을 간
신히 넘겼는데, 학생 중에서는 전쟁통에 공부할 기회를 놓친 여드름 자국 숭숭
하고 수염 거뭇한 덩치까지 몇 끼여 있었다. 그들은 쉬는 시간이면 변소 뒤로
가서 담배를 피웠고 중학교 일학년 주제에 부속고등학교 학생들을 공갈로 위
협하여 주머니를 터는 말썽까지 부렸다. 나머지 학생들도 대체로 공부에 흥미
가 없는 농땡이들로 수업 시간이면 다른 호작질을 하거나, "선생님, 이바구 한
차례 해주이소" 하고 엉뚱한 소리를 뱉기 일쑤였다. 신설 학교라 전통이 없어서
인지, 좋은 학교에서 밀려나 그 따라지 학교로 전근 오게 되었음인지 선생들조
차 열심히 가르치지를 않았다. 그런 학교 분위기에 나는 실망하여 날마다 아침
등굣길이 우울했으나 일차 시험에 낙방한 벌로 공납금이 아주 싼 그런 학교라
도 다니지 않을 수 없었다.

다음으로 간 곳은 화교소학교였다. 화교 소학교를 입장하는데 무시무시한 눈빛이 느껴졌다. 그것은 맹자와 공자 등 중국의 학자들이었다. 그들은 책을 들고 있었는데 길남이의 시대에도 이런 벽화가 있었을까? 교육을 갈망하던 길남이는 화교소학교를 지나면서 배움의 열정을 느꼈을까? 김장을 하기 위해 화교소학교에 물을 기르러 갈 때 길남이는 얼마나 힘들었을까? 책에서는 마당 깊은 집과 화교소학교가 얼마나 먼지 몰랐는데, 화교소학교를 빠져나온 뒤 마당 깊은 집으로 가는데 그 거리는 꽤나 길었다.

무더운 여름 날 땀을 흘리며 걷는 우리는 길남이 생각이 났다. 얼마나 길게 느껴졌을까? 손을 아려오는 추위에 맞서서 걸은 길남이를 생각하니 괜히 손이 시려왔다.

뒤이어 마당 깊은 집으로 향했다. 마당 깊은 집을 찾던 중 이 골목 저 골목 돌아다니다 보면, 우리가 사는 시대보다는 조금 전 시대의 물건들이 많이 보였다. 우리는 과거에 많은 것을 두고 온 것 같다. 요즘은 영화 '써니'부터 시작해서 유행하는 패션이나, 가수들의 뮤직비디오에서 복고의 돌풍이 불고 있다. 모두 정거운 느낌들뿐이다. 벽화 속의 그림에서 과거의 소리가 들리는 듯하다.

옛날 시장의 시끌벅적한 모습을 나타내려고 한 것일까? 모두들 한복을 입고 있어서 내 눈에 보여지는 옛 장의 모습은 생소하기만 하다. 누가 보지 않을 때에는 마치 생생하게 움직일 것만 같다.

길남이도 이런 시장을 다니면서 신문배달을 했다. "사이소! 영남일보 사이소!"를 외치며 뛰어다녔을 길남이의 모습이 눈에 선하다. 앞에 앉아서 우

리를 지켜보는 두 사람 덕분에 길남이를 따라가는 골목길 투어를 마음 편하게 할 수 있을 것 같았다.

벽화를 지나다 보면 마당 깊은 집을 찾을 수 있다. 책에서는 마당 깊은 집이 이렇게 묘사되어 있다.

길남이도 힘들 때 짚었을 벽

■마당 깊은 집 구조부터 설명하자면 아무래도 솟을대문부터 시작해야 순서일 것이다. 동향인 솟을대문은 한 쪽 처마가 기우뚱 내려앉아 있었다. 지붕 골기왓장 틈새에는 여름철이면 풀이 자랄 정도로 고색창연한 대문이었다. 어느 시절에는 채전이 되고도 하다 해방되던 해 가을, 함석집 한 채가 들어앉게 되었다. 전쟁이 나던 해 여름, 그 가족이 홀연히 떠나버리고 새로 들어온 식구… 가 김천댁이었다. 바깥마당과 안마당 사이에는 하늘색 페인트칠이 허물을 벗어 얼룩이 진 중문이 있었다. 고색창연한 솟을대문에 비해 격에 맞지 않는 그 중문으로 들어서면 다섯 층계의 돌계단 아래 땅이 우묵하게 꺼진 쉰 평 정도의 너른

안마당이 나섰다. 남향으로 앉은 위채는 대청을 가운데 두고 방이 네 개인 안채와 한 칸 사랑채로 나누어져 있었다. 위채 두 동 한옥은 다섯 벌돌층계 위에 덩실하게 앉은 골기왓집이었다. 안채 끝 부엌 앞 수돗간을 사이에 두고, 안채와 기역자를 이룬 기다란 아래채는 중문을 마주보는 동향이었다. 아래채는 크기가 같은 방이 네 개였는데, 그 무렵 우리 식구가 쓰는 방까지 합쳐 아래채는 네 가구가 살았다. 수돗간에서부터 첫째 방은 경기도 연백군에서 피난 나온 경기댁 가족이 살았다. 둘째 방은 퇴역 장교 상이군인 가족이 살았다. 셋째 방은 평양댁 가족이 살았다. 위채에 사는 주인집은 여러 대에 걸쳐 경북 의성군에서 알려진 토호 집안이었다.

하지만, 지금 마당 깊은 집은 주차장으로 변해 있었다. 우리를 맞이한 것은 콘크리트 바닥에서 나는 열을 식히기 위해 물을 뿌리던 주차관리원 아저씨와 마당깊은 집 바로 뒤에 보이는 "지금은 2011년이다!"라고 말하듯 서 있는 커다란 백화점이었다.

실망감과 허무함을 안고 우리는 약전 골목에 들어섰다. 약전 골목에서는 한약재 냄새가 많이 났다. 함께한 최종문 선생님이 "몸에 좋은 거니까 많이 맡아"라고 하시기에 우리는 킁킁거리며 냄새를 좇기 바빴다. 가는 곳마다 한약방이 늘어서 있어서 만약 내가 한약재를 사기위해서 약전 골목을 찾는다면 어느 곳에 들려야 할지 알 수 없을 것이다. 한약방이 많다보니 '영원

한 생명'을 뜻하는 '영생(永生)'이라는 글자가 눈에 많이 띄었다. 초등학교 5학년 때부터 좋아한 아이돌 그룹의 한 멤버 이름과 같아서 자꾸 눈이 가게 되었다.

약전골목 속의 골목이다. 구불구불하게 펼쳐진 골목들을 따라가다 보면,

한약방이 계속 나온다. 사진 속의 골목길은 영원
히 그 끝이 보이지 않을 것 같다. 소박하게 '약
전'이라고 쓴 두 글자와 전화번호만 적힌 가게의
간판이 마음에 든다. 우리나라의 전통 한옥 집처
럼 되어 있어 대문 안쪽으로 들어가면 정겨운 느
낌이 날 것이다.

■ 대구시로 나와 며칠 동안 누나와 길중이가 학
교에 가고 나면 나는 막내아우 손을 잡고 큰길로 나
가 낯선 도회지의 가까운 지리를 익히며 하릴없이 빈둥거렸다. 약전골목은 이
름이 골목이지 차가 다니는 포장된 훤한 한길이었다. 길 양쪽으로는 단층 기와
집에 유리 문짝을 내단 약제 도매상과 한약방이 즐비했고 그 안과 처마 아래는
갖가지 약초가 건초더미처럼 쌓여 있었다. 그 거리로 나서면 감초 따위를 작두
로 잘게 써는 구경을 할 수 있었고, 무엇보다도 향긋한 약초 내음이 상큼하게
코에 스몄다.

두 갈래로 뻗어진 골목길의 한 쪽에는 이렇게 막다른 골목이 있었다. 왼
쪽 담 위에는 철조망이 쳐져 있다. 무엇을 보호하려 한 걸까? 궁금해졌다.
맞은편에 바로 보이는 것은 문처럼 생기긴 했지만 문은 아닌 것 같다. 정체
가 궁금해진다. 이곳의 너머 뒤쪽엔 어떠한 것이 펼쳐져 있을지 마구 상상
하게 된다.

약전골목에서 더 가다 보면 진골목
이 보인다.

미도다방은 6월 중순 길남이가 신문
배달을 하던 중 준호아버지를 우연히
보게 된 곳이다. 계급장 없는 군복차림

에 준호 아버지는 다방으로 갔고 신문을 팔기 위해 길남이도 들어갔다. 장교 출신은 행상을 금하는데 준호 아버지는 다방에서 잡동품들을 팔고 있었다. 경기댁 말이 사실이었다. 정말 먹고 살기 위해서 한 푼이라도 더 벌기 위한 준호네 가족이 안쓰러웠다.

아이를 낳고도 이틀 만에 장삿길에 나선 준호 엄마, 준호네 가족을 보면 사람이 먹고 살려면 어떻게든 버텨내는 것 같다. 주어진 환경에 큰 불만을 가지지 않고 열심히 살고 있는 모습을 보니 가장 배울 것이 많은 사람인 것 같다. 그저 시장에서 호루라기 소리에 어린아이를 업고 도망치는 행상 아주머니들 중 한 명이지만 길남이 엄마가 말했듯이 분명 행복해질 수 있는 사람이라고 생각한다. 책에서의 미도다방은 몇 십 년이 지난 아직도 존재하고 있었다.

준호네의 삶을 생각하며 지나가던 중 책 속의 내용과는 무관하지만 그렇다고 결코 다른 이야기만은 아닌, 박물관처럼 꾸며진 이상화, 서상돈 고택을 갔다. 가자마자 보았던 건 민족풍의 고택 뒤로 커다란 아파트가 있는 아이러니 상황이 눈앞에 펼쳐졌다. 그래도 그 뒤의 웅장하고 화려한 아파트보다, 웅장하다 못해 경견하기까지 한 고택에 눈이 갔다. 그것은 이상화 시인님의 힘인 걸까? 안타깝게 짧은 생을 살았지만, 그의 저항시는 영생불멸이라도 하듯 교과서에서도 접할 수 있고 그의 집에 들어 갔을 때도 접할 수 있다.

'빼앗긴 들에도 봄은 오는가' 중, 특히 맘에 드는 구절은

나비, 제비야, 깝치지 마라

맨드라미, 들마꽃에도 인사를 해야지.

아주까리기름을 바른 이가 지심 매던 그 들이라 다 보고 싶다. 내 손에 호미를 쥐어다오. 살진 젖가슴과 같은 부드러운 이 흙을 발목이 시도록 밟아도 보고, 좋은 땀조차 흘리고 싶다.

이 구절이 내포하고 있는 의미는 국토에 대한 사랑과 애정이다. 정말로 자신의 나라를 사랑하는 사람들, 이상화뿐이 아니라 우리 조상들의 피나는 희생과 노력에 우리는 조금 더 편한 삶을 살고 있기에 감사하며 옛것을 잘 보존해야 된다고 생각했다. 유관순이라도 된 듯 대한독립 만세를 외치며 애국심을 키우며 고택을 나서던 중 그리 멀지 않게 계산성당을 발견할 수 있었다.

계산성당의 밖의 일부분을 보는 것만으로도 신기했다. 계산성당은 멀리서 보았을 때보다 좀더 다가가 가까이서 바라보는 모습이 더욱더 아름답고 멋있었다. 어떤 종교로 인해 드는 위압감보다는 오히려 아담한 느낌을 줬

다. 우리는 계산성당 내부의 모습을 보기 위해 창문 쪽으로 갔고 놀랄 수밖에 없었다. 멀리서 보았을 때는 보이지 않았는데 가까이 가니 모든 창문이 스테인드글라스로 가득 차 있었다. 그곳에는 단지 성서의 인물과 서양의 성인들만 있는 것이 아니라 한복을 입고 있는 한국 출신 성인들도 장식되어 있었다. 건물 바깥의 모습에서 한없이 감탄하던 우리는 기대를 안고 성당 안으로 발을 디뎠다.

안으로 들어가는 순간 우리 모두 입이 떡 하니 벌어졌다. 밖에서 보았을 때와는 또 다른 멋이 존재했기 때문이다. 천장이 끝도 없이 높이 솟아 있었고, 많은 기둥들이 나란히 서서 계산성당을 받쳐주고 있었다. 그리고 밖에서 흐릿하게 보이던 스테인드글라스가 빛을 받아서인지 내부에서 보니 더욱더 선명하고 아름다움을 뽐내었다. 우리는 신기함에 눈을 떼지 못했다. 그렇게 얼마나 흘렀을까? 우리는 다음에도 꼭 오리라는 다짐과 함께 계산성당에서 나왔다.

다음 목적지인 박물관을 가기 전 배가 고팠던 우리는 중국집으로 들어갔다. 왠지 모르게 중국집 또한 옛 전통의 느낌이 물씬 풍겼다. 이곳이 내가 알기로는 책 속에 나온 장소이다. 이 만두를 영생덕에서 사오지 않았을까?

■ "길남아, 추운데 왜 거기 섰지? 내 만두 사왔다. 방으로 어서 들어와." 털스웨터를 입은 문자이모였다. 화장을 하지 않아서인지 얼굴이 핼쑥했고 목소리에 힘이 없었다. "이모 왔습니껴." 내가 반갑게 말하며 그 뒤를 따라갔다. 친이모님은 따로 있었지만 그렇게 불러주기를 문자이모가 좋아함을 나는 알고 있

었다. 돼지고기와 갖은 양념이 들어 있는 만두, 말만 들어도 내 입안에 군침이 괴었다. 문자이모가 주전부릿감으로 종종 만두를 사오지 않았다면 나는 그때까지도 중국인 거리의 유리 진열장 접시에

담긴 만두 견본만 구경했을 뿐 만두가 그토록 맛있는 줄 몰랐을 터였다. 방으로 들어와서 문자이모가 만두를 싼 부대종이를 풀어놓자, 방 귀퉁이에 쪼그리고 앉아 졸던 길수의 초점 안 맞는 눈이 금세 생기를 띠었다. 길수는 따스한 기가 남은 말랑한 만두 앞으로 재빨리 다가왔다. 만두는 눈어림으로 열대여섯 개는 되었고 얼른 계산해 보니 내 몫으로 네 개 차지는 될 것 같았다. "길남아, 정지에 가서 간장 종재기 가꼬 온나." 어머니가 말했다. 심부름을 시킬 사람이 나밖에 없기도 했지만 음식을 앞에 두고 내가 꼭 심부름을 해야 한다는 데 부아가 났다. 부엌으로 나가 서둘러 간장 종지를 가져오니 아니나 다를까, 이미 셋이 만두 한 개씩을 베어먹은 뒤였다.

위의 사진 속 간판이 자세히 보일지는 모르겠지만 간판을 보게 되면 이 중국집이 30년이나 되었다는 것을 알 수 있다. 30년이면… 우리가 태어나기 훨씬 전의 시대인데 우리는 다시 한번 이곳의 역사에 감탄하며 안으로 들어섰다. 그 시절의 음식과는 다르겠지만, 무엇인가 특별한 것이 있지 않을까 라는 기대감이 몰려왔다. 왠지 가게 문을 열자마자 '만두 주세요~' 라며 해야 할 것 같다.

중국집 내부의 모습은 우리가 알던 모습과 비슷했다. 우리는 짜장면과 짬뽕, 볶음밥, 탕수육을 시켜 먹었다. 입으로 음식이 들어가는 순간 너무 황홀했다. 맛은 정말 끝내줬다. 우리가 순식간에 다 해치웠을 때쯤에 서비스로 꽃빵을 튀겨서 주셨다. 학교 급식에 종종 등장하는 꽃빵, 그때는 고추 잡채와 함께 먹어서 맛을 잘 몰랐지만 튀겨준 것을 먹어보니 바삭바삭하고 너무 맛있었다. 그렇게 우리는 배부르게 먹고 난 후 나는 아쉽지만 다음 목적지를 뒤로한 채 집으로 갔고 남아 있는 선생님과 혜경이와 은경이는 박물관으로 장소를 옮겼다.

느른하게 배를 채우고 나니 힘이 쑥쑥 났다. 다시 힘을 내서 전진! 그렇게 골목길을 걷고 걸어 큰길로 빠져나왔다. 멀리서 '대구근대역사관' 이 보였다. 우리의 마지막 행선지이다. 우리가 볼 수 있는 곳은 2층까지이다. 근대의 대구 모습을 모두 담고 있는 것 같다.

1층에는 주로 박물관 형식으로 전시품을 진열해 놓았다. 조선식산은행실에서 옛 은행의 모습과 화폐의 모습을 구경했다. 앞으로 더 나아가면 부영 버스란 것이 있다. 신기한 것이 보이자마자 우리 세 명은 당장 들어가보았다. 들어가 보니 전경은 버스처럼 되어 있고, 나무로 된 의자가 있어 앉을 수도 있었다. 내가 앉은 정면에는 벽면 전체에서 영상이 흘러 나왔다. 우리 또래의 여자아이가 나와서 마치 우리가 관광버스에 탄 듯이 근대의 대구의 모습을 보여주며 소개하고 있었다. 한 정류장에 멈춰 서서 명소를 소개하고 또 다른 정류장으로 이동하는 형식이다. 여자아이가 명랑한 목소리로 "오라이~"라고 했을 때는 모두 웃음을 터뜨렸다. 길거리의 군데군데에 사람들이 서 있어서 실제의 거리 같았다. 버스에서 나와서 더 걷다 보니 커다란 인력거 모형이 있었다. 타보고 싶은 욕구에 사로잡혔지만 인력거꾼도 없었을 뿐더러 '대구근대역사관'에서 제한되는 행위에 버젓이 '진열관 및 전시품을 만지는 행위'라고 등재되어 있었다. 쫓겨나고 싶지 않았으므로 2층으로 이동했다.

엘리베이터가 있어서 편하게 올라올 수 있었다. 그래서 도착한 곳이 체험학습실이다. 여러 가지 체험을 할 수 있었는데 그중 내 관심을 끄는 것은 옛날 화폐의 모습을 프로타주 기법으로 종이에 새기는 것이었다. 지금보다 더 어릴 때 동전을 종이 밑에 깔고 연필이나 색연필로 열심히 긁어대던 때가 생각났다.

그리고 커다란 화면 속에 책이 놓여 있었는데 실제로 책장을 넘기듯이 터치하면 책장이 넘어갔다. 신기해서 몇 번이고 반복해서 해보았다. 우리의 사진을 찍는 곳도 있어서 이때다 하고 사진을 찍었다. 많은 사람들이 우리처럼 사진을 찍어놓고 갔다. 우리가 다녀간 뒤 다른 사람들이 사진을 찍으려고 하면 우리 사진도 보이겠지? 역사관에도 추억을 하나 남겨놓고 온 셈이다.

역사관에서 나온 우리는 이제 헤어질 시간이 되었다. 오래 걸어서 아픈 다리를 이끌고 지하철역으로 향했다. 편하게 앉아서 갈 수 있는 버스를 타려고 했지만 집 앞으로 바로 가는 버스가 없었으므로 지하철을 선택했다. 시내에서 다른 약속이 있는 최종문 선생님과는 헤어졌다. 지하철역에 도착한 우리는 방금 막 '중앙로역' 에 들어온 열차 때문에 달릴 수밖에 없었다. 겨우겨우 탈 수 있었는데, 우리가 반대 방향을 탄 줄 알고 노심초사 했었는데 다행히 잘 탄 것이었다. 노심초사 했던 우리가 웃겨서 깔깔 웃었다.

우리의 투어는 길면 길고 짧으면 짧은 투어였다. 어쨌든 보람이 있었다. 대구 시민으로서 한층 더 고양된 것 같다. 길남이를 통해서도 대구를 더 잘 알 수 있게 되었다. 책을 보고 그 책 속의 장소를 찾아간다는 주제를 선택했을 때는 맛집들을 탐방할 생각이었다. 그러나 선생님이 '마당 깊은 집' 을 권유해 주신 후, 우리의 계획, 목표 모든 것이 바뀌었다. 가벼운 마음으로 고른 주제가 부담스러워졌고, 잘 할 수 있을까 걱정이 되었다. 하지만, '마당 깊은 집' 을 읽으면서 우리 자신이 한층 더 성장할 수 있었던 것 같다. 책 속의 장소를 하나씩 찾아 갈 때마다 신기하고 재미있었다. 마당 깊은 집이 옛날 모습 그대로 존재 한다면 더 좋았을 텐데 하고 아쉽기도 했지만 일단 찾아가기로 마음먹었을 때부터 커다란 의미가 있었다.

오늘은 친구들, 선생님과 함께 길남이의 발자국을 따라 걸었지만, 다음에는 엄마, 아빠의 어린 시절 이야기를 들으면서 가족과 함께 걷게 되는 기회가 있었으면 좋겠다. 그때에도 길남이는 그 자리에 앉아서 쉬고 있을 것이다.

그리고

열둘,

우리는 열두 명이다.

올림푸스의 열두 신

원탁의 열두 기사

연필 열두 자루

가야금 열두 줄

열두 명의 제자

열두 간지(干支)

열두 별자리

열두 시간

열두 달

처럼, 우리는 열둘이다.

열두 명의 아이들이 두 선생님과 책을 쓰기로 의기투합한 것은 2011년 3월이다.

이것이 처음이었다.

앞일을 예상 못한 우리는 마냥 즐거웠다.

나의 고통을 알알이 드러내야 할 알깨기 발표, 뜨거운 8월의 좌충우돌너 만나기를 예상하지 못한 채, 마냥 설레고, 결의에 차 있었다.

에듀나비 카페에 가입하고, 소박한 한 줄 쓰기에 열정적으로 참여하며, 우리가 처음 찾아나선 것은 '알' 이다. 나의 알을 찾고, 다른 사람에게 그 알을 고스란히 보이는 과정은 눈물이었다. 그 눈물이 흐르고 난 뒤 우리에게 어떤 변화가 있는 것인지 아직은 모른다. 떨면서, 무안해 하면서, 망설이면서 꺼낸 알을 들고 발표하는 과정이 우리 각자에게 무엇을 남겼는지 아직은 모른다.

　　그러나 뭔가 스멀스멀 가려운 느낌이 든다. 지속적이면서 간헐적으로 느껴지는 그 기운은 뭔가 기대하게 한다. 모르지. 어딘가에서 불쑥 날개라도, 새로운 다리라도, 제3의 팔이라도 나오고 있는지도.

　　5월엔 밤을 같이 보냈다. 학교 강당에 텐트를 치고, 테이핑 애니메이션을 만들고, 은경이는 바닥을 날았고, 강당 바닥은 하늘이 되었다. 등불을 만들어, 텐트를 밝히고, 운동장에서 새벽을 함께 보았다. 여느 때와 같은 아침이었지만, 여느 때와는 다른 아침이었다. 그 아침을 기억하리라. 그 아침의 푸른빛을 기억하리라. 그 텐트 속 작은 등불을 기억하리라. 등불 너머 비치던 우리들의 얼굴을 기억하리라.

이럴 수가, 6월엔 작가 조병준을 만났다. 심지어는 그의 노래를 청해듣기도 했다. 오랫동안 자신의 길을 마음 속 고양이의 울음에 따라 걸어가고 있는 작가와의 만남은 우리들의 마음 속 고양이까지도 들썩이게 만들었다.

그리고 여름이 오고, 나의 알 찾아 깨기에 지쳐갈 무렵, 타자 인식을 통한 즉자적 인식의 재확립을 위해 우리는 '너'를 만나러 학교를 떠났다. 결코 보충수업이 힘들어서 굳이 여름 보충기간에 떠난  것은 아니다! 그러니까 즉자적 인식… 뭐, 그런 걸 확인하기 위해 아쉽지만, 보충 수업을 몇 시간 빠질 수밖에 없었던 것이다.

음악하는 사람들, 야구하는 소년들, 어린이집 아이들, 마당 깊은 집의 길남이를 만나며 여름을 보냈고, 그렇게 나의 알을 깨고, 너를 만난 시간들이 모여, 이 가을에 책이 되었다. 사실 우리들에게는 정말 굉장한 책이다. 책이 인쇄되어 나오는 날, 다함께 찜질방에라도 가서 출판기념회를 하고 싶을 정도로 굉장한 책이다. 우리에게는.

이제 이 책을 남겨 두고, 우리는 간다. 차마 떨치고, 또 다른 '나' 가 되어, 같지만 또 다를 우리들의 길로 간다.

그렇게 떠나는 열두 아이들의 발걸음을 두 선생님은 축복한다.

2011. 11월, 김묘연, 최종문

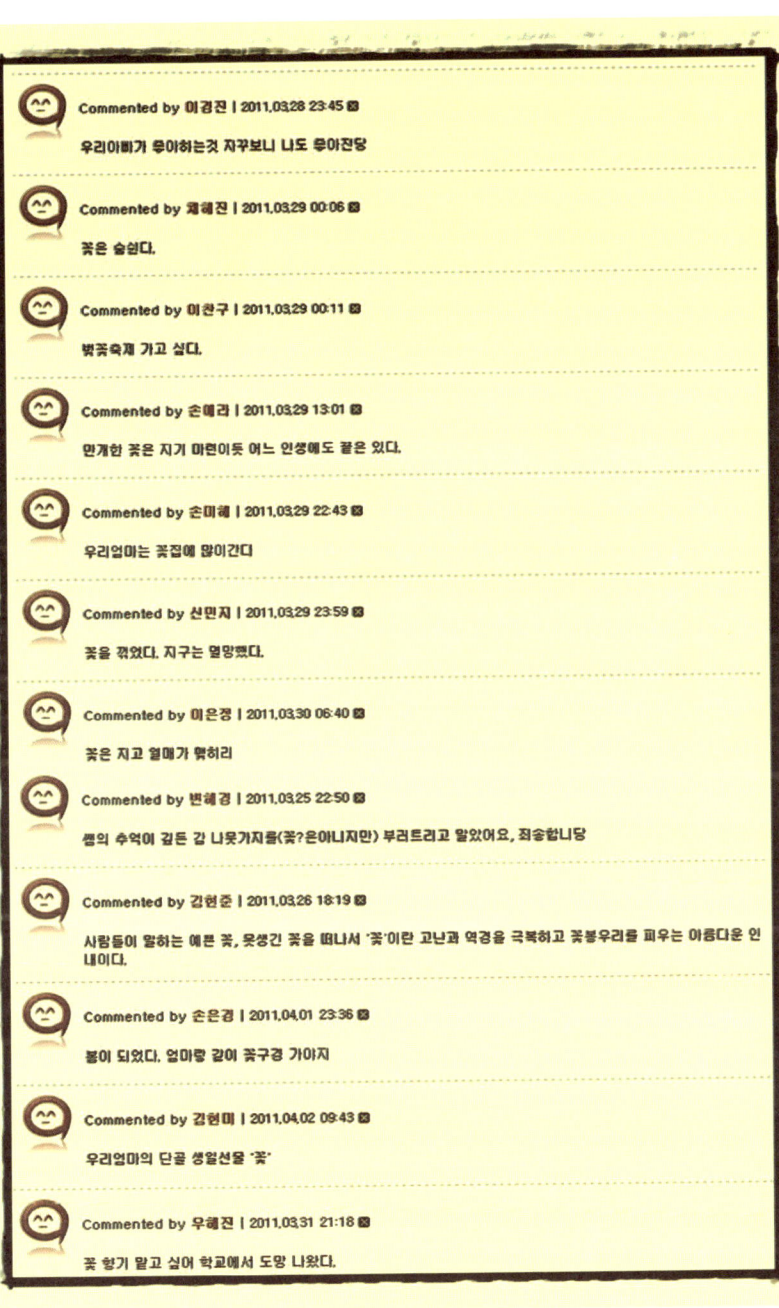

Commented by 이경진 | 2011.03.28 23:45 ⊠

우리아빠가 좋아하는것 자꾸보니 나도 좋아진당

Commented by 최혜진 | 2011.03.29 00:06 ⊠

꽃은 술쉰다.

Commented by 이찬구 | 2011.03.29 00:11 ⊠

벚꽃축제 가고 싶다.

Commented by 손예라 | 2011.03.29 13:01 ⊠

만개한 꽃은 지기 마련이듯 여느 인생에도 끝은 있다.

Commented by 손미혜 | 2011.03.29 22:43 ⊠

우리엄마는 꽃집에 많이간다

Commented by 신민지 | 2011.03.29 23:59 ⊠

꽃을 꺾었다. 지구는 멸망했다.

Commented by 이은경 | 2011.03.30 06:40 ⊠

꽃은 지고 열매가 맺히리

Commented by 변혜경 | 2011.03.25 22:50 ⊠

쌤의 추억이 깃든 감 나뭇가지를(꽃?은아니지만) 부러트리고 말았어요, 죄송합니당

Commented by 김현준 | 2011.03.26 18:19 ⊠

사람들이 말하는 예쁜 꽃, 못생긴 꽃을 떠나서 '꽃'이란 고난과 역경을 극복하고 꽃봉우리를 피우는 아름다운 인내이다.

Commented by 손은경 | 2011.04.01 23:36 ⊠

봄이 되었다. 엄마랑 같이 꽃구경 가야지

Commented by 김현미 | 2011.04.02 09:43 ⊠

우리엄마의 단골 생일선물 '꽃'

Commented by 우혜진 | 2011.03.31 21:18 ⊠

꽃 향기 맡고 싶어 학교에서 도망 나왔다.